고미카와 준페이 대하소설

인간의 조건

NINGEN NO JOKEN
by Junpei Gomikawa
© 1956-1958, 1995, 2005 by Ikuko Kurita
Originally published in Japanese by San-ichi Shobo, 1956-1958
Iwanami Shoten, Publishers' edition in 2005.
This Korean language edition published in 2013
by itBook Publishing Co., Paju
by arrangement with the Proprietor c/o Iwanami Shoten, Publishers, Tokyo
through BC Agency, Seoul.

이 책의 한국어판 저작권은 BC 에이전시를 통한 저작권자와의 독점 계약으로 도서출판 잇북에 있습니다.
신 저작권법에 의해 한국 내에서 보호를 받는 저작물이므로 무단전재와 복제를 금합니다.

이 도서의 국립중앙도서관 출판시도서목록(CIP)은 서지정보유통지원시스템 홈페이지(http://seoji.nl.go.kr)와 국가자료공동목록시스템(http://www.nl.go.kr/kolisnet)에서 이용하실 수 있습니다.
(CIP제어번호: CIP2013019335)

인간의 조건

고미카와 준페이 대하소설
김대환 옮김

3 약속의 땅

3부

약속의 땅

1

"거기서 기다려."

중대 내무계인 히노 준위는 가지를 사무실에 남겨두고 중대장실로 들어갔다. 가지는 부동자세로 서 있었다.

"쉬어."라는 명령을 듣지 못했기 때문이다. 히노는 잠시 후에 돌아왔지만 곧장 책상에 앉아 서류를 보기 시작했다. 가지 이등병 따위는 안중에도 없었다.

시뻘겋게 타고 있는 난로 위에서는 주전자에서 끓어 넘친 물이 시끄럽게 튀어 오르고 있었다. 히노가 가지를 힐끗 올려다보았다. 넌 왜 주전자 뚜껑을 들지 않고 그러고 있어? 그렇게 말하는 것처럼 보였다. 가지는 마음속으로 쓴웃음을 지으면서 부동자세를 무너뜨리지 않았다.

초년병들이 군가를 연습하며 줄을 맞춰 연병장을 걸어가고 있었다. 거칠고 사나운 소리를 고래고래 지르며 부르는 노래는 〈전진훈戰陣訓〉 노래였다. 감상적인 멜로디와 힘이 잔뜩 들어간 거칠고 사나운 목소리가 어울리지 않는다.

히노가 서류를 보면서 말했다.

"쉬어."

들리지 않았다.

"뭐라고 하셨습니까?"

"쉬어도 좋아."

물방울 튀는 소리가 시끄러웠다. 가지는 일단 정식으로 쉬어 자세를 취하고 나서 주전자 뚜껑을 들었다. 빨리 용건을 끝내줬으면 싶었다. 겨울 해는 이제 곧 진다. 창밖 잿빛 하늘이 어둡게 변색되어가고 있었다. 초년병은 바쁘다. 여기서 늦어지는 몇 분은 소등시각까지 도저히 만회할 수 없을 것이다.

마침내 히노 준위가 가지 쪽으로 돌아앉았다. 가랑이를 벌리고 다리를 뻗으며 아주 귀찮다는 듯이 물었다.

"간부후보생을 지원하지 않았나?"

가지는 부동자세로 돌아갔다.

"지원하지 않았습니다."

"무슨 특별한 이유라도 있는 거야?"

가지는 선뜻 대답하지 못하고 주저하면서 이마만 하얗고 눈 아래가 검게 그을린 히노의 얼굴을 보고 있었다. 그 얼굴은 군대라는 폭풍에 10년 가까이 시달려온 얼굴이었다. 지식인의 거추장스럽고 곡절 많은 사고방식 따위는 받아들여질 것 같지가 않았다.

"……특별한 이유 같은 건 없습니다. 적격이 아니라고 생각하기 때문입니다."

"어떤 점이 적격이 아닌지 말해봐."

"장교가 되고 싶지 않은 기분입니다, 준위님."

"그 기분의 내용을 묻고 있는 거야."

기분의 내용 같은 걸 너 따위가 알게 뭐냐. 가지의 마음속에서 말이 겹쳤다. 즉답은 할 수 없다. 한 마디라도 잘못했다간 큰 곤욕을 치르게 될 것이다.

"……막연히 그렇습니다, 준위님."

"이유는 막연하지만 장교가 되고 싶지 않은 기분만은 명확하다는 말인가?"

히노는 이제부터가 재미있겠군, 하는 얼굴로 웃었다.

"사회에서는 그렇게 어물어물 넘어갈 때도 있었겠지만 군대에서는 그런 태도를 용납하지 않는다. 내 앞에서는 그런 방법이 통하지 않아."

"……1분쯤 시간을 주십시오, 준위님."

"좋다. 시간을 주겠다. 신조, 석탄을 좀 더 넣어라."

히노가 사무실 맨 끝의 책상에 앉아 있는 신조 일등병에게 명령했다. 신조는 느릿느릿 일어서서 난로 앞으로 왔다. 히노 쪽으로 등을 보이고 돌아섰을 때 신조가 가지를 보고 빙그레 웃었다. 배짱을 크게 가져, 가지, 당황할 거 없어.

가지와 같은 내무반에서 사무실 근무를 나가고 있는 3년병인 이 일등병은 동작을 최대한 느리게 해서 가지에게 시간을 벌어주려고 하는 것 같았다.

"중대 초년병의 간부후보생 지원 유자격자 스물세 명 중에서 지원하지 않은 것은 너와 네 내무반의 오하라뿐이다."

히노가 신조 뒤에서 말했다.

"중대장님은 전원을 지원시키라고 말씀하셨다. 전선이 확대되면 장교가 많이 필요하다는 것은 네게 따로 설명하지 않아도 되겠지?"

"알고 있습니다."

"오하라는 장님이나 다름없는 근시안이니까 불문에 부친다고 해도 가지 넌 몸에 아무 이상이 없다. 하시타니 중사는 네 술과術科(병기와 부대 지휘 운용-옮긴이) 성적도 우수하다고 하고, 사격과 수류탄 투척 능력 또한 칭찬하고 있다. 학력도 그 정도면 충분한데 뭐가 장교로서 적격이 아니란 말이지?"

적격이다 나는. 가지는 피 끓는 심정으로 생각했다. 아마도 나는 누구보다도 적격일 것이다. 나는 병사를 사랑하는 장교가 될 것이다. 그것이 적격이지 않다. 이유를 대라고? 이유라면 얼마든지 있다.

첫 번째로 나는 라오후링老虎嶺에서의 일을 되풀이하고 싶지 않다. 라오후링에서의 내 입장이야말로 하급 장교와 똑같지 않았던가. 두 번째로 난 군인이 싫다. 특히 장교라는 놈이 가장 싫다. 장교란 살인 명령의 전달기관에 지나지 않는 월급쟁이다. 세 번째로 난 돌아가고 싶다. 돌아가서 나 스스로의 의지로 살고 싶다. 네 번째로 나는 일을 하고 싶다. 처음부터 다시 시작해서 해내고 싶은 것이다. 난 헌병대에서 고문을 받았지만, 그렇게 고문을 받을 정도로 대단한 일을 한 것도 아니다. 하지만 이번에야말로 대단한 일을 해내고 싶다. 다섯 번째로 날 원하는 것은 군대가 아니라 미치코다.

알겠습니까, 히노 준위님? 난 당신 앞에서는 그저 일개 이등병에 지나지 않소이다. 소모품이란 말이오. 재향군인 500만 명 중 한 명에 불과하오. 그러나 미치코에게는 무엇으로도 바꿀 수 없는 소중한 인간이외다. 알겠습니까? 그 의미를 알겠습니까?

가지는 미치코의 체취를 생각해내려고 했다. 돌아오겠다고 약속했다. 다시 새 출발할 것이라고, 그렇게 자기 자신에게 맹세했다. 미치코의 체취를 생각해내고 싶었다. 헤어질 때 탐닉했던 미치코의 목덜미에서 나던 은은한 체취라도 좋다. 아니 머리카락 냄새라도, 음모 냄새라도 상관없다. 생각해내고 싶었다. 여기서는 군대 특유의 땀에 전 가죽 냄새와 신조 일등병이 지금 막 집어넣은 석탄의 가스 냄새밖에는 맡을 수 없다.

"너희들이 사회에서 일궈놓은 지위와 기초를 잃고 싶지 않다는 기분을 모르는 건 아니다."

히노가 다시 말했다.

"그러나 그건 너뿐만이 아니라 누구나 마찬가지다. 보충병 출신의 유자격자는 대개 처음에는 그리 적극적으로 지원하려고 하지 않는다. 그런 사정을 내가 모른다고 생각하나?"

히노는 꼴사납게 벌리고 있던 다리를 이번에는 높이 들어서 꼬았다.

"너희들은 1기 검열(일본에서 군에 입대하여 계급장을 달기 전에 일차적으로 받는 교육. 우리나라의 신병교육과 흡사-옮긴이)이 끝나면 보충병은 소집 해제가 되지 않을까 하고 헛된 기대를 하고 있는 모양인데 비열한 근성이다. 해제는커녕 언제 동원될지 모르는 상황이다. 그것을 겨우 깨닫게 되었는지 모두 체념하고 지원해왔다. 이것이 또 더러운 근성이다. 간부후보생 교육 기간 중에는 전선으로 동원되지 않고 후방에 배치된다는 점을 노린 것이니까. 그러나 그래도 좋다. 훈련을 거듭하다 보면 그런 민간인 근성은 고쳐지게 마련이다. 그렇게 해서 모두 그럭저럭 한 사람의 어엿한 군인이 되는 것이다."

히노는 중대장실 문을 힐끗 쳐다보고는 콧방울을 찡그리며 웃었다. 간부후보생 출신으로 실전 경험이 없는 중대장인 구도 대위에 대한 경멸인 듯했다.

"아직까지도 네가 완강하게 지원을 거부하고 있는 것은 뭔가 다른 이유가 있기 때문이다. 안 그런가?"

히노의 눈빛이 갑자기 반짝이기 시작했다.

"그냥 병사로 있는 게 마음이 편합니다."

가지는 그렇게 대답했다. 지혜롭지 못한 대답이었지만 장교가 되고 싶지 않다는 뜻을 관철시키기 위해서는 어쩔 수 없었다. 히노가 함정에 몰아넣으려고 하는 것 같은 생각이 자꾸 들었다.

군가 연습은 벌써 끝났다. 겨울 하늘이 검은 장막을 내리기 시작했다.

"내무계 준위라는 것은 말이야, 가지. 병사들에 관한 일은 뭐든지 알고 있지."

기분 나쁠 정도로 부드러운 목소리였다.

"알면서도 너한테 묻고 있는 거야."

알고 있겠지! 가지는 자기가 조금씩 막다른 골목에 몰리고 있는 것 같아서 초조해졌다. 라오후링의 참수 사건에 관한 전모는 헌병대에서 자세하게 통보했을 것이 틀림없다. 히노 준위가 갖고 있는 병사 신상조서의 가지 부분은 빨간 줄이 그어져 있을 것이다. 미치코의 편지에도 그런 내용이 넌지시 암시되어 있었다.

와타라이 씨가 찾아와서 그날 이후 어떻게 지내냐고 묻더군요…….

글귀는 간단해도 많은 내용을 담고 있다. 미치코는 헌병 중사 와타라이가 보는 앞에서 혐오감에 몸을 떨었을 것이다.

"입대 이전의 너와 오늘의 가지 이등병은 다른 사람이어야만 해."

히노가 그렇게 말했다.

"너도 그렇게 결심하고 여기에 왔을 거야."

"……네."

"우수한 자질을 지니고 있는데도 장교가 되기에는 적격이지 않다고 거부하는 것은 뭔가 특별한 의도를 감추고 있다고 판단할 수밖에 없는데, 그런가?"

막다른 골목이다. 교묘하게 빠져나갈 수 있는 방법을 생각해낼 필요가 있었다. 가지는 난로를 보았다. 난로는 기세 좋게 타고 있었다. 가지는 신조 쪽으로 눈길을 돌렸다. 신조는 책상에서 얼굴을 들고 가만히 가지를 지켜보고 있었다.

가지는 혀로 메마른 입술을 적셨다. 무슨 상관이야? 말해버리자. 이자는 졸병부터 갖은 고생을 다하며 지금의 자리까지 올라온 능구렁이다. 장교를 경멸하고 있는 사내다.

"제 생각으로는······."

가지는 말하기 시작했다.

"장교는 심신이 모두 병사보다 뛰어나지 않으면 안 됩니다. 병사보다도 고난을 잘 견뎌낼 수 있는 신체와 병사보다도 탁월한 정신력으로 병사들로부터 절대적인 신뢰를 받는 지휘관이 아니면 병사들을 사지로 보내는 명령을 내릴 자격은 없다고 봅니다."

"그런 지휘관은 없어."

히노가 쓴웃음을 지으며 말했다.

"있든 없든 이는 〈영전범令典範〉에 명시되어 있는 내용입니다. 〈작전요무령〉 통칙 제6조에 지휘관의 결심은 확고하고 항상 공고한 의지를 갖고 이를 수행해야 하며 결심이 동요하면 지휘는 저절로 혼란에 빠지고 부하들도 동작이 느려지고 의심한다고 되어 있습니다. 저는 종종 결심이 동요하는 것을 잘 알고 있습니다. 〈보병조전〉 강령 제10조에는 행하지 않는 것과 느리고 의심하는 것은 지휘관이 가장 경계해야 할 사항이다. 이것이 바로 군대를 위기에 빠뜨리는 것으로서 그 방법을 잘못하는 것보다도 더욱 경계해야 한다고 되어 있습니다. 저는 군대를 위기에 빠뜨릴 수 있는 위험은 미리 피하고 싶습니다. 이것이 이유 중 하나입니다."

히노는 가지에게서 시선을 돌리지는 않았지만 그 눈빛이 험악하지 않은 것은 조금 놀랐기 때문이다. 어쩌면 저렇게 술술 말할 수 있을 정도로 외울 수 있지? 빨갱이는 머리가 좋다더니 정말인가?

"그리고?"

"반년이나 1년의 단기교육을 받고 훌륭한 장교가 되리라고는 생각하지 않습니다."

말하고 나서 가지는 히노 준위의 반응을 살폈다. 이 말은 준위가 마음 한구석에서 장교에 대해 갖고 있는 생각을 정확히 찌른 것이었다. 히노 준위는 빙그레 웃으면서 고개를 끄덕이고 있었다. 평소부터 햇병아리 장교 따위는 안중에도 없었던 것이다. 가지는 그것을 간파하고 있었다.

"준위님처럼 경험을 쌓은 뒤에 장교로서의 자신감이 생기면 그때는 장교가 될지도 모르겠습니다."

어쩌면 이렇게 간살을 부릴 수 있지? 얼굴을 붉히지도 않고 지껄인

자기 자신이 신기할 따름이었다.

"또 있겠지?"

히노가 다그쳤다. 재미있는 놈이라고 생각했다. 별종이다. 조금은 기개도 있어 보인다.

"그것만으로는 내가 납득하고 중대장님께 보고할 수가 없다."

또 있는지는 내가 장교들에게 묻고 싶을 정도다. 무슨 목적으로 장교가 되고, 무슨 목적으로 병사들에게 죽음의 명령을 내리느냐고. 그것을 진심으로 믿을 만큼 바본가? 바보가 아니라면 그렇게 하는 근성의 밑바닥은 대체 뭐란 말인가? 난 이제 절대로 라오후링에서의 일만은 되풀이하지 않을 것이다.

"장교는 모순을 의식하지 않는 인간이어야 합니다."

신조가 놀라서 고개를 돌린 것이 보였다. 히노는 재미있다는 듯 빈정거리는 표정을 짓고 있었다.

말이 너무 지나쳤나? 가지는 그 느낌을 얼버무리려고 서둘러 덧붙였다.

"그 의미는 병사로 근무한 경험도 없이 지휘자로서 병사들을 장악할 수 있다고 생각하려면 상당한 자신감이 있거나 단순하지 않으면 안 된다는 것입니다. 저에겐 그럴 만한 자신감도 단순함도 없습니다. 이유는 그것뿐입니다."

이 녀석은 의외로 만만찮은 놈일지도 모른다고 히노는 생각했다. 한 걸음만 잘못 디뎌도 위험하다는 것을 알고서 말하고 있다. 다루기 힘든 병사가 될지도 모른다. 좀 더 주시할 필요가 있다.

"교활한 놈."

히노는 차갑게 웃으면서 말했다.

"이런저런 이유를 갖다 붙이지만 결국엔 빨리 돌아가서 마누라랑 자고 싶은 거겠지."

가지는 갑자기 온몸의 힘이 빠졌다. 분명히 그렇다. 지금 이것만큼 절실한 진실은 없을 것 같았다.

"마누라랑 자는 것은 장교가 된 뒤에도 할 수 있는 일이다. 시험은 어차피 1기 검열 이후이니 아직 시간은 있다. 잘 생각해봐라. 이제 됐다. 돌아가."

가지는 실내화 발로 마룻바닥을 울리고 절도 있게 15도 각도의 실내 경례를 했다.

"가지 이등병 돌아가겠습니다."

출입구에서 다시 한 번 경례할 때 히노가 말했다.

"내일 수류탄 중대 대항은 자신 있나?"

"……있다고 생각합니다."

"생각합니다, 라고? 믿을 수 없는 놈이군. 망쳐봐, 하시타니에게 혼쭐 날 테니."

히노는 난로를 끌어안을 것처럼 다리를 벌리고 바싹 다가앉으며 그렇게 말했다.

2

가지가 사무실에서 나오자마자 바로 신조 일등병이 석탄 양동이를 들고 나왔다.

"어지간히 신경 쓰이게 하는 녀석이군."

신조가 웃으며 말했다.

"달리 응대할 방법이 있었습니까?"

가지는 신조의 따뜻한 눈빛을 보며 말했다.

"몰라. 하지만 늘 주목을 받고 있다는 것만은 잊지 마. 주목을 받아도 나 같은 별 볼일 없는 만년 일등병이라면 대수롭지 않은 문제지만 넌 보충병 중에서도 가장 뛰어난 녀석이야. 사상이 불손한 놈이 능력도 뛰어나면 인사계가 곤란하단 말이야. 조금이라도 틈을 보여줘선 안 돼."

가지는 저탄장 쪽으로 신조를 따라갔다.

"내일 수류탄 투척 대항 때 열심히 해서 점수를 벌어놔. 넌 지금 사격과 수류탄 투척과 학과로 지탱하고 있는 셈이니까."

"알고 있습니다."

가지가 나지막하게 중얼거렸다.

"넌 긴장의 끈을 놓지 않고 틈을 보이지 않는다는 방법으로 시작했으니까 그렇게 계속 밀고 나갈 수밖에 없어. 내가 어수룩하게 처신해왔기 때문에 이제 와서 새삼스럽게 날 어쩔 수 없는 것과 마찬가지야. 긴장이 풀리면 당해."

"알고 있습니다."

가지는 다시 한 번 중얼거렸다. 나와 이 사람 중에서 누가 더 다루기 쉬울까? 신조는 친형이 사상범으로 형무소에서 복역하고 있다는 이유만으로 낙인이 찍혀버렸다. 사전에 이미 가장 불량한 병사로 예약되어 있었던 셈이다.

신조에게는 이렇다 할 특기가 없다. 그런 사내는 아무리 노력해봤자 다 쓸데없는 짓이다. 군대란 그런 곳이다. 가지는 수류탄을 64미터나 던질 수 있는 어깨를 가지고 있다. 던져보고 나서 그렇다는 걸 알았을 뿐인데, 그것을 무척 진귀하게 생각하는 것이었다.

가지는 또 오른쪽 눈 2.0, 왼쪽 눈 1.5의 시력을 갖고 있다. 300미터의 사정거리에서 다섯 발 모두 명중, 그중 세 발이 주먹만 한 표적에 집중되었다는 것이 소총반장인 하시타니 중사에게 놀라움과 동시에 기쁨을 안겨주었다. 이 또한 쏴보고 나서 그렇다는 걸 알았을 뿐인데, 그것이 '병사로서 우수한 자질을 갖고 있다'는 근거 중 하나가 되었다.

경력이 의심스럽긴 하지만 초년병으로서는 발군의 기량을 갖추고 있다. 중대 인사계로서는 곤란한 문제임이 틀림없는 것이다. 지금 가지는 거의 육체적인 조건 때문에 위험으로부터 보호받고 있다. 하지만 뭔가 꼬투리가 잡히면 필시 그것이 마지막일 것이다. 계속해서 긴장을 유지할 수밖에 없다.

"이만 돌아가."

신조가 주위를 둘러보며 말했다.

"나와 네가 이야기하는 것을 좋아하지 않는 놈이 많아."

가지는 고개를 끄덕였다.

밤하늘이 저탄장 위로 낮게 드리워져 있었다. 북쪽에서 바람이 불기 시작했다. 밤이 되면 이 바람은 영락없이 칼날로 변한다. 어둠 속에서 갑자기 살갗을 파고드는 무서운 칼날이다.

"추워지는군요."

가지는 신조에게서 멀어졌다. 어두워지기 전에 오하라를 도와 방화수를 갈아주어야 한다. 군화 손질도. 내무반 청소도. 하나에서 열까지 사무실에서 허비한 시간의 구멍이 기다리고 있다.

3

섭씨 영하 32도. 오후 8시 게시판에 기록된 온도다. 날이 밝을 때까지 기온은 시시각각 내려갈 것이다. 전깃줄이 북풍에 희롱당하며 어둠 속에서 울고 있다. 이따금 그 소리가 흐느낌으로 바뀐다. 그러면 막사 창문에 발라놓은 종이가 가냘프게 떨리는 소리를 내면서 덩달아 운다. 살풍경하고 쓸쓸한 음악이다. 소만蘇滿 국경이 가까운 혹한지대에서 밤마다 그 소리가 병사들에게 하루가 끝났음을 알린다.

가지는 모포 안에서 피곤한 몸을 길게 뻗고 긴장을 풀었다. 길고 추운 하루였지만 해야 할 일만큼은 규칙대로 했다고 생각했다. 고참병에게서 야단맞을 만한 실수는 없었지 싶다. 다시 한 번 돌이켜보자.

신조 일등병이 말한 대로다. 아주 조그마한 틈이라도 보여서는 안 된다. 총기 수입은? 보급품 정리는? 관물대 정돈은? 군화 손질은? 내무반 청소는? 고참병의 세탁물은? 페치카의 재는? 방화수는? 군인칙유軍人勅諭(천황이 내린 제국 군인의 덕목—옮긴이)와 〈영전범〉 암기는?

실수한 게 없으면 빨리 잘 수 있다. 내일이 온다. 피로가 남아 있어서는 안 된다.

가지는 발이 시려서 잘 수 없었다. 일석점호를 받고 나서 막사 앞의 얼음을 깬 것이 화근이었던 것 같다. 모포 안에서 발을 비비며 바람소리를 들었다. 어쩐지 원한에 사무친 듯한 그 소리가 끊임없이 호소하고 있다. 듣지 않으려고 해도 귓속으로 파고들며 자꾸만 잡생각을 불러일으킨다. 처음에는 막연하던 상상의 시야가 끝부분에 가서 미치코의 모습을 붙잡는다. 여기서는 멀다. 눈보라치는 광야가 1,500킬로미터나 가로막고 있다. 하루하루 멀어지는 느낌이다. 언젠가 동원령이 떨어져서 남쪽 바다로 이동할 것이다. 그리고 결국엔 돌아갈 수 없게 될지도 모른다. 이제 다시는 미치코를 볼 수 없단 말인가?

잊지 못할 거예요, 라오후링에서 지낸 200여 일의 행복과 그 애달픔은. 미치코가 보낸 몇 번째인가의 편지에 그렇게 쓰여 있었다. 편지를 보내주세요. 당신이 겪는 고통을 저도 나눠 가질 수 있게요.

기억은 견디기 힘든 안타까움만을 낳는 것 같다. 가지는 히노 준위의 말을 그 부분만 선명하게 떠올렸다. 이런저런 이유를 갖다 붙이지만 결국엔 빨리 돌아가서 마누라랑 자고 싶은 거겠지.

그렇습니다, 준위님. 돌아가고 싶습니다. 만지고 싶습니다. 느끼고 싶습니다. 지금 미치코도 이 바람소리를 듣고 있을까? 혼자서는 어떤 모습으로 자고 있을까? 무엇을 느끼고 무엇으로 마음을 위로하고 있을까? 야위진 않았을까? 그 봉긋한 가슴은? 그 탐스러운 허리의 곡선은? 그녀의 가슴과 허리는 저렇게 흔들리고, 이렇게 움직였다. 늘 가지와 미치코의 기쁨만을 위해서.

가지는 미치코의 미세한 움직임 하나하나까지 다 떠올리려고 했다. 그러면 그럴수록 붙잡을 수도 없이, 말릴 틈도 없이 기억 속에 있는 미치코의 모습은 멀어져가는 것만 같았다. 가슴속에서 헛되이 피만 들끓고 있다.

멀리서 대포를 쏜 듯한 소리가 났다. 아득하게 넓은 습지대를 뒤덮고 있는 두터운 얼음장이 깨져서 야음을 뒤흔드는 소리다.

가지는 슬며시 옆 침대를 보았다. 오하라도 아직 잠들지 못하고 있었다. 취침등의 음침한 불빛 아래에서는 피골이 상접한 환자로밖에 보이지 않는 그 작은 얼굴이 왼쪽, 오른쪽으로 조금씩 움직이고 있다. 안경을 벗으면 거의 아무것도 보이지 않는 눈으로 천장의 들보를 여기저기 쳐다보며 이따금 깊은 한숨을 내쉰다.

가지보다 두세 살 위로 지방신문의 기자 출신인 그는 아내와 늙은 어머니의 사이가 원만하지 못한 것을 걱정하고 있다.

"난 외아들이네. 홀어머니의 아들이지. 어머니가 나이를 먹자 빨리

며느리를 보고 싶다고 성화셨어. 당신이 먼저 그렇게 말했단 말이네. 그런데 결혼하고 나니까 갑자기 아내가 보기 싫다는 거야."

오하라는 가지에게 그렇게 털어놓은 적이 있다. 외아들의 어머니란 대개 그렇다.

"소집영장이 나왔을 때 내게 단 하나 위안이 되었던 것은 내가 없어지면 두 사람 사이가 어떻게든 좋아질 것이라고 생각했던 거야."

사실은 그렇지 않았다. 아내와 어머니 양쪽 모두 서로 상대방에 대한 불평을 써서 보냈던 것이다. 허약한 체질로 군무의 무게조차 감당하기 어려운 오하라는 두 사람의 넋두리를 읽을 때마다 눈에 띄게 허약해졌다. "난 병에 걸려 죽을 것 같았지."라고 가지에게 말한 적도 있다. 언제 돌아갈 수 있다는 희망도 없이 혹독한 훈련과 냉혹한 내무반 생활로 심신이 닳아 없어질 정도라면 차라리 죽는 게 낫다고, 나약한 마음에 그렇게 생각했는지도 모른다.

"독이야, 생각하는 것은."

가지는 조용히 중얼거렸다. 자기 자신에게도 한 말이다. 오하라는 가만히 고개를 끄덕이고 있었다. 생각해봤자 무슨 뾰족한 수가 생기는 것도 아니다. 무섭다 싶을 정도로 조용하고, 밤이면 밤마다 바람이 울고, 얼음이 깨져서 정적을 깨는 이 국경지대에 일단 비상 나팔이 울려 퍼지면 아마도 그것으로 끝일 것이다. 하지만 또 그렇기 때문에 미련이 남아서 몇 번이고 몇 십 번이고 돌이켜 생각하는 데는 절실한 의미가 있는 것인지도 모른다.

고참병 중 하나가 벌써 코를 골고 있었다. 이를 부득부득 갈고 있는 것은 언제나 음담패설로 고참병들을 즐겁게 해주는 2류 호텔의 급사장 출신인 마흔두 살의 사사 이등병이다.

저 사람은 기운도 좋아, 하고 가지는 생각했다. 음담패설로 어쨌든 신변의 안전을 보장받고 있다. 기력조차 그런 대로 유지되고 있다.

사사는 일석점호 후에 가지나 다른 몇 명의 초년병과 함께 막사 앞의 얼음을 깨는 동안 콧물이 고드름이 되어 코끝에 매달려 있는 것을 떼지도 않고 젊은이들에게 지지 않겠다는 듯 우스갯소리를 지껄였지만, 역시 곡괭이를 휘두르는 팔은 지쳐 있는 것 같았다. 얼음 깨기가 끝나고 막사 안으로 들어왔을 때 그는 잔주름이 잡힌 얼굴이 피로 때문에 더욱 조글조글해져서 가지에게 겸연쩍은 웃음을 보이며 군복 속주머니에서 작게 접은 종이를 꺼냈다. 그것을 코에 대고 냄새를 맡은 다음 이마에 붙이고 중얼거렸다.

"지금 시간 날 때 잘 자라는 인사를 해둬야겠군. 부디 오늘 밤도 푹 자게 해주소서."

그는 그 종이를 펴서 안을 보고 싶어서 안달이 나는 것 같았다. 남의 눈이 있고 시간이 없어서 결국 단념하고 그것으로 코 밑을 가볍게 문지르면서 말했다.

"제발 오늘 밤은 해괴한 일이 일어나지 않도록 부탁드리나이다."

다른 초년병이 그것을 보고 물었다.

"뭘 흉내 내는 거야, 사사?"

"아무것도 아니야. 흉내 내는 거 아니야. 이렇게 하면 마음이 안정되거든."

사사는 가지를 보고 말하지 마, 말하면 안 돼, 라는 듯한 눈짓을 보냈다.

다른 초년병들이 그 부적의 정체를 알았다면 먼저 내무반으로 들어가지는 않았을 것이다. 신발장 앞에 두 사람만 남게 되자 사사가 겸연쩍은 듯 말했다.

"우습지?"

가지는 고개를 가로저었다. 우습기는커녕 사사의 미신이 부러울 정도다.

"우습지는 않지만 남들 눈에 너무 자주 띄게 되면 효험이 줄어들지 않을까?"

"그렇겠군."

사사는 그것을 집어넣었다. 사사의 부적은 아내의 음모다. 그는 집을 나올 때 자기만의 미신을 생각해낸 모양이다. 아내의 음모를 가지고 가면 반드시 모든 재앙을 피할 수 있을 거라고.

지금 사사는 이를 부드득 부드득 갈면서 아내와의 밀회를 즐기고 있는 걸까?

가지의 언 발은 좀처럼 녹지 않았다. 차라리 일어나서 하사관실의 등불을 빌려 〈영전범〉이라도 읽고 올까?

복도 발판을 목총 개머리판으로 때리는 소리가 건너왔다. 주번 상등병의 내무반 순시다. 이번 주는 1내무반의 소백정인 반나이 상등병으로 이름난 망나니다. 꼬투리 잡기의 달인이기도 하다. 아무 일도 일어나지 않게 해줘. 해괴한 일이 일어나지 않도록 부탁해.

가지는 오하라에게 조용히 중얼거렸다.

"왔어."

4

문이 열리고 목총이 먼저 들어왔다. 쿵하고 마룻바닥을 울리고 취침등의 흐릿한 불빛 아래에 주번 상등병의 모습이 꺼멓게 섰다.

"초년병들이 자는 척하는군."

비웃은 것 같다.

"내가 오기 전에는 안심하고 잘 수 없을 텐데?"

반나이 상등병은 불을 켜고 한 걸음 한 걸음 옮길 때마다 목총으로 마룻바닥을 울리면서 내무반 안을 살펴보며 돌아다녔다. 이 소리를 들으면 초년병들은 모포 안에서 잔뜩 움츠러든다. 반나이는 그것을 잘 알고 있다. 그 자신도 4년 전에는 그랬다. 이유도 모르고 한밤중에 두들겨 맞고, 마룻바닥을 네발로 기어 다니고, 엉덩이를 목총으로 맞았다. 자기에게 잘못이 있든 없든 당할 때는 그저 당할 수밖에 없다. 이것은 고참병이 되면 해소되는 의무 같은 것이라고 알고 있다.

소백정의 튼튼한 몸은 수백 번에 이르는 구타를 이겨냈다. 몸은 그것을 잊지 않는다. 군대라는 조직의 구조적인 특성상 구타를 한 자에게는 돌려줄 수 없기 때문에 의무가 해소되려면 새롭게 그 의무를 진 자에게 덤까지 충분히 얹어서 돌려줄 수밖에 없다.

　가지는 반나이가 너무 오래 시간을 끄는 것에 불안해져서 실눈을 뜨고 보았다. 반나이는 페치카 옆에 서 있었다.

　"정리를 꽤 잘했군."

　그렇게 말하고 나서 느닷없이 목총으로 마루를 거칠게 두드렸다.

　"초년병, 일어나!"

　초년병들은 거의 일제히 일어났다.

　"내려와서 정렬해!"

　스무 명의 초년병들은 속옷 차림으로 각자의 침대 앞에서 부동자세로 섰다. 정렬이 끝나자 반나이 상등병의 얼굴에 잠깐 매우 즐겁다는 듯 미소가 떠올랐다.

　"다들 다리를 벌리고 이를 악물어."

　그러더니 느닷없이 양팔을 정확한 기계처럼 번갈아가며 휘두르면서 한 사람씩 공평하게 때리기 시작했다. 오하라의 안경이 날아갔을 때 그 기계의 회전이 조금 어긋났을 뿐이다. 오하라는 황급히 자신의 제2의 눈이라고도 할 수 있는 소중한 안경을 주워서 다시 썼다. 반나이의 따귀는 사사 앞에서 속도에는 변함이 없었지만 단 한 번 공평하지 못했다. 왜냐하면 아내와 꿈에서 만나 밀회를 즐기고 있었을지도 모르는 사사는 아직 사태가 파악되지 않은 듯 주름 잡힌 얼굴을 피하듯이 살짝 움직였기 때문이다. 반나이의 손은 정확하게 목표를 겨냥하여 한 번 더 날아갔다. 사사가 잠시도 떼어놓지 않는 부적도 오늘 밤에는 효험이 전혀 없었다.

한차례 돌고 나자 그 격렬한 동작에 적당히 몸이 달궈졌는지 혈색이 좋아진 반나이의 얼굴은 오히려 기분이 매우 좋아 보였다. 한 바퀴 둘러보고 비로소 입을 열었다.

"왜 맞았는지 알겠나?"

모르겠다. 가지는 줄의 거의 중앙쯤에서 바쁘게 생각해보았다. 그만큼 조심했다. 실수는 하지 않았을 것이다.

"어때, 넌 알겠어?"

반나이는 페치카에서 가장 가까운 곳에 있는 다노우에 이등병에게 물었다. 서른아홉 살의 개척농민으로 학교를 다니지 못해서 자신의 관등성명조차 제대로 쓰지 못하는 다노우에 이등병은 도통 무슨 영문인지 모르겠다는 표정이었다.

"모르겠시유."

"뭐라고? 다시 한 번 말해봐."

다노우에는 사투리를 써서는 안 된다는 것을 그제야 깨달았다. 무슨 말이든 끝에 '다'와 '까'를 붙이면 무난했다. 그 '다'가 이 사내의 경우에는 너무 긴장한 나머지 희극적으로 바뀌었다.

"모르겠심다."

"겠심다?"

반나이의 입이 일그러졌다.

"그럼 알게 해주지."

그러더니 반나이는 페치카 옆에 있는 방화수통 쪽으로 몸을 기울여 물속에서 뭔가를 꺼내 들었다.

"이게 뭐지? 어째서 이런 게 들어가 있나?"

물에 퉁퉁 불어터진 담배꽁초였다.

"이 내무반은 방화수통을 재떨이로 써도 된다고 누구한테 허락받은 거냐? 말해봐! 방화수는 항상 깨끗하게 유지하라고 주번 사령님께서 하달하셨을 것이다. 그렇지 않나?"

반나이 상등병의 무시무시한 눈빛을 받자 현역 초년병인 야마구치는 용수철 장치가 달린 것처럼 몸을 뻣뻣하게 세우고 너무 긴장한 나머지 심하게 더듬으며 말했다.

"하, 하, 하, 하달되었습니다."

"금일 내무반 당번, 앞으로 나와!"

오하라는 겁에 질린 얼굴로 가지를 힐끗 보고 한 걸음 앞으로 나섰다. 반나이가 천천히 다가올 때 가지는 오하라의 다리가 덜덜 떨리고 있는 것을 보았다.

"안경 벗어."

반나이가 말했다. 오하라는 안경을 벗고, 지금은 온몸을 부들부들 떨고 있었다.

오하라의 작은 몸은 반나이의 일격에 날아갔다.

"쓰레기 같은 놈! 다리가 없냐, 이 새끼야? 일어서!"

오하라는 터져서 피가 흐르는 입술을 누르고 비틀거리며 일어섰다. 이 사내는 지금 백 가지의 변명거리가 있다 해도 그중 한 가지도 제대로 표현할 수 없을 것이다. 그만큼 겁에 질려 있었다.

참다못해 가지가 입을 열었다.

"오하라는 석식 전에 방화수를 갈았습니다."

분명히 어두워지기 전에 가지도 오하라를 도와 물을 길어다 방화수를 갈았다.

"재떨이는 제가 소등 때 반납했습니다."

"그랬단 말이지……?"

반나이의 눈은 새로운 사냥감을 품평하고 있었다.

"그럼 넌 고참병이 소등 후에 담배를 피웠다고 말하는 거냐?"

가지는 대답하지 않았다. 필시 그럴 것이다. 아니, 틀림없이 그렇다. 자신이 재떨이를 반납하러 간 사이에 누군가가 담배를 피운 것이다. 눈이 나쁜 오하라에게는 보이지 않았을 테고, 다른 초년병들도 소등 시의 어수선함에 몰랐을지도 모른다. 그렇더라도 누군가 한 명쯤은 봤을 것이다.

"가지, 넌 고참병에게 죄를 뒤집어씌우고 싶은가 보구나?"

반나이의 목소리는 이미 충분히 위험을 예고하고 있었다. 가지는 요시다 상등병과 다른 두세 명의 고참병이 침대 위로 상반신을 일으키는 것을 보았다. 이렇게 된 이상 소동은 피할 수 없다. 가지의 시선이 거의 반사적으로 신조 일등병의 침대 쪽으로 향했을 때 몸을 일으키고 있던 신조는 그 시선을 한번은 확실하게 받더니 다시 벌렁 누워버렸다. 어쩔 수 없어, 일어난 일은 일어난 일이라고.

"그렇지 않습니다. 오하라의 태만이 아니었다고 말하는 것이죠."

"것이죠가 뭐야? 것이죠가!"

반나이의 오른발이 끼익 소리가 나도록 마룻바닥을 힘주어 밟았다.

"반항하는 건가?"

그 소리보다 먼저 가지는 본능적으로 다리에 힘을 주고 버텼다. 돌 같은 주먹이 얼굴에 날아왔지만 쓰러지진 않았다.

오하라가 떨리는 목소리로 말했다.

"반나이 상등병님, 오하라 이등병의 부주의였습니다."

"그래! 진작 그렇게 말했어야지!"

그러고는 돌아서자마자 다시 따귀를 때렸다.

"잘못했습니다."

"그럼, 잘못했고말고!"

또 때렸다.

"……앞으로 주의하겠습니다."

"미리미리 주의하란 말이다!"

다시 한 번 때렸다.

"이런 제길."

침대에서 고참병 하나가 김빠진 목소리로 말했다.

"기껏 좋은 꿈을 꾸고 있었는데……. 막 시작하려고 했단 말이야!"

"어이, 색골 상등병, 꿈은 꿔도 좋지만, 속옷은 적시지 마라."

피복계인 요시다 상등병이 웃었다.

요시다의 옆 침대에서 현역인 오와쿠 이등병이 옷을 입기 시작했다. 요시다가 웃음을 멈추고 물었다.

"무슨 일이야, 오와쿠?"

"네, 물을 갈고 오겠습니다."

"됐어. 넌 가지 않아도 돼."

오와쿠는 성질이 사납기로는 반나이와 우열을 가릴 수 없는 이 피복계 상등병의 사소한 일까지 시중을 들어주면서 늘 몸에 딱 맞는 옷을 받아 입었고, 훈련 때나 내무반 생활에 적극적이라는 이유로 1선발 진급(진급 연한을 채운 첫 해에 바로 진급하는 것. 첫 해에 누락되고 다음 해에 진급하는 것은 2선발 진급이라 한다 – 옮긴이)은 따 놓은 당상이라는 말을 듣고 있는 젊은이다.

"보충병!"

요시다는 초년병의 절반을 차지하고 있는 보충병 출신을 쭉 훑어보았다.

"항상 적극적으로 움직이는 것은 현역 초년병뿐이다. 너희들은 나이를 먹었다는 티나 내면서 아직도 사회 물을 빼지 못했다. 군대에서는 연장자고 나발이고 아무 소용이 없다. 오하라! 이리 와!"

오하라의 어깨가 움찔했다. 각오하자. 얼마나 심하게 당할까? 재수 없는 밤이다. 고르고 골라서 하필이면 난폭하기로 유명한 두 녀석에게 걸리다니.

다가온 오하라를 침대 위에 일어서서 기다리던 요시다는 크게 반동을 넣어 후려갈겼다. 내던져진 짐짝처럼 발밑으로 굴러온 오하라의 몸을 가지는 부축해서 일으키지도 못하고 그저 작은 소리로 빠르게 속삭일 뿐이었다.

"일어서, 오하라, 어서 일어서."

빨리 일어서도 맞을 것이다. 그러나 빨리 일어서지 않으면 그 두 배로 맞을 것이 틀림없다. 어차피 이것은 고참병의 오락거리다.

요시다 상등병이 증오에 차서 소리쳤다.

"주번 상등병에게 주의를 듣는 놈은 내무반의 수치다! 너 때문에 줄따귀를 맞았다. 전우들에게 이게 할 짓이냐?"

그러고 나서 요시다는 페치카 옆에서, 즉 다노우에 이등병의 반대쪽에서 모른 척하고 자고 있는 선임 병장인 시바타 쪽을 보고 씨익 웃었다. 어이, 시바타 병장, 네가 피운 담배 뒷설거지를 내가 해주고 있어.

"반나이 상등병, 물은 갈아주라고 하겠네."

요시다가 말했다.

"나한테 맡겨주겠나?"

"좋아."

반나이가 대답했다.

"대신 나중에 보고하러 와."

오하라에게 다짐을 두고 가지를 노려보았다.

"너도 마찬가지야!"

반나이는 얏! 하고 목총으로 하늘을 찌르는 자세를 한 번 취하고 나갔다.

"가지, 너도 이리 와."

요시다는 침대에 가부좌를 틀고 앉았다. 잠을 설치게 된 긴긴 겨울밤에 초년병의 진땀을 짜내는 것도 나쁘지 않다. 4년 전에는 요시다 자신이 당한 일이다.

"초년병 담당인 시바타 병장님께서는 뭔가 생각이 있으신 모양이다. 오늘 밤은 잠자코 계시는구나. 하지만 너희들이 그 해이한 정신 상태로 내무반 생활을 할 수 있다고 생각했다면 엄청난 착각이다."

"밤에 마누라랑 하는 거랑은 다르지."

장단 맞추는 소리가 들렸다.

"알았나?"

"……네."

오하라가 쉰 목소리로 대답했다. 가지는 잠자코 있었다. 요시다의 눈이 가지를 보며 험악해졌다.

"가지, 넌 대학을 나왔으니까 똑똑하겠지? 방화수쯤은 하찮아서 신경도 쓰기 싫겠지? 응? 시라토, 너도 그렇지?"

요시다는 아직 자기 자리에 서 있는 또 한 사람의 대학 출신인 시라토 이등병을 보았다.

"아닙니다, 상등병님."

덩치가 큰 서른 살짜리 사내가 딱딱하게 긴장해서 대답했다.

"저는 방화수는 항상 청결하게 유지되어야 한다고 생각하고 있습니다. 갈아주고 오겠습니다."

"좋아, 그런 요령이 필요하다."

요시다가 경멸하듯이 웃었다.

"대학을 나왔다고 해서 목에다 힘을 주고 내무반에서 잘난 척하는 태도는 용서하지 않겠다. 군대에서는 일체의 불평을 용납하지 않는다. 알겠나? 너희들은 간부후보생을 지원하면 금방 대단한 사람이 될 줄 아나 본데, 군대는 별(구 일본군의 계급을 나타내는 표시 - 옮긴이)의 수나 금줄만으로는 움직이지 않아. 알겠나? 시라토, 넌 이제 자도 좋다. 다른 놈도 모두 자라."

가지에게로 험악한 시선이 돌아왔다.

"가지, 너 아까 반나이 상등병에게 반항했지? 용기가 있다는 걸 보여주고 싶었나? 아니면 다른 내무반의 초년병들이 내게 반항하도록 만들고 싶었던 거야? 응? 넌 정말 대단한 초년병이야!"

잘못했습니다. 앞으로 조심하겠습니다. 군대에서는 그렇게 말할 수밖에 달리 대답할 방법이 없었다. 그러나 가지는 그렇게 말하지는 않았다. 라오후링에서의 일이 가지의 성격을 조금 바꿔놓은 것 같다.

"반항한 것이 아닙니다. 방화수는 오하라가 틀림없이 갈아주었기 때문에 그렇게 말했을 뿐입니다."

"그 태도가 건방지다는 말이다!"

가지의 뺨에서 철썩 소리가 났다.

"물을 갈아주었는지 갈아주지 않았는지, 누가 그걸 물었나?"

요시다 상등병의 이마에 굵은 힘줄이 툭툭 솟아올랐다. 이 새끼는 내가 가게 수습점원 출신이라고 우습게보고 있다. 날 우습게보았다간 어떤 맛을 보게 되는지 톡톡히 가르쳐주마!

바보 같은 놈이다, 저 가지라는 녀석은. 시라토는 모포 안으로 파고들면서 그렇게 생각했다. 지금 허세를 부려서 무슨 꼴이 나려고? 여긴 군대야. 국가 기구 자체란 말이다.

오와쿠는 요시다 상등병이 가지와 오하라를 때려주길 바라고 있었다. 오하라에겐 불쌍하다는 마음이 들지 않는 것도 아니다. 가지의 경우에는 미안하지만 속이 좀 후련하다. 왜 그런지는 잘 모르겠지만 감정이 그렇게 작용한다. 자기 자신에게 가지를 가까이 하기에 어려운 존재라고는 인정하게 하고 싶지 않은 것이다. 요시다 상등병이 어떻게 할지 곁눈질로 보았더니 요시다는 분노에 차서 목덜미가 벌게져 있었다.

"이봐, 가지, 넌 고참병이 우습냐? 누구든 네가 좋아하는 고참병은 있냐? 있으면 이름을 말해봐."

심술궂게 묻는다. 아무도 없다고 대답하면 우습게보고 있다는 증거라고 맞을 게 뻔하다. 그렇다고 누군가의 이름, 가령 신조 일등병의 이름을 말하면 그가 너한테 그런 태도를 가르쳤느냐고 할 것이다. 다른 유력한 고참병의 이름을 말하면, 하지만 난 너 같은 초년병이 가장 싫다고 나올 것이다. 요시다는 가지가 곤혹스러워하는 것을 간파하고 기분 나쁘게 웃고 있었다. 그때 시바타 병장이 누운 채 말했다.

"요시다 상등병, 오늘 밤은 가지를 이만 좀 재워주지? 내일 중대 대항이 있는 날이잖아."

요시다의 표정이 그 말에 금방 씁쓸해졌다. 중대 대항 때문에 이 내무반에서 선발된 자가 성적을 올리느냐 올리지 못하느냐는 내무반의 습관적인 허세에 중요한 노릇을 한다. 속이 시원해지도록 패주고 싶지만 이런 상황에선 유보해야 한다. 요시다의 눈언저리까지 힘줄이 솟았다.

"좋다. 오늘 밤은 용서해준다. 내일 네 기합이 빠져 있으면 용서치 않겠다! 지금부터 오하라와 같이 방화수를 갈아주고 와."

두 사람이 옷을 입고 있을 때 하사관실로 통하는 문이 열리고 하시타니 중사가 얼굴을 내밀었다. 무표정이었지만 날카로운 눈으로 쭉 둘러본 것은 지금까지의 일을 전부 알고 있다는 뜻이다. 가지에게 시선을 고정시키고 가볍게 말했다.

"가지, 왜 일어나 있어? 어서 자."

그 말만 하고 문을 닫았다.

가지는 요시다의 험악한 시선을 의식하면서 옷을 입었다. 오하라가 당혹스런 표정으로 속삭였다.

"내가 혼자서 갔다 올게."

그의 두꺼운 안경 너머에서는 그래도 같이 가 줄 거지? 하고 애원하는 듯한 눈빛이 보였다. 가지는 성마르게 말했다.

"빨리 입어."

반장의 구조 손길을 덥석 잡고 그대로 자버렸다간 큰 낭패를 당한다. 고참병의 악의와 동기들의 질투가 요놈, 어디 두고 보자, 하고 칼을 갈기 때문이다.

내무반장인 하시타니 중사 역시 특별히 가지에게 애정을 갖고 있는 것은 아니다. 애정은커녕 성가신 놈을 떠맡았다고 생각하고 있을 것이다. 신상조서에 빨간 글씨로 쓰여 있는 주의사항을 내무반장이 모를 리가 없다. 단지 수류탄을 던지는 그의 강한 어깨가 내일 필요할 뿐이다. 그리고 또 가지의 사격 능력과 운동에 적합한 가지의 육체가 소총반의 교육 조교인 하시타니에게는 다른 내무반과의 대항전에 필요한 재산인 것이다. 가지는 그것을 누구보다도 잘 알고 있었다.

가지와 오하라는 방한 외투를 입고 섭씨 영하 32도의 막사 밖 어둠 속으로 나갔다.

5

다섯 걸음도 채 가기 전에 눈의 기능이 자유를 잃었다. 무자비한 바람에 찔려 눈물이라도 흘리면 바로 얼어버린다. 방한복에서 노출되어 있는 부위는 고작 눈 주변과 입언저리뿐이다. 그 부위는 금방 차갑게 얼어버려서 감각이 없어졌다. 털이 달린 코 덮개는 숨을 쉴 때마다 성애가 늘어나서 밤눈에도 하얗게 보이는 얼음꽃을 얼굴 한복판에 피웠다. 50보도 걷지 않았는데 두 사람 다 뼛속까지 떨리기 시작했다.

"별이 보여?"

가지가 오하라에게 물었다. 묻고 나서 깨달았다. 보일 리가 없다. 오하라의 안경은 완전히 불투명한 얼음장이 되어 있을 것이다.

"안 보여."

오하라는 밤하늘을 올려다보는 것이 아니라 반대로 고개를 숙이고 흐릿하게 창백한 빛을 내고 있는 지면을 보고 있었다.

"별도 얼었어."

가지가 중얼거렸다.

"깜빡이지도 않아. 내 눈이 어떻게 된 건지……."

가지는 이 혹독한 추위를 미치코에게 편지로 써서 보내겠다고 생각했다. 고참병에게 흠씬 두들겨 맞고, 게다가 북풍이 이렇게 살을 에고 있지만 그의 마음속은 아직 따뜻하다. 결코 얼지 않는다. 생명의 등불이 계속 켜지며 사랑할 것을 요구하고 있다. 미치코는 그것을 고작 몇 줄의 글로도 느낄 수 있으리라. 그리고 미치코도 또 생명의 불꽃을 높이 쳐들고 멀리 이쪽까지 신호를 보내줄 것이다.

"담배꽁초를 집어넣은 건……."

오하라가 나지막한 소리로 말했다.

"시바타 병장이야. 페치카 옆에서 그때 요시다 상등병과 잡담하면서 담배를 피우고 있었으니까."

훈훈한 환상은 금방 얼어붙었다.

"알면서 왜 말하지 않았어?"

목소리가 거칠어졌다.

"어차피 다시 길어오더라도 주번 상등병이 오기 전에 말했으면 맞지 않을 수는 있었잖아."

"화내지 마, 부탁이니까."

오하라는 비참한 말투로 말했다.

"괴로웠어. 저녁때 막 길어왔는데, 또 가는 것이 괴로웠어."

"당연히 괴롭겠지!"

가지는 화를 어둠 속에 토해냈다. 그리고 다시 숨을 들이마실 때는 폐의 밑바닥까지 얼어붙는 것 같았다.

"두들겨 맞고 나서 물을 길으러 나오면 더 괴로울 거라고는 생각하지 않았어?"

"미안해. 용서해줘, 응? 오늘 밤만 도와줘."

가지는 잠자코 대여섯 걸음 걸었다. 그러고 나서 말했다.

"난 네 동기야. 뭘 그렇게 안절부절못하는 거야? 정신 똑똑히 차려, 오하라."

돌아가서 시바타 병장을 두들겨 깨우자. 그러고도 넌 용케 초년병 담당을 하고 있구나. 나랑 같이 물을 길으러 가자. 바깥 추위는 조금 견디기 힘들 거다. 그러나 고참병의 썩어빠진 근성에는 아주 안성맞춤이다. 자, 가는 거다! 요시다, 너도 와!

하지만 발은 초년병의 숙명에 순종하고 있었다. 방한 군화 안에서 서서히 차가워지고, 아프고, 저리면서도 우물을 향해 어둠 속을 걷고 있었다.

천칭봉天秤棒(어깨에 나무 봉을 올려 메고 양쪽에 물건을 매달고 가거나 둘이서 나무 봉의 양쪽 끝을 어깨에 걸치고 중앙에 물건을 매달고 가는 것 - 옮긴이)에 걸친 손은 벌써 아까부터 아픈 것을 지나 감각을 잃어가고 있었다. 털장갑 위에 방한 장갑을 하나 더 끼었어도 한기는 무서운 속도로 파고들었다. 완다完達 산맥에서 내리 부는 바람은 한밤중에 나돌아 다니는 살아 있는 먹잇감을 놓치지 않았다.

"손을 계속 움직여, 오하라. 안 그러면 동상 걸려."

가지는 부지런히 손을 쥐었다 폈다 하면서 오하라에게 주의를 주었다.

길이 비탈진 곳에서 오하라의 발이 미끄러지며 물통이 굴렀다. 물통은 심술궂게 요란한 소리를 내며 설빙 위를 굴러갔다. 오하라는 당황해서 땅바닥을 기며 물통의 행방을 찾았다. 마치 곰이 어둠 속에서 꿈틀거리고 있는 것 같았다. 그 곰이 비참한 목소리로 말했다.

"안 보여. 아무것도 안 보여. 가지, 나 좀 도와줘. 아무것도 보이지가 않아."

가지는 추위와 분노를 참을 수가 없었다. 주워! 네 스스로 주우란 말이야! 마음속으로 그렇게 소리치면서 물통을 주워주었다.

"정신 차려, 오하라. 꼭 계집애 같잖아."

우물까지는 꽤 먼 거리였다. 막사가 10여 동이나 있는 영내의 제일 안쪽에 취사장이 있고 그 옆에 우물이 있는데 취사용, 마구간용, 일반 병용으로 구분되어 있다. 일반병용 우물은 우물방틀(우물 위에 통나무나 각재로 네모나게 귀를 맞추어 짜놓은 틀-옮긴이)이 부서져 있었다. 많은 병사들이 낮에 물을 긷다 흘린 물이 두껍게 얼어 있었기 때문에 발밑이 밝을 때도 자칫했다간 미끄러져서 엉덩방아를 찧는다. 캄캄한 야밤에 잘못해서 미끄러져 넘어지면 그걸로 끝이다. 취사용과 마구간용 우물은 크고 아직 우물방틀이 튼튼해서 빠질 염려는 없었지만, 얼어붙은 두레박줄이 끊어지기라도 하는 날엔 시간이 걸려도 날이 밝을 때까지 고쳐놓지 않으면 나중에 그야말로 경을 치게 된다. 철사를 꼬아 만든 이 줄은 혹한일 때 잘 끊어진다. 이 줄이 끊어져서 눈물을 쏙 뺀 초년병들은 수없이 많다. 가지와 오하라는 줄이 끊어지면 받을 기합이 두려워서 습관적으로 위험한 우물 쪽을 골랐다.

비를 막기 위한 양철 지붕이 찬바람을 맞아 끼익끼익 비명을 지르고 있었다.

"길을 수 있을까?"

오하라가 얼음만 희뿌여니 번들거리는 어둠 속에서 불안한 목소리로 물었다. 가지는 잠자코 있었다. 오하라가 어떻게 하는지 지켜볼 작정이다. 내무반 당번은 오하라다. 오하라가 혼자 해야 할 일인 것이다. 가지가 당번이면 눈보라 속에서라도 혼자서 할 것이다. 저녁때도 이미 한 번 길어다 주었다. 그때는 우물 속에 안경을 빠뜨리면 어떡하냐는 오하라의 걱정을 동정했기 때문이다. 지금은 캄캄한 어둠 속이다. 어차피 아무것도 보이지 않는다. 안경 벗고 혼자서 해.

오하라는 머뭇거리고 있었다. 얼음 위에서 몇 번이나 허우적거리는 게 아무래도 위험했다. 그래도 오하라는 얼음 위에 무릎을 꿇고 기어가서 두레박줄을 잡으려고 했다. 그의 손은 감각을 완전히 잃고 있었다. 두레박줄은 오하라의 손에서 도망치듯 자꾸만 벗어났고 얄궂게도 두레박만 우물 벽에 부딪혔다.

"손이 움직이지 않아, 손이……"

가지는 혀를 찼다. 쓸모없는 놈! 이놈은 착한 건 분명한데 쓸모가 없다! 꼭 계집애 같다! 오하라, 넌 환경이 바뀐 것을 어떻게 자각하고 있는 거냐? 지방 소도시에서 영화나 연극의 비평 기사를 시뻘겋게 타고 있는 난로 옆에서 쓰는 네 직업보다 군대에서 물 긷는 것이 더 괴로운 것은 분명해. 사회에서라면 '할 수 있을까'로 끝나겠지. 하지만 지금은 그렇겐 안 돼. 뭣 때문인지는 몰라도 여기까지 온 것은 물을 긷기 위해서였어. 긷지 못하면 길어올 때까지 맞을 수밖에 없어. 시비를 따질 수 있는 세계가 아니야. 군대야. 어떤 불합리한 일이라도 거스를 방법이 없는 이등병이야, 우리는.

"비켜."

험악한 목소리로 말했다.

"내가 할게. 내 손은 얼지 않은 줄 알아?"

그렇게 말하고 나서 가지는 마음속이 쿡 찔리는 듯한 통증을 느꼈다. 만약 여자와 함께 물을 길으러 왔다면 가지는 고통을 참고 물을 길었을 것이다. 그렇다면 뭔가 좀 우습다. 오하라는 아내에게 아이를 낳게 할 수 있었던 사내지만 지금은 약하다는 점에서는 여자와 큰 차이가 없다. 오히려 눈이 나쁘다는 것만으로도 건강한 여자보다 약할지도 모른다.

어쩔 수 없지. 체념하자. 나는 원래 센티멘털 휴머니스트라니까.

가지는 우물 가장자리에서 얼음 위에 포복자세로 엎드려서 덧장갑을 낀 채 두레박줄을 쥐었다. 그리고 생각을 고쳐먹고 부드러운 목소리로 말했다.

"내 발을 꽉 눌러줘."

우물은 깊었다. 두레박이 수면에 덮여 있는 얼음의 좁은 구멍으로 떨어진 것을 느낄 때까지 한기가 장갑을 뚫고 들어와 손가락이 아플 지경이었다. 물의 무게가 더해지자 한층 더 차갑고 아파서 찢어질 것 같았다. 무거웠다. 어느 정도 한계에 도달하자 손가락이 뚝 하고 떨어져 나갈 것 같은 불길한 예감조차 들었다. 동상에 걸릴 우려가 있었다. 만약 동상에 걸리면 어쩌지? 훈련 시간 외의 시간에 걸린 동상은 사병이 부주의한 것으로 간주되어 치료보다 먼저 문책을 당하게 된다. 그렇다고 여기서 손을 놓아버리면 다시는 참을성 있게 하지 못하게 되리라는 것은 잘 알고 있다. 이런 하찮은 일에도 거의 죽을힘을 다 짜낼 정도로 오기를 부리지 않으면 여기서는 살아갈 수 없었다.

겨우 두레박이 올라왔다. 그것을 끌어올리는 것을 도우려고 오하라가 엉거주춤한 자세로 손을 뻗었을 때 무릎이 미끄러졌는지 두레박이 심하게 흔들리며 물이 쏟아졌다.

"이 멍청아! 내 손이……."

가지의 덧장갑이 물을 뒤집어썼다. 그 물이 스며들어서 살에 닿기도 전에 장갑은 양철통처럼 얼어버렸다. 가지는 덧장갑을 벗고 움직이지 못하게 된 손을 얼음에 마구 두드렸다. 빌어먹을! 내 손이! 내 손이! 이 손으로 내일 수류탄을 던져야 한단 말이야!

오하라는 당황해서 "괜찮아? 괜찮아?" 하고 들여다보면서 자기의 덧장갑을 벗으려고 했다.

"관둬."

가지가 으르렁거렸다.

"네 탓이라고 말하지는 않을 테니까. 내 몸에 올라타! 걸터앉으란 말이야."

물은 안타까울 정도로 적었다. 오하라는 미안해, 미안해, 하고 자꾸 중얼거리고 있었다. 난 왜 이렇게 실수만 하는 걸까?

두레박을 우물 속에 떨어뜨리고 가지는 손을 얼음 위에 폈다.

"밟아. 꽉 밟아줘."

오하라는 무릎으로 가지의 손을 밟았다. 미안해, 미안해, 라고 말하면서.

"나 같은 놈은 죽어버리는 게 나을 거야, 그렇지? 전우가 될 만한 가치도 없는 놈이라고 생각하겠지?"

전우라. 손에서 전해지는 통증과 한심한 마음을 억누르며 가지는 눈물을 글썽거렸다. 생판 모르는 두 사내가 서로 다른 곳에서 이 광야의 끝까지 끌려와 짚이불을 덮고 나란히 자게 되기까지 두 사람은 모두 너무나도 소중한 것을 잃고 왔음이 틀림없다.

두 사람 다 가슴속 깊은 곳까지 굶주리고 있는 것은 같다. 시바타 병장이나 요시다 상등병도 처음에는 마찬가지였을 것이다. 그러나 지금은 같은 부분이 하나도 없다. 그들은 초년병 시절에 느꼈을 마음의 굶주림을 같은 초년병을 괴롭히며 그 눈물과 땀으로 채우고 있는 것 같았다. 군대가 그것을 용납하고 있다. 인간의 불평과 불만을 때려죽이기 위해, 때려죽여서 감각이 둔해진 인간의 영혼에 '봉공'과 번견番犬의 임무를 주입시키기 위해.

"오하라."

가지는 오하라를 부르고 다시 두레박줄을 잡았다.

"이런 꼴을 각자의 아내에게 보이면 기분이 어떨까?"

"……지금, 왜 그런 말을……."

"아니 그냥 뭐, 아내라는 근사한 것이 있었다는 거지! 먼 옛날엔 말이야. 꽃 피는 따뜻한 곳에."

가지는 두레박줄을 흔들었다.

"우린 대체 뭘까? 이 이등병이라는 게 말이야!"

동물 이하였다. 군대에서 말은 〈마사교범馬事教範〉에 의해 특별 취급을 받고 있었다. 인간은 어떤가. 특히 이등병은. 살인기술에 관한 각종

교범은 빠짐없이 주어지고 있지만, 끝끝내 '인간교범'은 주어지지 않았다. 동물 이상의 취급을 받을 수 있는 이등병 따위는 일본 군대에는 한 명도 없는 것이다.

"오하라, 이등병에게 아내가 있다는 게 우습지 않나?"

가지는 오하라 쪽으로 이를 드러내 보이며 웃었지만 오하라에게는 그 비참한 웃음이 보이지 않았다. 가지는 그러나 이때 너무 괴로운 나머지 잊고 있었던 것이다. 왕시양리나 오백수십 명의 특수 광부가 가지의 지배하에서 늘 동물 이하의 처우에 신음하면서도 저항을 멈추지 않았던 것을.

"아내가 곧잘 이런 말을 하더군."

오하라의 목소리가 맥없이 떨렸다.

"당신은 느림보니까 야단맞지 않도록 조심하라고."

느려터진 오하라 이등병은 일요일마다 아내에게 엽서를 보낸다.

자기는 몸 건강하게 열심히 군복무에 정진하고 있으니 아무 걱정하지 말라고……

"이런 비참한 꼴은 보여주고 싶지 않아. ……그렇지?"

"그렇지. 나도 이런 모습은……"

두레박에 물이 담겼다. 가지는 갑자기 참을 수 없게 된 슬픔을 끌어당기는 마음으로 줄을 당겼다. 가지도 우습고 비참하기 짝이 없는 이등병의 모습을 보여주고 싶지는 않았다. 하지만 그녀가 이곳으로 와주길 바랐다. 이곳으로. 이 얼음 위로. 찢어질 것같이 아픈 손 곁으로.

6

 수류탄 투척 요원은 연대 본부로 먼저 출발했다. 반장과 조교도 그곳으로 갔고, 고참병들도 근무를 나가고 없다. 초년병들은 '집합' 명령이 내릴 때까지의 얼마 안 되는 시간을 각자 편히 쉬고 있었다. 지금은 며느리의 실수를 찾아내려는 시어머니 같은 심술궂은 눈도 없다. 내무반 안에서는 아주 드문 일이다. 귀신이 없는 동안 실컷 하고 싶은 대로 할 수 있는 것이다.
 아니, 작은 귀신이 한 마리 있긴 했다. 피복수리병인 야마자키 상등병이 재봉 바늘에 손가락이 찔려서 의무실에서 치료를 받고 내무반으로 돌아와 있었다. 그도 손가락은 아프지만 오랜만에 근무에서 해방되어 유쾌한 모양이다. 사사 이등병을 붙들고 음담패설의 초보 교육을 받고 있다.
 "이렇게 말이야?"
 엉덩이를 빼고 기묘한 자세를 취했다. 눈빛이 야릇한 광택을 띠고 있는 것은 이야기의 내용이 그의 신체에 기능항진을 일으키고 있다는 증거다.
 "올라타고 있는 것입니다."
 "여자가?"
 "그렇습니다."
 "남자는?"

"남자는 이렇게……."

사사 이등병은 여자의 절구 같은 엉덩이를 끌어안은 남자의 모습을 흉내 내 보였다.

"하고 있습니다."

"이런 제길! 그 자식 금방 싸버리겠군."

남의 정사를 상상하는 데 열중하여 얼굴이 시뻘겋게 달아올라 있는 야마자키 상등병을 보면서 전직 호텔 급사장은 그 무렵을, 그 좋은 시절을 떠올렸다. 이곳에 온 지 고작 두 달 정도밖에 되지 않았는데도 먼 옛날 일 같았다.

그가 안내하여 방으로 들여보낸 수많은 남자와 여자들. 전쟁의 참혹함도 모르고 그의 손에 많은 돈을 쥐여주고 정사에 열중하던 남자와 여자들. 느긋하게, 부디 느긋하게 놀다 가세요. 사사는 덕분에 돈에는 궁하지 않았다. 초등학교밖에 나오지 못했지만 대학 출신보다 수입이 많았다. 마누라나 아이들을 부족하게 살게 한 기억이 없다. 바람도 많이 피웠지만 마누라도 사랑했다. 벌이가 좋고 밤에 사랑해주는 것을 게을리 하지 않으면 불평하지 않는 편한 마누라였다. 헤어질 때는 그 생생한 추억의 실마리를 갖지 않고는 나올 수 없었던 것도 그녀만큼 자신의 심정을 이해해주고 사내의 방종을 용서해준 '좋은 여자'는 없었기 때문이다. 그 여자가 연이어 아이를 갖고, 쏨풍쏨풍 낳아서 쑥쑥 자란 아이들. 아버지를 선물이나 가지고 오는 사람으로 알고 있던 아이들. 출정할 때 울었다 웃었다 하는 아내의 허리에 매달려 있던 막내딸은 아버지가 오래 걸릴 것 같은 여행을 마치고 돌아올 날을 기다리며 눈을 깜빡이면서 말했다.

"아빠, 군인 선물, 뭘 갖고 와?"

뭘까? 아직도 이것만은 짚이는 바가 없었다. 전사 통지서가 될지도 모른다. 그의 생명은 지금 이 기분 나쁜 침묵을 지키고 있는 동북부 만주의 국경지대에서 그의 육체에 임시로 머물고 있는 것에 지나지 않는다. 관동군 사령관 우메즈 요시지로와 그의 막료가 지도 위에서 움직이는 색연필의 움직임에 따라 그의 생명은 바로 저승길로 들어설지도 모른다. 아니면 대본영大本營(다이혼에이, 전시나 사변 시에 설치되었던 일본의 최고 통수기관 - 옮긴이)의 젊은 작전참모가 전공을 세우려는 일념으로 입안한 계획이 그를 남쪽 바다에 수장시킬지도 모른다.

'재수 없어! 생각하지 말자.'

사사는 남녀의 정사를 가장 아슬아슬한 부분까지 자세히 묘사했다. 야마자키 상등병은 처음엔 그저 사사한테 들은 음담을 피복수리 공장에 가서 동료들에게 들려주며 그들을 흥분시키려는 마음에 듣고 있었지만, 지금은 그 쾌락을 꼭 자기 것으로 만들고 싶어졌다. 재봉 바늘에 찔린 손가락의 상처가 덧나 둥안東安의 육군병원으로 치료 출장을 가게 되기를 간절히 바라는 것이었다. 그렇게만 되면 무슨 일이 있더라도 시간을 내서 여자에게 돌격할 것이다.

"아아, 빌어먹을! 이젠 사내놈들의 낯짝을 보는 것도 지겹구나. 국경과 눈, 여름이 되면 습지대의 물과 진흙뿐이니……. 이런 제길! 3년 동안 외출도 못하고, 면회도 한번 없었어. 여자라곤 관사 창부(장교의 아내를 가리킴)들뿐이고. 당번, 당번, 이리 좀 와. 뭐라고 씨불이는 거야? 이거나 먹어라 이 암퇘지야! 나한텐 쓸모없는 불알이 축 늘어져 있단 말이다."

옆에서 처음부터 넋을 놓고 듣고 있던 현역 이등병인 야마구치와 가나스기는 흥분한 나머지 얼굴이 술에 취한 사람처럼 벌게져 있었다. 그들은 아직 야마자키처럼 군대에 닳고 닳은 나쁜 꾀는 부릴 줄 모른다. 그저 놀라고 부러워하며 목이 바싹바싹 마를 뿐이다. 그들이 여자의 몸뚱이를 실컷 맛보기도 전에 총알이 그들의 굶주린 피가 소용돌이치고 있는 육체를 꿰뚫어버릴지도 모른다는 것은 항상 생각하고 있어야 한다. 그럴더라도 여자만 생각하면 온몸이 들썩거린다. 정말 굉장하구나!

참 쓸데없는 소리만 지껄이고 있군, 하고 시라토는 보초의 일반수칙과 특별수칙을 암기하는 데 방해가 되는 사사의 음담을 경멸했다. 하지만 경멸이야 해도 음담에 화를 내는 사내는 없는 법이다. 그것은 귀로 숨어들어 와서 사내의 가슴속에 있는 어둡고 불투명한 부분을 간질인다.

시라토는 고향에 남겨두고 온 아내와 결혼한 것을 후회하면서도 역시 그 아내를 떠올리고 있었다. 예쁘지도 않은데 공연히 콧대만 높아서 결혼도 못하고 혼기가 지난 여자였다. 회사의 차장급 상사의 딸이다. 시라토는 출세와 맞바꿔서 그녀와 결혼했다. 차장은 크게 기뻐하며 시라토에게 곧장 주임 자리를 내줄 정도였기 때문에 시라토는 소집에 대한 위험도 당연히 차장이 막아줄 것이라 생각했다. 그러나 차장은 얼마 후에 부장으로 승진했지만 시라토는 이 삭막한 변방으로 쫓겨나는 처지가 되었다. 사내라면 한 번쯤 갔다 와야 한다는 것이었다. 더구나 그의 아내는 당시 자신의 얼굴에도 나름 예쁜 구석이 있다고 생각하고는 덩치가 좋은 시라토가 간부후보생에 지원하여 장교로 임관해서 군도를 차고 자신과 나란히 다니면 사람들의 눈에 얼마나 멋지게 보일지 상상의 나래를 펼치고 있었다.

"다녀오세요. 장교가 되면 멋지잖아요! 전장에 갈 것 같으면 아버지한테 부탁해줄게요. 빨리 관사를 받으세요. 저도 바로 갈 테니까."

군국 여성의 가공할 로맨티시즘이다. 그것이 정말 멋진 일이건 아니건 시라토는 하루라도 빨리 경리 장교가 되어 도회지 근무를 할 수 있도록 청원해서라도 일반 병사의 고통과 굴욕으로부터 벗어나야겠다고 생각하고 있었다.

오하라는 고참병들이 다시는 방화수에 담배꽁초를 던져 넣지 못하도록 무엇으로 뚜껑을 만들까 하고 열심히 궁리하면서 내무반과 복도 사이를 왔다 갔다 하고 있었다. 어젯밤 같은 일이 또다시 되풀이된다면 오하라의 허약한 몸뚱이 속에서 생명은 닳아 없어질 것이다.

다노우에 이등병은 올해 옥수수 농사는 작년의 절반 정도로 하지 않으면 마스코 혼자서는 도저히 해낼 수 없을 것이라고 마음이 몹시 울적했다. 여자 혼자의 힘으로는 개척농법을 해나갈 수가 없다. 개척단

동료도 바쁠 때는 자기 밭의 일로 잠시도 쉴 틈이 없다. 개척이 늦어지는 것을 포기하지 못하는 출정자의 불운이었다. 부지런히 황무지를 개간하고, 암소와 홀스타인도 한 마리씩 키우게 되고, 10정보 자작농의 꿈이 그럭저럭 실현되나 싶었을 때 다노우에의 손은 쟁기 손잡이 대신 소총을 잡았고, 그의 발은 검은 옥토와 김이 무럭무럭 나는 말똥을 밟는 대신 이 습지대의, 지금은 온통 얼어붙은 눈얼음을 밟고 있었다.

무학에다 재주도 없고 동작까지 느린 다노우에도 밭을 가는 데는 열성적인 노력가였고, 명인이었을지도 모른다. 그런 그가 어울리지도 않는 부동자세로 "첫째, 군인은 충성을 다할 것을 본분으로 삼아야 한다." 따위로 말하거나, 유탄발사기의 마지막 탄을 장전하고 적진에 돌입하는 동작으로 눈 위를 우왕좌왕 뛰어다닌다. "뭘 하고 있어, 다노우에?" 하시타니 반장의 질타가 날아온다. "우물쭈물하다간 죽어!" 시바타 병장이 호통 친다. 거의 매일 일어나는 일이다. 차라리 전사하는 게 낫겠다고 생각한 적도 몇 번이나 있다. 이대로 다시는 쟁기로 일군 흙냄새를 맡을 수 없다면 그 편이 훨씬 낫다.

그로서는 국가의 인원 배치 방법이 도저히 납득이 가지 않았다. 만몽(만주와 몽고)을 개척하라는 말에 그는 고향을 버리고 오지 않았던가. 그런데 이번엔 총을 들라고 한다. 고구마 한 관이라도 더 캐는 게 '나라'를 위해 얼마나 이로운지 모른단 말인가.

'올해 감자는 농림 1호로 해야 돼, 마스코.' 하고 다노우에는 생각했다. 이번 주 일요일에 가지에게 부탁해서 엽서에 그렇게 써달래자. 그는 소똥과 분탄을 반죽해서 만든 연료로 온돌을 때고 있는 마스코의 튼 손을 생각하며 가슴이 미어졌다. 여보, 언제나 돌아오나요. 어서 돌아와주세요. 나 혼자서는 도저히 할 수가 없어요. 슬퍼서 죽겠어요.

'집합' 명령이 떨어졌다. 반나이 상등병이 쩌렁쩌렁한 목소리로 막사 앞에서 소리치고 있다.
"금일 복장을 하달한다. 군화, 각반, 대검, 외투 착용이다. 방한모의 귀덮개는 올린다. 초년병은 구보 집합."
초년병들은 집합했다. 병기계인 소가 중사가 나와서 구령을 붙였다.
"목표, 연대본부 앞. 뛰어⋯⋯."
초년병들은 장난감 병정처럼 일제히 두 손을 허리에 갖다 댔다.
"가!"
투척시합용 수류탄은 물론 모의탄이다. 진짜 수류탄이 4초 시한 신관이기 때문에 발화 동작에서 던지고 표적에 적중할 때까지 4초가 가장 이상적이다. 우물쭈물하다간 자폭이 되고, 적진에 너무 빨리 던지면 적군이 그것을 주워서 되던질 우려가 있다. 관동군의 가상 적인 공산군 병사는 누구나 40미터 이상의 투척 능력을 가지고 있다고 해서, 그 적과 대치하고 있는 국경의 수비 부대에서는 수류탄 투척 능력을 단련하여 키워놓는 것을 중요시하고 있는 것이다.
각 중대에서 열 명씩 선발된 투척 요원. 30미터를 기준인 0점으로 하고 그것을 넘으면 1미터마다 1점씩 가산하여 총점이 많은 중대가 이기는 방식이다. 우승 중대의 중대장은 매년 부대장의 애용품 중 하나를 상품으로 받고, 그 중대의 병사 전원에게는 '극광'(담배 이름)을 한 갑씩 특별 배급품으로 준다. 나쁘지 않은 상품이다.

가지는 4중대의 마지막 투척자였다. 하시타니 중사가 강력히 주장하여 가지를 마지막에 세운 것이다. 한 번 던질 때마다 각 중대의 득점은 앞서거니 뒤서거니 했다. 가지의 차례가 되었을 때 하시타니가 말했다.

"우승은 너한테 달렸다. 부탁한다."

가지의 손은 얼어 있었다. 진짜 수류탄이라면 공이를 때리는 동작과 동시에 꽁무니에서 불이 뿜어져 나오기 때문에 손이 데지 않도록 수류탄의 원통형 부분을 손바닥으로 감아쥐고 던지는 것이 정식 투척법이다. 그러나 어젯밤 물을 긷느라 얼어버려서 손목의 움직임이 둔해진 가지는 자신의 기록인 64미터는 도저히 던질 수 없을 것 같았다.

"야단났습니다."

가지는 그날 아침 손목을 부지런히 돌리면서 신조에게 말했다.

"오늘은 정식 투척법으로는 힘들겠습니다. 자신이 없습니다. 손가락을 걸고 던지면 어떻게든 될 것 같긴 한데……."

신조는 웃었다.

"역시 이등병이야. 걸면 되잖아? 군인은 요령을 본분으로 삼아야 한다는 것도 몰라?"

가지는 하시타니 중사의 신뢰와 위협이 깃든 시선을 받고 있는 동안 결심했다. 반칙을 써서 던지자.

가지는 투척선에 한쪽 무릎을 꿇었다. 이번에 실패하면 난 다시는 중대에서 숨조차 제대로 쉬지 못하게 될 것이다. 요시다 상등병은 어젯밤에 했던 짓보다 두 배, 세 배로 더 심하게 가지를 못살게 굴 것이다. 미치코, 부탁이야. 날 좀 도와줘.

수류탄을 정식으로 쥐고 발화 동작. 일어서면서 팔을 뒤로 뺄 때 재빨리 수류탄의 머리와 꼬랑지 부분에 손가락을 걸었다. 자, 가라! 팔이 바람을 갈랐다. 수류탄은 이상하게 상하로 회전하면서 큰 포물선을 그리며 날아갔다. 가지는 투척선에 똑바로 서 있었다. 혹시 이상하게 날아가는 것을 보고 누가 반칙한 걸 눈치채진 않았을까?

"67미터!"

심판병이 소리치는 것과 동시에 중대에서 환호성이 터졌다. 가지는 복창했다.

"제4중대, 가지 이등병, 67미터!"

하시타니 중사가 환하게 웃으면서 가지의 등을 철썩 때렸다.

"잘했다, 가지! 수고했어!"

각 중대마다 마지막 투척자는 어깨가 강한 자들로 세웠는데, 집계 결과 근소한 차이로 4중대의 승리로 돌아갔다. 부대장이 마지막에 쉰 목소리로 말했다.

"……소련군을 능가하는 투척 능력을 발휘하다니 훌륭하다. 우수한 능력이다. 투척 요원 외의 병사들도 오늘을 계기로 열심히 훈련해서 적진에서의 백병전에 앞서 강력한 파괴력을 발휘할 수 있도록……"

투척 요원들은 다들 경청하고 있었지만 소련군을 향해 던지는 것을 생각하고 있었는지 어떤지는 의문이다. 머잖아 그런 날이 실제로 닥칠지 모른다 해도 적어도 오늘의 가지는 그 마지막 한 발을 자신의 입장, 극히 위험한 경계선에 놓여 있는 게 분명한 자신의 입장을 지키기 위해 던졌을 뿐이다. 그것은 스포츠조차 될 수 없었다. 일부러 반칙을 했으니까.

중대는 막사로 돌아가기 시작했다. 고참병들은 중대의 승리와 '극광' 한 갑을 특별 배급으로 받게 된 것에 기분이 좋았다. 내무반장인 하시타니는 자기 부하가 승기를 잡았다며 싱글벙글하고 있다. 가지는 오늘 하루 중대의 영웅이다. 오늘은 아무도 가지를 괴롭히지 않을 것이다.

"부대장님은 가지의 이름을 기억하겠지?"

기억해주지 않아도 좋으니까 제발 날 빨리 집에 보내줘! 가지는 순간 안타깝게 타오르는 눈동자를 허공으로 던지고 1,500킬로미터 저편을 생각했다. 그곳에는 아직 생활이라 불리는 것이 있다. 그곳에도 그곳 나름의 숨 막힐 것 같은 고뇌와 고통과 박해가 있긴 했지만, 인간이 자신의 의지대로 살아가려는 시도나마 할 수 있는 공간이 있었다. 돌멩이를 멀리 던지고, 그 공을 인정받음으로써 자신을 구원하거나 할 필요는 없었다.

이곳은 얼음 눈에 갇힌 국경지대. 인간은 그저 전쟁을 위해 준비된 도구일 뿐이다. 군홧발 아래에서 저벅거리는 눈의 공허한 소리를 들으면서 사내들은 걸어가고 있다.

7

"3내무반은 실내로 들어가지 마라."

서무계 선임하사인 이시구로 중사가 출입구 문턱에 서서 말했다.

"그 자리에서 정렬."

오후 훈련을 마치고 돌아온 초년병들은 추위에 입술이 새파랗게 질려서 2열 횡대로 섰다. 다른 내무반의 병사들이 무슨 일인가 하고 호기심 어린 표정으로 멈춰 섰지만, 추위를 견디지 못하고 이내 우르르 내무반 안으로 들어갔다. 이시구로는 하시타니 중사와 시바타 병장이 못마땅한 얼굴로 줄 끝에 있는 것을 보고 말했다.

"하시타니 반장은 들어가 주게. 시바타 너도."

두 사람은 출입구로 가긴 했지만 실내로 들어가진 않고 이시구로 뒤에 섰다.

"너희들 중에 이런 걸 갖고 있는 자는 없나?"

이시구로 중사가 한 손을 들어 아무것도 쓰여 있지 않은 엽서를 보여주었다.

"아무것도 아니다. 평범한 군용 엽서다. 누구나 갖고 있다. 그러나 자세히 봐라. 여기에 이런 게 있다."

이시구로의 손가락이 가리킨 곳에 작은 도장이 찍혀 있었다. 내무계 히노 준위의 검인이다. 병사들이 보내는 엽서는 이 검인이 찍혀야 비로소 중대에서 나갈 수 있다. 받는 것은 검인을 받지 않지만 히노 준위의 업무 대부분을 대행하고 있는 이시구로의 검열을 받아야 병사들의 손에 전해진다.

지금 들어 보인 엽서에는 미리 검인이 찍혀 있었던 것이다.

"책임을 묻지 않을 테니까 갖고 있는 자는 손을 들어라."

아무도 손을 들지 않았다. 이시구로의 긴장된 얼굴이 더욱 긴장되며 날카로워졌다.

"가지고 있지 않단 말이지? 나중에 생각났다는 변명 따위는 용서하지 않는다."

차가운 시선이 대열을 핥듯이 훑었다. 이시구로의 얼굴에 어두운 웃음이 스쳤다.

"가지, 안색이 안 좋군. 무슨 일 있나?"

가지는 아까부터 추위를 잊고 심하게 쿵쾅거리고 있는 가슴과 싸우고 있었다.

"넌 4중대의 자랑이다."

이시구로가 학교 선생님처럼 점잖게 말했다.

"경솔한 짓을 했다고는 생각하지 않지만, 이 한 장의 엽서와 네 관물대 속에 있을 또 한 장의 엽서가 어떻게 네 손에 들어왔는지 그걸 중대 선임하사로서 너에게 묻는다."

가지는 핏기를 잃은 입술을 굳게 다물고 있었다.

"넌 이 두 장의 엽서를 다른 것들과 섞어서 정리해놓았을 정도니까 숨길 생각이 없었다고는 하지 못할 것이다."

이시구로는 초년병들이 훈련하러 나가고 없는 동안 소지품을 살살이 뒤졌다. 지난 주 관물대 검사 때는 이시구로 중사가 앉아 있는 가지의 무릎 앞에 놓인 새 엽서 다발을 거들떠보지도 않아서 안심하고 그대로 놔두었는데 그게 불찰이었다. 그렇다고 해서 달리 숨길 만한 곳도 없었다.

"얻은 거야, 산 거야? 어느 쪽이야?"

가지는 귓속이 윙윙거렸다. 각오하지 않으면 안 된다. 자기 실수다.

"……훔쳤습니다."

그 대답과 동시에 이시구로의 뒤에서 시바타 병장이 뛰어나오려고 했다. 이시구로가 그것을 제지했다.

"어디에서 훔친 거야?"

"사무실, 이시구로 반장님의 책상에서 훔쳤습니다."

"언제?"

"지지난 주, 사무실을 청소하러 갔을 때입니다."

"내 책상에 검인을 찍은 엽서는 없다."

"엽서는 제 것입니다. 인감을 무단으로 사용했습니다."

"검열 도장은 어디에 있었지?"

"……반장님 책상에……."

이시구로는 씨익 웃었다. 그러고 나서 느닷없이 소릴 질렀다.

"멍청한 놈! 초년병의 잔꾀에 이 이시구로 중사가 속을 줄 알았나? 솔직히 말해! 넌 훔친 것이 아니다. 누가 줬나?"

가지는 입술을 깨물었다. 도둑놈으로 벌을 받는 게 그래도 낫다. 그걸 준 사람의 이름은 말할 수 없다. 이제부터가 힘들겠다는 예감이 들었다.

"가지, 빨리 말하는 게 좋아. 남을 감싸려는 마음은 반장도 잘 알고 있다."

하시타니가 자기 부하 중에서 절도범이 나오지 않았다는 것에 얼마간 마음이 놓였는지 타이르듯이 말했다.

"……말할 수 없습니다. 제가 훔쳤습니다."

"좋다. 말하고 싶지 않다면 말하지 마라!"

이시구로의 목소리가 날카로워졌다.

"3내무반의 초년병들은 지금부터 그 자리에서 두 시간 동안 부동자세다. 알았나?"

이제 곧 해가 진다. 오늘은 날씨가 좀 풀렸지만 곧 영하 20도 이하로 떨어질 것이다. 부동자세 두 시간은 참기 어렵다. 초년병들은 투덜거리기 시작했다.

"빨리 말해!"

시바타 병장이 소리쳤다.

"하시타니 반장님."

가지가 얼굴을 들었다.

"다른 사람은 관계가 없습니다. 해산시켜주십시오."

"안 돼!"

3부 약속의 땅 · 61

이시구로가 딱 잘라 말했다.

"전원 부동자세로 두 시간이다. 차렷!"

스무 명의 발뒤꿈치가 땅바닥을 울리는 것과 동시에 시라토가 말했다.

"말해, 가지!"

현역 초년병인 구보도 말했다.

"뭘 꾸물거리는 거야? 너 혼자만 있는 게 아니잖아?"

사사 이등병이 중얼거리는 소리가 들렸다.

"아아, 정말 된통 걸렸군."

"빨리 말해!"

시라토가 다시 말했다.

"시끄러워!"

이시구로가 소리쳤다.

"차렷이다!"

"왜 말하지 않는 거야?"

시라토가 으르렁거렸다. 가지는 이미 표정이 딱딱하게 굳어 있었다. 말하지 않아. 한 사람 때문에 스무 명이 고생해도 이것만은 말하지 않을 거야.

"말씀드릴 게 있습니다."

참다못해 시라토가 반 보 앞으로 나왔다.

"그 엽서는 가지가 신조 고참병에게 받은 것입니다. 꽤 오래전 일입니다. 저는 그 자리에 있었습니다."

"사무실 근무자인 신조 일등병 말인가?"

"그렇습니다."

가지는 주먹이 부르르 떨렸다. 달려가서 시라토를 때려눕히고 싶은 충동이 일었다. 그 다음에는 온몸의 근육에서 허탈감을 느꼈다.

"좋아. 알았다. 하시타니 반장 해산시켜주게."

이시구로는 가지를 곁눈질로 한 번 흘기고는 그대로 가 버렸다.

하시타니는 잠시 그 자리에서 망설이고 있었다. 신조와 가지에게 벌을 줘야 하나 말아야 하나. 벌을 준다면 어떻게 벌을 줘야 하나. 이시구로는 이 사건을 어디까지 파헤칠 작정일까? 구도 대위의 귀에 들어가지 않도록 이시구로에게 부탁할 필요가 있다. 이시구로는 그렇다 해도 저 능구렁이 같은 히노 준위는 어떻게 나올까?

불쾌한 목소리로 나지막하게 말했다.

"해산."

가지는 당연히 잠깐 오라고 할 줄 알고 그 자리에 서 있었다. 하시타니는 가지에게 눈도 주지 않고 시바타를 재촉해서 먼저 들어갔다.

신발장 앞에서 젊은 구보 이등병이 눈을 치켜뜨고 가지를 노려보았다. 가지는 황급히 군화를 벗고 있는 시라토에게 날카로운 시선을 보내고 있었다.

"가지, 넌 왜 꾸물거렸던 거야?"

구보가 다가서며 말했다.

"전부 기합을 받게 할 생각이었어?"

가지는 이 깡패 출신의 젊은 사내를 잠자코 쳐다보았다.

"이 자식아, 그깟 공 좀 세웠다고 너무 잘난 척하지 마."

가지는 시선을 돌렸다. 시라토는 이미 내무반 안으로 들어가고 없었다.

"……잘난 척이 어때서?"

구보를 보면서 군화를 벗었다.

"왜, 마음에 안 드나?"

"이 새끼가! 죽여버리겠다!"

덤벼드는 구보의 몸을 두 현역이 잡았다.

"덤벼 이 새끼야! 가지, 도망가는 거냐?"

침울해 있던 가지의 마음이 다시 급속도로 거칠어지고 있었다. 신조의 호의를 짓밟았을 뿐만 아니라 그는 벌을 받게 될 것이다. 린치를 당할 것이 뻔하다. 신조는 가지가 그의 이름을 말했다고 생각할지도 모른다. 시라토와 이 자식 때문이다. 다노우에와 오하라가 가지의 상기된 얼굴을 보고 그의 어깨에 손을 얹었다.

"어쩔 수 없어, 가지. 신경 쓰지 마."

가지는 그 손을 조용히 뿌리쳤다.

"구보, 나한테 행여 덤빌 생각은 마라."

그러고는 발판에 올라가서 말했다.

"너 같은 똘마니가 아무리 겁을 줘도 하나도 무섭지 않으니까. 나한테 덤비지 말란 말이다."

8

"얼굴을 때려선 안 돼."

하사관실에서 하시타니가 시바타와 요시다에게 다짐을 두었다.

"어디로 어떤 연락을 했는지만 알아내고 절대로 얼굴을 때리진 마."

중대장에게 알려져봤자 좋을 게 없다. 중대장은 인텔리 보충병이 현역병보다 뛰어나다는 것에 관심을 갖고 있다. 사상적으로 의심스러운 사내가 군복무에 정진하는 것에 흥미를 느끼고 있다.

"알겠나?"

시바타 병장은 고개를 끄덕였다.

요시다 상등병은 씩 웃었다.

9

중대 사무실의 알전구 빛이 희뿌연 그림자를 만들어내고 있는 한쪽 구석에서 신조 일등병의 '엎드려뻗쳐'는 벌써 30분이나 계속되고 있다. 고문치고는 가장 가벼운, 하지만 병사를 지치게 하는 데는 그 어떤 중형에도 뒤지지 않는 육체적인 형벌이다. 얻어맞을 대로 얻어맞고 나서 "차분하게 잘 생각해봐!"라는 말과 함께 당하게 되는 벌이다.

신조의 눈과 입은 모두 터지고 부어 있었다. 그의 팔은 이미 상체를 지탱할 힘을 잃고 부들부들 떨고 있다. 진땀이 전등 불빛을 받아 기름을 바른 것처럼 보인다. 이제 곧 배가 바닥에 닿을 것이다. 닿으면 걷어차인다. 바닥에 닿지 않으려고 엉덩이를 높이 쳐들면 엉덩이를 맞는다. 이제 더는 버틸 수 없으리라. 신조는 결코 허약한 체질은 아니었지만, 다른 사람들과 비슷한 체력밖엔 안 된다.

히노 준위를 비롯해 이곳에 있는 세 명의 중사인 이시구로, 소가, 하시타니는 모두 이번 검인 도용 사건이 실제로는 별로 대수롭지 않은 일이라는 것을 알고 있었다. 병사들이 하는 일종의 장난이다. 대개가 고향에 두고 온 사랑하는 사람에게, 남에게는 들려주고 싶지 않은 사랑의 밀어를 보내고 싶다거나, 어떤 필요한 물건을 구해달라고 한다거나, 혹은 넋두리를 늘어놓아 자기 위안을 삼으려는, 그런 정도로 쓰려고 한 것임을 알고 있었다.

하지만 이번 경우는 범인들의 질이 모두 나빴다. 신조 일등병은 사상범의 친동생이다. 사상범의 친동생이 사상적으로 완전히 결백하다고 누가 보장한단 말인가. 평소 신조의 태도는 이도저도 아닌 뜨뜻미지근한 것이었다. 지난 3년 동안 특별히 수상한 점은 없었다. 군복무를 혐오하는 것 같지도 않다. 요주의 사병의 낙인에도 개의치 않고 매사에 빈둥거리는 만년 일등병이다. 그렇다고 해서 반군적인 행동을 절대로 하지 않는다는 보장도 없었다.

엽서를 받은 가지는 어떤가. 그는 헌병대에서 받은 정보에 따르면 엄청난 '전과자'다. 이 전과자가 또 특이한 놈이다. 그는 신조와는 정반대로 생겨먹은 놈이다. 육체적으로 뛰어난 소질을 갖고 있고, 내무생활도 얄미울 정도로 꼼꼼하고 성실하다. 학과 태도도 근면하다. 간혹 고참 병들에게 '건방진 태도'를 보이는 것 말고는 특별히 나무랄 데가 없다. 하지만 가면을 쓰고 있는 것일지도 모른다. 수상한 것은 수상한 것이다. 간부후보생 지원을 거부한 일만 해도 그렇다. 뭔가 속셈이 있는 게 틀림없다. 먼지가 날지 안 날지 털어볼 필요가 있다.

신조가 지금까지 검인을 도용해서 외부와 중요한 연락을 하고 있었던 것은 아닐까? 가지도 그 일에 가담하고 있는 것은 아닐까?

만약 그렇다 해도 검열은 중대에서만 하는 것이 아니다. 부대 차원에서도 하고 있다. 그 그물망을 모두 무사히 통과하리라고는 생각할 수 없다. 그렇게 생각할 수 없기 때문에 오히려 여기 있는 히노 준위와 이시구로 중사는 신경이 더욱 곤두서는 것이다. 왜냐하면 중대의 검열을 마친 통신물이 상급기관에서 걸리기라도 하면 그들의 중대한 책임이 되기 때문이다.

또 반대로 군대에서는 이제 능구렁이가 된 히노나 그렇게 되어가고 있는 이시구로로서는 군의 사무기관이 상급자로 올라가면 올라갈수록 게으르고 대충대충 넘기려는 습성을 갖게 된다는 것을 잘 알고 있기 때문에 이번엔 거꾸로 검열을 소홀히 했다는 걱정도 결코 없다고는 할 수 없다. 그렇다면 사태가 더욱 심각해질지도 모르는 일이다.

신조는 과연 외부와 불법적인 통신을 했을까? 가지가 신조에게서 받은 것은 그 두 장뿐일까? 이번 일이 정말로 심각한 사태로 번지지 않고 마무리될 수 있을까?

"이 등신 같은 새끼야!"

히노 준위는 난로 옆에 앉아 사타구니를 북북 긁으면서 바닥에 엎드려뻗쳐서 비지땀을 흘리고 있는 신조에게 욕을 했다.

"쓴맛을 보여주마."

그는 이날 특히 더 화가 나 있었다. 영외 거주가 용인되자마자 맞아들인 그의 아내가 최근 들어 눈에 띄게 그를 멀리하는 경향을 보이고 있는 것이다. 신체 건강한 그가 자연스러운 욕구로 아내를 안으려고 하면 "싫어요. 안 돼요."라고 정중히 거부한다. 준위의 아내가 무슨 정경부인처럼 엄격하게 예의범절을 차리고 있는 것이다.

아내가 자신을 싫어하는 이유를 생각해보니 대충 두 가지가 있는 듯하다. 하나는 예전부터 일본에 있는 친정집에 가고 싶어 하는 것을 히노가 혼자 남아서 쓸쓸하게 자야 하는 것이 싫어서 허락하지 않았다.

"다른 집 부인은 두 달이나 휴가를 받았대요. 그 집 남편은 정말로 이해심이 깊어요. 여보, 두 달이라고요!"

두 달은커녕 이틀이라도 히노는 불편한 것을 참을 수 없었다. 아내로서는 이 황량한 변경에서 사는 것이 너무나 무미건조하고 따분한 나머지 그런 생활을 강요하고 있는 것이 남편이 아니라 남편의 직업임에도 불구하고 남편이 점점 싫어지는 것 같았다.

다른 하나는 타 중대의 내무계 준위는 그 중대에서의 실질적인 최고 실력자로서의 특권을 교묘하게 이용하여 부대에서 집으로 풍부한 물자를 나르고 있는데, 요즘 들어 히노에게서는 그런 일을 볼 수 없기 때문이다. 히노가 집 안으로 군대 물품을 가져오지 않게 된 것은 4개월쯤 전에 신임 중대장이 된 구도 대위가 부대장에게 청렴함을 내세우는 사람이라는 것을 알고부터다. 하지만 히노도 언젠가는 구도를 구워삶을 생각을 갖고 있었지만, 소견머리 없는 여자로서는 남자의 심중을 헤아리기 힘들었던 것이다.

그녀에겐 남편이 무능한 사람으로 보이는 것 같았다. 그것이 잠자리를 거부하는 형태로 나타난 것이다. 아내가 자기 남편을 다른 남자와 비교하며 다른 남자보다 못하다고 생각하게 되면 그 부부생활은 원만하게 이어질 수 없다. 어젯밤에도 그는 잠자리의 모멸감을 실컷 맛보았다. 몹시 경멸하듯 잠자리를 따로 하고 잔 아내의 태도가 중대 사무실 안에서도 어른거리는 것이다.

이 새끼, 본때를 보여주마!

"신조, 이쪽으로 와!"

히노가 말했다. 신조는 비틀거리면서 다가왔다.

"야, 이놈아, 고집도 어지간히 좀 부려. 비밀로 해줄 테니까 시원하게 털어놓으라고. 네 태도가 불량하면 소가 중사가 중대장님께 면목이 서지 않잖아."

연대에서 첫째가는 총검술의 명수인 소가 중사는 이 중대에서 유일하게 신조의 동향 사람이다. 2년 반쯤 전에 신조가 입대했을 때 당시 중위였던 전임 중대장이 소가를 불러 요주의 인물인 신조를 잘 선도

하라고 특별히 명령한 바 있다. 소가는 이시구로보다 조금 늦게 임관했지만 연대에서도 전도가 유망한 하사관 중 한 명이다. 상사 진급을 놓고 선두에서 이시구로와 다투고 있다. 이시구로가 강적의 대두를 막기 위해 신조의 엽서 사건을 특별히 이용하고 있는 것은 소가의 눈에도 똑똑히 보였다. 그래서 더 소가는 히노와 이시구로 앞에서 신조를 가혹하게 구타했던 것이다. 신조의 눈과 입이 찢어지고 부어오른 것은 주로 소가가 자행한 폭력의 흔적이다.

퉁퉁 부은 눈꺼풀 탓에 신조의 시야는 잔뜩 흐렸다.

"가지에게 몇 장 줬어?"

히노가 물었다.

"잊었습니다."

"생각나게 해줄까?"

이시구로가 소가를 곁눈질하며 말했다.

"두 장뿐이야?"

소가가 끼어들었다.

"가지는 두 장이라고 했다지, 하시타니?"

"가지는 두 장밖에 받지 않았다더군."

"두 장을 받아서 한 장도 쓰지 않았다고? 그런 바보 같은 말이 어딨어?"

이시구로는 말하면서 히노 쪽으로 얼굴을 돌렸다.

"엽서를 보낸 것이 틀림없습니다."

"가지가 두 장이었다고 했다면……"

신조가 퉁퉁 부은 입술로 간신히 대답했다.

"그 말이 정확합니다. 저는 기억나지 않습니다."

"미리 입을 맞췄군!"

히노는 부젓가락으로 난로 속을 마구 휘젓고 있었다.

"하시타니, 참 훌륭한 병사들을 두었구나."

하시타니는 입을 삐죽 내밀었다. 요주의 인물을 배속한 것은 너야!

"신조, 별로 중요하지도 않은 일에 왜 그렇게 고집을 부리나?"

신조는 피식 웃었다. 사건을 키우고 싶어 하는 것은 너희들이다!

신조가 가지에게 준 것은 석 장이었다. 언제였던가 가지가 통신 검열은 부부의 심리적인 규방까지 엿보는 것과 같은 일이라고 한탄한 적이 있다. "아내가 제일 좋아하는 말을 써주고 싶어도 그랬다간 검열을 통과할 수 없습니다."라고. 그 말을 듣고 며칠이 지나 신조가 엽서를 석 장 주었던 것이다. 그중 한 장을 가지는 이미 사용했다. 신조는 기억하고 있다. 중요한 말은 쓰여 있지 않았다. 전쟁이 어떻게 되든 나는 반드시 살아서 돌아간다, 그런 내용이었다. 살아서 돌아가서 당신과 약속한 대로 처음부터 다시 시작할 거야. 잃어버린 시간을 되돌리고 말겠어. 미치코, 난 당신과 둘이서 새로운 날을 맞이하는 순간을 꿈꾸며 오늘을 버티고 있어. 그 마지막 글귀만은 우편물 발송 직전에 써넣어서 신조도 또렷이 기억하고 있다.

"넌 몇 장이나 썼어?"

히노가 여전히 불을 휘저으면서 물었다.

"한 장도 쓰지 않았습니다."

"백 장 이상이 한 장도냐?"

히노의 얼굴이 불빛을 받아 붉게 타고 있었다.

"시치미를 떼봤자 통하지 않는다. 모르나?"

하시타니가 말했다.

"넌 내 내무반 병사다. 뒷일은 나한테 맡겨두고 남자답게 말해."

"신조, 난 전 중대장님 때부터 너와는 특별한 관계였다."

소가가 이번이 마지막이라는 듯 시선을 고정시켰다.

"그런 내가 말하는 것이다. 잘 들어라. 만약 네가 지금 모두가 보는 앞에서는 말하기가 곤란하다면 준위님께 부탁해서 나와 단둘이 얘기할 수 있게 해주겠다. 그리고 이번만은 내가 널 대신해서 중대장님께 특별 유예를 부탁할 수도 있다."

히노가 소가를 힐끗 보았다. 소가의 입장에서는 이참에 중대장에게 숨김없이 털어놓아서 의협심을 보여주는 게 유리하겠지만, 그러면 자신이 난처해진다. 신임 중대장을 요리하기가 어려워지기 때문이다. 이 시구로 역시 인장을 부주의하게 관리했으므로 난처해질 것이다.

"어때?"

소가가 재촉했다.

"한 장도 쓰지 않았습니다."

신조가 대답했다.

"믿을 수 없다면 어쩔 수 없습니다. 백 장을 썼다고 하면 믿어주시겠습니까?"

"소가 반장의 인정도 이놈한테는 통하지 않는 것 같군."

이시구로가 비웃었다. 이시구로는 어떻게든 신조에게 털어놓게 하고 싶었다. 사건을 처음 발견한 그가 준엄하고 적절하게 처리하여 선임 하사관의 관록을 자랑하고 싶은 것이다.

그러나 신조는 정말로 쓰지 않았다. 특별히 연락할 상대가 없었던 것이다. 그를 사랑해준 사람은 뤼순旅順 형무소에 있는 형과 형의 아내 둘뿐이다. 형은 동생의 안전을 염려하여 일부러 연락을 끊고 있다. '짱(일본인이 이름에 붙이는 애칭 – 옮긴이)'을 붙여가며 귀여워해준 형수는 형이 수감되자마자 곧바로 불이 꺼지듯 죽었다. 지금은 이미 인간 세상에서의 애정의 연결고리는 없어졌다.

그 이전에는 그도 남들처럼 여자를 사랑한 적이 있기는 했다. 행복에 정말이지 딱 한 걸음만큼 다가간 듯한 착각을 그도 분명히 품었다. 그 여자는 그의 형이 정치범으로 몰렸을 때 그와의 만남을 피하고 싶어 하면서 이렇게 말했다.

"……곤란해요. 상황이 안 좋아요. 내 마음을 알아주시겠죠? 오해는 하지 말아주세요, 부탁이에요. 난 당신을 좋아해요. 마음은 달라지지 않았어요. 하지만…… 무서워요. 곤란해요." ……"화났어요?"

화나지는 않았다. 깨달았다. 전쟁 때문에 사랑이 두려움에 떨고 있었다. 사랑이 사상의 관제면허를 받지 못한 것을 부끄러워하고 있었다. 사상범의 동생이 애인이라면 떳떳하지는 못할 것이다.

"알았어. 이제 그만해!"

낮에는 회사에서 타성에 젖어 일했다. 밤에는 가슴이 뻥 뚫린 것처럼 공허했다. 신조는 고독과 친해졌다. 청춘이 여자 하나 때문에 상처를 입었다는 식으로 과장해서 생각하지는 않았지만, 어느새 사람들과 만나는 것을 싫어하게 된 것은 사실이다.

전쟁이 어떻게 되든 별로 관심이 없었다. 전쟁은 광신자가 운전하며 폭주하는 자동차 같은 것이다. 멈출 수가 없으니까 치이지 않도록 길가로 몸을 피하고 잠자코 보내주면 된다고 보았다. 국민적인 광신에 저항하기 위해서는 아주 강인한 정신이 필요했다.

"미흡하지만 노력한다는 것만큼 진실한 것도 없는 것 같아. 형은 그렇게 했지만."

신조는 사무실에서 가지의 신상조서를 훔쳐보고 나서 어느 날 가지에게 그렇게 술회한 적이 있다. 소집영장을 받고도 신조는 특별히 당황하지 않았다. 군인에서 민간인으로 돌아오는 길이 끊겼다 해도 이제 와서 아쉬워 할 마음도 없었다.

지금은 뭐가 어떻게 되든 중요치 않았다. 그런 기분이 마음 한구석에 있다.

"신조 씨."

히노가 히죽거리며 불렀다.

"당신은 오늘 밤 날 집에 보내줄 생각이 없는가 보군."

히노는 지금까지 난로 속을 이리저리 휘젓던 부젓가락을 불 속에 쿡

쑤셔박고 일어서서 자기 책상의 맨 아래 서랍에서 납작한 병을 꺼내 가지고 왔다. 중대 위생병을 시켜 약용 알코올로 만든 합성주다. 강한 알코올 냄새가 진동했다.

신조는 히노의 조금 처진 배를 보고 입술을 일그러뜨렸다. 그 모습이 회계 중위나 취사 중사와 한통속이 되어 착복한 배로 보였던 것이다.

"신조 일등병님, 가르쳐주시지요. 어디어디로 연락하셨습니까?"

히노의 꾸민 목소리를 듣고 하사관들의 낯빛이 바뀌었다. 히노 준위가 과거의 포악한 히노 상사로 돌아가는 전조였기 때문이다.

"빨리 말 못하나?"

하시타니가 그래도 반장답게 마음을 썼다. 신조는 또다시 같은 말을 되풀이했다.

"한 장도 쓰지 않았습니다. 말씀드려도 믿어주시지 않겠지만……."

노크 소리가 들렸다. 캄캄한 복도에서 병사 두 명이 들어왔다.

"시바타 병장, 가지 이등병을 데리고 왔습니다."

"수고했다. 어떻든가?"

하시타니가 고개를 돌리고 물었다.

시바타는 하시타니에게 대답해야 할지, 이시구로에게 보고해야 할지 망설이며 눈알을 굴렸다. 이시구로가 말했다.

"수신물 중에 수상한 건 없었나?"

"수상한 건 없었습니다. 엽서는 두 장뿐인 것 같습니다."

"좋아. 시바타, 넌 돌아가라."

히노가 명령했다.

"가지, 이리 와서 보고 있어."

가지의 얼굴은 평소와 같았지만, 걸을 때 약간 비틀거린 것은 여태 하시타니의 하사관실에서 시바타와 요시다에게 발가벗겨진 상반신을 혁대로 맞은 탓이다.

히노는 술을 한 모금 마시고 난로에서 벌겋게 달궈진 부젓가락을 뽑아 들었다.

"신조, 넌 한 장도 쓰지 않았다. 가지에게는 두 장밖에 주지 않았다. 그렇지?"

"……그렇습니다."

"확실히 그렇단 말이지?"

히노는 부젓가락을 신조의 허벅지에 들이댔다.

"절대로 거짓말은 아니겠지?"

신조의 얼굴이 경직되었다. 히노는 웃었다.

"지금이다, 가지. 신조를 도와주지 않겠나?"

가지는 히노의 손에 시선이 갔다. 부젓가락이 신조의 군복 바지에 살짝 닿아서 연기가 나기 시작했다. 히노는 또 웃었다. 어떠냐, 신조. 한 번 가 볼까? 신조는 입술을 깨물었다.

"어때?"

히노는 웃으면서 부젓가락으로 찔렀다. 딱 한 번 신음 소리가 새어나오더니 이상한 냄새가 남았다. 신조는 얼굴을 흔들었다. 땀이 배어나온 이마가 창백하게 빛난다. 가지는 하얗게 질려서 돌처럼 서 있었다.

"……한 장도 쓰지 않았습니다. ……가지에게는 두 장밖에 주지 않았습니다……."

히노는 혀를 차고 부젓가락을 석탄 양동이 속으로 내던졌다.

신조의 군복 바지에 생긴 동전만 한 구멍은 나중에 다시 피복계인 요시다 상등병이 린치를 가할 좋은 구실이 된다. 히노는 그것을 알고 있다. 복장 불량이라고 요시다가 또 심하게 닦달하리라는 것을. 화상은 대단치 않다. 의무실로 데리고 가서 치료해줘야 되니 군의관에게 연락해두자. 마음 한편으로 그렇게 생각하면서 히노는 이시구로를 내려다보며 웃었다.

"조금 뜨거웠겠어. 네가 범죄를 적발한 것도 태산명동에 서일필 격이었다. 괜한 수고를 시키는군."

의자에 털썩 주저앉으며 두 병사에게 명령했다.

"야, 졸병, 막을 올려라. 징을 쳐. 서로 따귀 때리기 50회!"

신조와 가지는 얼굴을 마주 보았다. 가지는 신조의 눈에 비난과 경멸의 빛이 서리지는 않았는지 두려웠다. 신조의 눈동자는 안개가 낀 듯 뿌예져 있었다.

"시작해!"

이시구로 중사가 소리쳤다.

"때려주십시오."

가지가 나지막한 목소리로 말했다. 힘이 빠진 신조의 손이 가지의 뺨을 스쳤다.

"그게 뭐야?"

히노가 석탄 양동이를 걷어찼다.

"진짜로 때려, 진짜로! 다시!"

가지의 뺨에서 이번엔 큰 소리가 났다.

"때려."

신조가 입을 살짝 움직였다. 가지의 손바닥이 신조의 부어오른 얼굴로 날아갔다.

서로 상대방의 얼굴을 때리는 소리가 이어졌다. 50회까지 그 소리는 멈추지 않았다. 50회 이상 또다시 이어질지도 모른다. 명령자가 단념할 때까지. 혹은 명령을 받는 자가 쓰러질 때까지.

하사관들은 약용 알코올을 돌려가며 마시고 있었다. 난로가 기세를 올리며 시뻘겋게 타고 있었다. 히노 준위는 사타구니를 북북 긁고 있었다.

10

요즘엔 편지를 보내주지 않네요. 바빠요? 아니면 뭔가 생각이 있는 거예요? 일전에 중대장님께서 인사 편지를 보내주셨어요. 중대장님이 초년병 가족에게 일일이 인사 편지를 보내리라고는 생각지도 못했기 때문에 봉투에 배서한 것을 봤을 때는 당신 신변에 무슨 변고가 생긴 줄 알고 처음엔 글씨도 제대로 읽을 수 없을 정도로 손이 떨렸어요. 편지를 끝까지 다 읽고 나서도 여전히 영문을 잘 모르겠더라고요. 일상적인 인사 편지라고 이해되기까지 몇 번이나 같은 곳을 되풀이해서 읽었는지 몰라요. 이렇게 쉽게 당황하는 성격이 아니었는데.

아무 걱정할 것 없다고 당신도 그러고 중대장님도 그러시네요. 각자의 입장에서 그렇게 말씀하시는 것이니 그 속뜻은 분명 차이가 있겠지만, 저는 더 이상 걱정하지 않기로 했습니다. 항상 걱정을 달고 살고, 뭐든지 금방 비관적으로만 생각하는 버릇이 생기면 그것이 당신에게도 전해져서 당신을 도리어 걱정시킬지 모르니까요.

이렇게 무신경한 척 말하는 제 심경이 어떤지 알아요? 엉망진창이에요. 당신이 윗사람에게 혼나고 있지는 않을까? 아프지는 않을까? 뼛속까지 스며들 정도로 혹독하게 추울 텐데 동상에 걸리지는 않았을까? (동상이 무섭다는 이야기를 너무 많이 들어서요. 손가락이 하루에 한 마디씩 썩어 들어간다더군요) 남에게 지기 싫어하는 당신이니 이것저것 다 하려고 너무 초조해하는 건 아닐까? 라오후렁에서 있었던 일이 당신에게 큰 부담이 되지는 않았을까? 이런 걱정만 하다가는 국방부인회의 무서운 아주머니들께 야단맞을 것 같더라고요. 저는 당신이 무슨 일이든 훌륭하게 해내고, 아무리 어려운 일이라도 반드시 이겨낼 사람이라고 믿고 있으면 되겠죠? 그렇죠? 그렇다고 말해주세요.

어떤 말이라도 좋아요. 편지 좀 써주세요. 바쁘시면 엽서에 오늘은 쾌

청했다거나 흐렸다거나 이상 없다는 말만 써서 보내도 돼요. 벌써 3주 동안이나 당신한테선 아무런 소식도 듣지 못했다고요.

저는 당신 덕분에 한가롭고 편안하게 지내요. 당신 월급을 혼자서 다 쓰고 있으니까요. 한가하니까 아마도 걱정이 더 심해지나 보죠? 감정의 낭비랄까. 바쁘게 일하면 꼭 당신과 보조를 맞출 수 있을 것 같아서 소장님께 타이핑 일을 부탁했습니다.(그때 일을 생각하면 부탁하고 싶지 않았지만) 소장님은 웃으면서 잘 들어주질 않네요. 가지 군의 월급만으로도 남을 거라면서요. 남아돌아서 힘든 마음을 그분은 모르나 봐요. 조만간에 바쁘게 움직일 수 있는 일을 찾을 생각이에요. 하지만 실은 지금 이대로 좀 더 곰곰이 생각하고 있고 싶어요. 당신을요. 안 될까요?

편지 좀 보내주세요. 한 줄이든 두 줄이든 상관없어요. 당신 혼자의 몸이 아니니까 부디 몸조심하고요. 저는 걱정하고 있다면서도 몸무게가 50킬로그램이 넘어요. 밥통은 마음의 걱정 따윈 아랑곳도 하지 않는 것 같아요. 저에 대해서는 정말 아무 걱정 마요.

편지 써주세요. 이번만은 가능한 한 길게요.

미치코

이 편지와 함께 중대장님께 답장을 보냈습니다.

그날 중대장 구도 대위는 대대본부에서 한껏 기분이 좋아져서 중대로 돌아왔다. 4중대는 초년병의 1기 검열이 끝나자마자 여기서 20킬로미터쯤 떨어진 국경 전초선前哨線에서 현재 국경 감시를 하고 있는 중대와 교대하게 될 것이라는 말을 대대장으로부터 들었기 때문이다. 본대를 떠나 모든 것에서 불편한 전선으로 출동하는 것은 그다지 좋아할 만한 일이 아닐 테지만 후방 근무만 해서 실전 경험이 없는 구도에게는 국경으로 한 발짝이라도 더 다가간다는 것은 그만큼 기회로 다가가는 것이었다.

남방 지역의 전황을 결코 낙관할 수 없다는 점과 스탈린그라드에서의 참패 이후 독일의 승리라는 환상을 버릴 수밖에 없게 된 사정 때문에 일본은 소만 국경에서 새로운 일을 도모하는 것을 최대한 피한다는 방침을 세우고 있었다.

하지만 현장의 소장 간부들은 이런 자중을 반드시 달가워하는 것만은 아니었다. 왜냐하면 전황이 아무리 복잡해지고 있다 해도 중국군은 여전히 진격을 멈추지 않고 있었기 때문에 북방을 지키는 여러 부대만이 쓸데없이 평온하고 따분한, 그러면서도 불안한 국경을 노려보면서 세월을 보내서는 출세를 못한다는 답답함이 있었기 때문이다. 관동군은 노몬한 사건(1939년 일본과 몽골·소련 간에 벌어진 전투. 소련의 기계화 부대에 일본군이 전멸되었다-옮긴이) 이래 공산군이 만만치 않다는 것을 알게 되었지만, 장교들 대부분이 그 비참한 전투를 직접 체험한 것은 아니다. 구도 대위도 자신의 지휘 아래에 있는 병력으로 처리할 수 있는 소규모 분쟁이라면 굳이 마다하지 않는다는 혈기와 야심이 있었다. 또 설사 분쟁은 피한다 하더라도 국경 감시를 엄중하게 한다고 자랑하기에 충분한 실적을 올릴 수 있다면 이 또한 전공에 필적하는 것이다.

임무 교대를 하기 위해 출동하는 것은 봄이 될 것이다. 혹한이라는 큰 적이 물러가면 습지대에서의 자유롭지 못한 행동이라는 난관이 닥치지만 그것을 극복하는 것도 공이 될 수 있다. 4중대에는 연대 최고의 총검술 명수인 소가 중사 이하 유능한 하사관과 병사들이 즐비하다고 다른 중대장들이 부러워할 정도니까, 틀림없이 훌륭한 실적을 거둘 것이다. 구도는 벌써부터 투지가 끓어오르는 것 같았다.

중대에 돌아와 보니 책상 위에 초년병의 가족에게서 온 답장이 10통 가까이 놓여 있었다. 구도는 편지들을 대강 훑어보기 시작했지만 흔해 빠진 편지뿐이다.

"중대장님 덕에 못난 자식이 훌륭한 군인이 될 수 있게 해주세요."

"중대장님이 지도하게 된 것을 남편과 더불어 저도 무척 기뻐하고 있습니다."

"남편이 중대장님의 명예에 누가 되지 않도록 신께 기도를 드리고 있습니다."

그런 내용밖에 없다. 어떤 의미에서는 완전무결하고, 다른 의미에서는 거짓말투성이다. 중대장은 지루했다. 히노 준위나 이시구로 중사에게 읽으라 하고 보고를 받는 편이 낫겠다고 생각하면서 무심코 봉투를 뜯어서 읽기 시작한 두세 줄부터 구도의 주의를 끄는 편지가 나왔다. 미치코의 편지다.

……저는 이등병의 아내입니다. 군대에 대해서는 거의 아무것도 모릅

니다만, 재향군인 분들에게서 가끔 들은 이야기로는 중대장이라는 위치는 이등병 따위는 묻는 말에 대답하는 것 외엔 감히 말도 붙일 수 없을 정도로 높다는 것이었습니다.

저는 그런 이등병의 아내입니다. 친절하시게도 집에 남아 있는 가족의 살림살이까지 걱정해주셨는데, 저는 남편 덕분에 아무 불편 없이 잘 지내고 있습니다. 다만 한 가지 늘 걱정되는 것만 빼면 정말로 아무 불편도 없습니다. 베풀어주신 후의에 용기를 얻어 제가 늘 걱정하고 있는 것에 대해 여쭤보아도 되겠는지요.

남편의 친구 중에 군대생활을 경험해본 적이 있는 분의 말에 의하면 여기 라오후링에서 남편이 연루된 사건 때문에 남편은 군대에서 늘 '감시'를 받게 될 것이라고 하더군요. 또 그 말을 입증이라도 하듯 이곳 헌병대에서 이따금 중사라는 분이 찾아오셔서 남편에 대해 이런저런 조사를 하고 돌아가곤 합니다. 혹시 몰라서 말씀드립니다만 그 일에 관해서는 남편에게서 아무 연락도 받지 못했습니다. 오히려 저는 남편이 아무 말도 해주지 않아서 걱정될 뿐입니다. 남편은 무슨 괴로운 일이 있으면 그것에 대해서는 입을 다물어버리는 것이 버릇이니까요. 만약 군대에서 그 일로 인해 남편이 불리한 처지에 놓이게 된다면 저는 가지의 아내로서 구도 중위님의 명찰하심에 기대 남편을 변호해주실 것을 부탁드리는 바입니다.

남편은 그때 죄 없이 죽게 된 중국인들을 도와주려고 했습니다. 그것이 헌병대 분들의 감정을 상하게 했겠죠. 남편은 연행되어서 심문을 받았습니다. 만약 정말로 문제가 될 만한 꼬투리가 있었다면 남편은 20일 정도 만에 석방되지는 않았을 것입니다.

지금 남편이 병영생활을 어떻게 하고 있는지 슬프게도 저로서는 상상조차 할 수 없지만, 거의 신념과도 같은 확실함으로 제가 짐작하는 바에 따르면 남편이 이곳에서 괴로워하면서 지냈듯이 그곳에서도 고단한 삶 속에서 어떻게든지 인간으로서의 의미와 그 올바름을 지키려고 애쓰고 있음이 틀림없다는 것입니다.

지금 그 사람의 목숨은 구도 님의 손에 달려 있다고 생각합니다. 구도 님이 죽으라고 하시면 제 남편은 죽어야 할 것입니다. 저는 현부賢婦도 열부烈婦도 아닌 그저 평범한 여자일 뿐입니다. 늘 남편이 무사하기를 기도하고 있습니다. 다시 만날 날만을 학수고대하며 살고 있는 여자입니다. 하지만 만약 남편이 무슨 일이 있어도 그렇게 할 수밖에 없는 경우에 처한다면 그것을 훌륭하게 해내면 해냈지 결코 비겁한 죽음을 택하지는 않을 사람이라고 믿고 있습니다.

그 사람이 그 불행한 사건 때문에 미리 마련된 사정에 의해 의심을 받는 일이 없도록 저는 이등병의 아내로서 구도 님께 그것만을 거듭 부탁드리는 바입니다. 이등병은 일단 의심을 받게 되면 그야말로 절대로 구원받을 수 없는 생지옥에 빠지게 될 테니까요……

구도는 담배를 한 대 다 피울 때까지 미치코의 편지를 다시 여기저기 읽어보다가 당번병에게 히노 준위를 불러오라고 했다. 히노가 들어왔다.

"가지 이등병의 거동에 뭔가 수상한 점이 있던가?"

"무슨 정보라도 들으신 겁니까?"

히노가 반문했다.

"있느냐고 묻고 있잖아."

히노는 잠깐 생각했다. 엽서 건은 아닌 모양이다. 그렇다면 덮어두자.

"제가 보기엔 없습니다. 감시를 게을리 하고 있는 것도 아닙니다만."

"하시타니 중사는 어떻게 보고 있나?"

"하시타니는 지금 가지에게 열심히 저격수 교육을 시키고 있습니다."

"사격도 잘하나?"

"눈이 정확합니다."

"술과에도 적극적인가?"

"그런 것 같습니다."

"내무반 생활에도 게으름을 피우지는 않고?"

"그런 것 같습니다."

"신조와는 어떤가?"

"친한 것 같습니다만……."

"것 같다는 말뿐이로군. 모르는 거 아닌가?"

"요즘엔 어울려 다닐 여유가 없다고 생각합니다."

"왜?"

"신조는 군량미 수송과 위병 근무를 연이어 하느라 쉴 틈이 없습니다."

"그래." 하고 구도는 고개를 끄덕였다.

"가지도 교육이 끝나면 잡칠 수 있는 만큼 잡죄어봐. 가면을 쓰고 있다면 금방 찢어져버릴 테니까. 잘하면 정예요원이 될지도 모르고."

"알겠습니다."

"그런데 어떡할까? 가지의 아내가 면회를 와도 되냐고 묻는데."

두 사람 사이에 짧은 침묵이 흘렀다.

이 근방의 국경지대는 습지대인 탓에 요새다운 요새도 없고 수비대가 주둔하고 있을 뿐이지만, 일반인에겐 국경지대라면 삼엄한 감시하에 있는 출입금지구역이라는 선입관이 있다. 여기서는 사실 그런 성문화된 규칙은 없지만 병영밖에 없는 이 광막한 지역은 소위 말하는 세상의 끝으로 병사들의 가족들이나 병사 자신도 체념하고 있는 곳이다. 또 사실 면회를 와도 그날 바로 돌아갈 수 없을뿐더러 묵을 데도 없다. 그것을 무릅쓰면서까지 이곳으로 여자가 면회를 온 것은 작년 봄, 지금은 특수교육을 받으러 부대를 떠나 있는 하사의 아내가 유일하다.

또 면회를 오기 위해서는 철도 승차 허가증을 받은 후에 가장 가까운 역에서 병영까지 80리나 되는 길을, 겨울에는 말이 끄는 썰매를 타고, 눈이 녹은 뒤에는 마차를 빌려서 와야 한다. 상당한 시간의 투자와 집념이 없으면 할 수 없는 일이다. 미치코라면 1,500킬로미터나 되는 거리를 기차를 타고 와야 한다.

구도는 편지를 보고 자기 멋대로 상상한 아름다운 유부녀가 찬바람이 휘몰아치는 가운데 썰매를 타고 달려오는 정경을 머릿속에 그려보았다. 그는 공을 세우고 싶어 하는 만큼 로맨티스트이기도 하다. 사립

학교를 나와 곧장 현역으로 입영하여 군대 외의 사회를 모른 채 오늘에 이른 그는 입으로는 지식인의 나약함을 욕하면서도 남들에겐 지식인으로 인식되고 싶어 하고, 준엄한 군인으로서 두려움의 대상이 되고 싶어 하면서도 인정을 베푸는 감미로움도 맛보고 싶어 한다. 미치코의 가지를 향한 한결같은 마음이 너무나 여성스럽기도 하고, 또 무척이나 아름다워 보이기도 했다.

"허가하지 않을 거라면 회답을 달라는군. 회답이 없으면 허가한 줄 알고 적당한 날을 골라 출발하겠다는 거야. 정말 빈틈이 없어. 허가하지 않을 이유도 없겠지?"

히노가 끈적하게 웃었다.

"없지요. 단, 다른 병사들의 눈빛이 달라질 것입니다."

확실히 사내들의 눈빛은 달라질 것이다. 이 살풍경한 광야 한복판에 젊은 여자가 온몸에 정감을 뚝뚝 흘리며 나타난다면……

11

가지는 두 가지 기회를 엿보고 있었다. 신조 일등병을 만나 마음을 터놓고 이야기를 나눠보는 것과 이시구로 중사에게 신조의 이름을 고자질한 시라토를 혼내주는 일이었다. 그러나 그 두 가지 기회를 다 잡을 수가 없었다. 시라토와는 함께 기거하고 있었지만 훈련과 내무생활에 쫓겨 싸움을 걸 구실도 시간도 없었다.

신조 일등병은 히노 준위가 중대장에게 말한 대로 그 이후 사무실 근무에서 위병 근무와 군량미 수송으로 보직이 바뀌었는데 너무 고되고 과중한 업무량에 내무반에서 거의 쉴 틈이 없었다. 어쩌다 창백한 얼굴로 내무반에 있을 때도 시바타 병장이나 요시다 상등병의 험악한 눈이 번뜩이고 있어서 가지는 근처에도 갈 수 없었다.

시간이 흘렀다. 눈이 몇 번인가 내리고, 얼어붙고…… 이놈의 혹독한 추위가 언제 물러갈지 알 수 없었다.

그동안 만주에 주둔하고 있는 일부 사단을 남방으로 이동시키기 위해 동원령이 떨어졌고, 어디서부턴가 그 소문이 퍼져나가자 병사들의 심리는 차가운 회오리바람에 휩싸였다. 요다음은 우리 차례가 아닐까? 그렇다. 결국엔 그렇게 될지도 모른다. 먼 남쪽 바다의 섬들에서 미군이 잇달아 상륙 작전을 펼치고 있었던 것이다. 게다가 미군이 징검다리 작전으로 공격해오는 속도는 점점 빨라지고 있고, 아군은 천천히, 아주 천천히 패퇴의 조짐이 짙어지고 있었다. 그러나 그 방면은 여기서 수천 마일이나 떨어져 있었다.

병사들은 전쟁의 진상은 아무것도 모른 채 부분적인, 게다가 과대 포장된 승전보만을 일석점호 후에 주번 하사관으로부터 전해 듣고 이 얼어붙은 습지대의 한 지점에서 동북동 방면의 불안한 국경선을 노려보고 있다. 아무 즐거움도 없고, 아무 희망도 없이……. 절망적인 인팔 작전이 대본영의 많은 우려에도 불구하고 무다구치(무다구치 렌야牟田口廉也,

1888~1966, 육군 중장-옮긴이) 병단에 의해 과감하게 개시되자 그 보도가 육군 기념일을 미리 축하하듯 화려하게 전해졌다.

병사들의 울적한 에너지는 축제일을 기다리고 있었다. 이날만은 술도 나오고 어떻든 계급과 지위를 불문하고 마음껏 즐길 수 있다. 병사들이 바라는 것은 여자와 음식이다. 병사들을 제외하곤 사람의 그림자를 찾아볼 수 없는 이 동토지대(凍土地帶)에서 여자는 하늘나라의 꿈에 불과하다. 여자라는 말만으로도 사내들은 민감하게 반응한다. 온갖 망상의 날개를 펼친다. 음식은 여자만큼 맛있지는 않지만 훨씬 구체적인 기쁨이다. 여기에 술이 추가되면 망상이 발효하여 병사들은 행복이란 환각에 빠진다.

부대에서는 육군 기념일을 차조와 단팥죽으로 축하했다. 감미품(과자류)과 담배도 배급되었고, 오후부터는 술도 나오기로 되어 있었다. 초년병들은 차조와 단팥죽을 식깡 밑바닥까지 박박 긁어서 배부르게 먹었다. 다른 날에 비해 기분이 조금 들떠 있었다. 고참병과 장단을 맞춰서 노래하라면 노래도 부를 것이다. 울라면 울기도 할 것이다. 오랜만에 술을 마시고 그리운 추억에 잠기기도 할 것이다.

가지는 술로 내무반이 떠들썩해지기 시작하면 신조와 이야기할 기회가 생길 것이라고 생각했다. 아니면 취한 척하고 시라토를 혼내줄까? 하지만 그랬다간 말썽이 생길지도 모른다. 아무것도 하지 않고 가만히 있는 것이 안전하다. 말없이 자기 내부에 틀어박히는 것도 지금은 분명 즐거운 일이다.

술이 나오기 전에 주번 상등병이 왔다.

"신조 일등병 없나?"

"여기 있어."

오랜만에 근무에서 해방되어 침대 위에서 양말을 꿰매고 있던 신조가 대답했다. 주번 상등병과는 동기였다.

"신조 일등병은 초년병 둘을 지휘하여 변소 청소 및 변소치기를 감시할 것. 알았나? 수고하고."

"어이, 주번 상등병, 술은 언제 나와?"

4년병 상등병이 물었다.

"곧 나옵니다."

"누구 명령이야?"

신조가 무명실을 이로 끊으면서 물었다.

"주번 하사관이다."

이번 주 주번 하사관은 소가 중사다.

"변소 청소를 하라고 근무 배정이 된 거야?"

"말이 많다, 신조."

요시다 상등병이 소리쳤다.

"3년병쯤 되면 변소 청소는 할 수 없다는 거냐?"

"어머, 여기 변소는 너무 더러워요. 어쩐다, 똥이 얼어서 산이 되었네."

야마자키 상등병이 여자 목소리를 흉내 내며 말했다.

"치워달라고 부탁해요. 저분이 좋겠네요. 신조 씨가 잘하신다지요?

네, 그래요, 우리 다 같이 부탁드려봐요."

내무반에 떠나갈 듯한 웃음이 터졌다. 신조는 침대에서 내려왔다. 이마에 힘줄이 솟아 있었다.

"주번 상등병, 주번 하사관에게 말해주게. 히노 준위도 괜찮아. 변소는 나 혼자 청소하겠네. 초년병은 데리고 가지 않을 거야. 변소 청소라면 매일매일 연속으로 할 수도 있어."

"혼자서는 똥통을 메지 못할걸요?"

다른 고참병이 말했다.

"누구든지 데리고 가셔요."

"초년병들은 아무도 안 나설 거냐?"

주번 상등병이 소리 질렀다.

가지는 시바타나 요시다 중 한 명이 자신을 보낼 것으로 예상하고 있었다. 아니나 다를까, 요시다가 말했다.

"가지, 왜 나오지 않는 거야? 너 때문에 신조가 연속으로 근무 중인데."

"어머나, 불쌍해라."

가지는 침대에서 내려왔다. 오하라가 나도 갈까? 하고 말하듯 가지를 보았지만 가지의 눈은 반대쪽을 보고 있었다.

"시라토, 너도 와."

말에 가시가 돋쳐 있는 것을 모두 느낀 모양이다. 내무반의 느슨해진 분위기가 조금 딱딱해졌다. 시라토는 불만스러운 얼굴로 주위를 둘러보았지만, 고참병들이 아무도 말리지 않는 것을 보자 혼잣말처럼 중얼거렸다.

"너한테 지시를 받을 이유는 없어."

"그렇지!"

구보의 안마를 받고 있던 고참병이 재미있어 하며 말했다.

"붙어봐! 둘 다 겁내지 말고 한번 붙어보라고. 이제 곧 술이 올 거다."

구보는 고참병의 어깨를 주무르면서 가지를 보고 비웃었다. 꼴좋다. 네놈 혼자 잘난 척하니까 그런 거다.

오와쿠는 변덕스러운 분위기가 변소라는 바람을 자기 쪽으로 불어대지 못하도록 요시다 상등병의 대검을 정성스럽게 기름걸레로 닦기 시작했다.

"지시가 아니다."

가지가 나지막한 목소리로 말했다.

"너도 할 일이 없어 보이기 때문이다. 나랑 같이 가는 게 겁나냐?"

얼굴 가죽을 벗겨주마. 너 같은 놈이 바로 유다의 호래자식이다. 자기 일 외에는 입 닥치고 있어, 이 아첨꾼아! 그러나 가지는 생각과는 달리 마음 한구석이 조금 아팠다. 원인을 따진다면 자신의 잘못이기 때문이다. 그 사건뿐만 아니라 자기 혼자 뒤집어쓰려고 각오하는 것만으로는 해결되지 않는 것이 군대라는 사회다. 시라토 같은 놈에겐 분명 난처한 일이었을 것이다.

고참병들은 누가 가라고 콕 집어서 말하지는 않았다. 육군 기념일에 변소 청소를 한다는 것이 자기들이 생각하기에도 아니다 싶었던 것이다.

"어서 와."

가지가 다시 한 번 말했다. 할 이야기가 있다. 너도 이 군대생활을 달가워하고 있는 건 아니리라. 서로 이야기를 나누다 보면 어느 부분에서 감정이 풀릴지도 모른다.

시라토는 움직이지도 않고 대답도 하지 않았다. 마음은 몹시 동요하고 있었다. 고참병이 가지를 야단쳐주길 바랐다. 그러나 누구도, 저 요시다 상등병조차 아무 말도 하지 않는 것은 고자질한 자신을 남자답지 못한 놈이라고 생각하고 있기 때문이 아니겠는가.

"그만 됐어, 가지, 내버려둬."

신조가 말했다.

의리의 사내 다노우에는 일요일마다 대신 엽서를 써주는 가지에게 고마움을 느껴서인지 침대에서 내려와 시바타 병장 앞에 가서 부동자세로 섰다.

"다노우에 이등병, 변소 청소를 하러 가겠습니다."

"좋아, 영감."

고참병 중 하나가 웃었다.

"빨리 해주셔요."

야마자키 상등병이 또다시 놀려댔다.

"저, 볼일을 보고 싶은데 참고 있단 말이에요."

웃음소리가 터진 내무반에서 세 남자가 나갔다.

12

"눈엣가시처럼 보는 거야."

신조가 가지에게 던진 웃음 속에는 히노 준위 이하 하사관 전부에 대한 깊은 증오가 깃들어 있었다.

일부러 경축일에 변소 청소를 시키려고 한 것은 아닐 것이다. 인분을 운반하는 만주인의 짐마차 사정으로 육군 기념일과 겹쳤을 뿐인지도 모른다. 그렇다 해도 신조가 선택된 것은 단순한 우연은 아닌 듯하다. 신조는 요즘 군량미 수송, 석탄 수령, 위병 근무, 영외 야간 순찰 등 힘들고 제대로 잠도 잘 수 없는 근무만을, 그것도 말단이나 다름없는 일등병으로서 맡아서 하고 있다. 피로가 피부 아래에 검푸르게 쌓였고, 몸무게가 4킬로그램이나 줄었을 정도다.

"가지, 너도 계속 당하고 있지?"

목소리도 울적하고 생기가 없었다.

"심하지는 않습니다. 한초사격限秒射擊(사격 시간을 단시간 내로 한정해서 하는 사격-옮긴이) 때 하시타니 반장이 까다롭게 굴 뿐입니다."

가지는 그렇게 대답했지만, 총검술 훈련 때도 시바타 병장이 특히 거칠게 구는 것을 느끼고 있었다. 상대가 시바타 정도만 돼도 그런대로 견딜 수 있다. 가끔 나오는 소가 중사가 차원이 다른 솜씨로 숨 쉴 틈도 없이 몰아치면 정말 괴롭다. 다리가 풀려서 비틀거리기 시작해도 여간해선 쉬게 하지 않는다. 오기만으로 예정된 시간을 버틸 뿐이다.

"넌 체력이 좋으니까 괜찮아."

신조가 중얼거렸다. 항상 별로 활기가 없는 눈이 묘하게 반짝반짝 빛나고 있었다.

"난 이제 너무 지쳤어. 기다리고 있는 거야, 놈들은. 내가 뻗어서 저절로 도태되기를."

가지는 대답할 수 없었다. 그럴 수도 있을 것이다. 끔찍한 린치가 묵인되는 것이나 다름없다.

변소 뒤쪽에 젊은 만주인이 짐마차를 대고 기다리고 있었다. 세 명의 일본 병사가 쇠막대기로 찔러서 무너뜨리는 인분의 얼음덩어리를 이 마차로 실어낸다.

"더럽지 않은가, 군인 아저씨?"

그는 손으로 코를 풀고 싱글싱글 웃었다.

가지는 라오후링의 분뇨 건조장을 떠올렸다. 수십 명의 광부들이 덜 마른 똥을 휘젓는 것을 가지는 팔짱을 끼고 보고 있었다. 지금, 그 차례가 가지에게 돌아온 것이다.

세 사람은 한동안 피라미드 모양으로 쌓인 분뇨의 빙산을 말없이 찔러서 무너뜨렸다. 3월에 접어들자 날씨가 풀려서 얼음은 물기를 머금고 있었다. 흩날리는 파편이 입에 닿는 것 같아서 가지는 끊임없이 침을 뱉었다. 훈련을 받을 때는 서투르기 그지없는 다노우에가 여기서는 가장 일을 잘했다. 그는 눈치 빠르게 가지와 신조를 한곳에 남겨두고 자기는 부지런히 다른 변소의 똥탑을 부수고 있었다.

막사에서 시끌벅적한 소리가 나는 것을 보니 병사들에게 술이 나온 모양이다.

"요전번 같은 일을 겪으면 돌아가고 싶지 않아?"

신조가 하던 일을 멈추고 물었다.

"그렇죠. 그런 일이 있든 없든 늘 돌아가고 싶지만."

"그래도 역시 사회가 좋다고 생각하나?"

가지는 잠깐 생각했다. 이곳으로 오기 전까지 200여 일의 생활을 돌이켜보았다. 희한하게도 괴로웠던 기억은 남의 일처럼 잊혀졌다. 어쩐지 자기 힘으로 살아온 것 같은 충실감만이 남아 있다. 역시 좋은 곳은 아니다. 사회에서는 생생한 기쁨이 직접 자기 피부에 닿는다고 느낄 수 있다는 것만으로도 멋진 일이다. 여기서는 그저 허망한 긴장이 있을 뿐이다.

"……사회에서는 무언가를 할 여지가 있었습니다. 모순이 있었다 해도 그것을 어떻게든 해보겠다고 노력할 만한 여지는 있지 않았습니까. 군대에서도 조금은 그럴 수 있겠지만 지금으로선 어쩔 수가 없습니다."

"초년병이니까?"

"……아마도 그렇겠죠."

"초년병이 아니라면 해볼 작정인가?"

"……모르겠습니다."

가지는 똥탑을 푹 찌르며 애매하게 웃었다. 고참병이 되면 무언가 가능성이 생길 것 같기도 하다. 3년병인 신조는 그 희망에 대한 부정적인

해답으로서 지금 여기에 서 있는 것이기도 하지만 무언가는 할 수 있을 것이고, 하지 않으면 안 될 것이다.

"할지도 모릅니다, 무언가를요."

그렇게 말하고 나서 주위를 살피고 말투를 바꿔서 말했다.

"지난번 일은 정말로 죄송했습니다."

"괜찮아. 알고 있었어."

신조도 똥탑을 푹 찌르며 말했다.

"네가 입을 열었다고는 처음부터 생각하지 않았어."

가지는 맺혀 있던 가슴속 응어리가 풀리기 시작하는 것을 느꼈다. 그 왕시양리도 아주 거짓말은 하지 않았던 것이다. 인간의 곁엔 언제나 반드시 인간이 있는 모양이다.

그런 느낌을 말로 하려던 가지가 갑자기 똥탑을 정신없이 찌르기 시작했다. 주번완장을 찬 소가 중사가 들어왔던 것이다.

"아, 수고들 많다."

가지의 경례를 받고 힘차게 오줌을 싼다. 몸을 흔들어서 오줌 방울을 털어내는 것은 남자들에겐 공통된 행위이지만, 가지는 그 뒷모습에서 군대생활을 하기에 쾌적한 장소를 찾아낸 남자의 안정감과 자신감을 느꼈다. 인간의 생활로부터 수천 킬로미터가 떨어져 있어도 이 사내는 아무런 감상 없이 지평선을 바라보면서 오줌을 쌀 것이다.

소가는 단추를 채우고 두 병사를 보았다.

"변소 안에서 밀담이라도 나누고 있나?"

신조도 지지 않았다. 요령부득인 그도 부젓가락에 찔리고 나서 생각이 바뀐 모양이다.
"이게 정말 구린 이야기라서 말입니다."
함축성 있는 말을 하고 정색했다.
"주번 하사관님, 중대의 근무 배정은 중대장님의 허가를 받고 있습니까?"
"왜? 난 그런 건 몰라. 히노 준위님께 물어봐."
"그럼, 그렇게 하겠습니다. 한 가지 더 여쭙겠습니다만, 주번 하사관님, 병사가 근무 명령을 거부하면 어떻게 됩니까?"
뻔한 이야기다. 항명죄로 가벼우면 중영창重營倉(작업에도 내보내지 않고, 찬 음식만 주는 중범죄자 이상의 죄인을 가두는 곳 - 옮긴이), 자칫했다간 육군 형무소행이다.
"물론 근무 배정이 공평하지 않은 경우입니다."
"알고 싶으면 형법 책을 읽어봐."
소가의 우락부락한 얼굴이 눈을 가늘게 뜨니까 한층 더 잔인하게 보였다.
"군법회의에서 불평불만을 늘어놓아 중대의 치부를 드러내려고 해도 그런 썩은 근성이 통할 군대가 아니다. 신조, 넌 3년병이 될 때까지 누구 덕분에 무사했는지 아나? 자신의 입장을 좀 더 진지하게 생각해봐."
"진지하게 생각하고 있습니다. 진지하게 생각한 끝에 제 근무가 공평하지 못하다고 판단한 것입니다."
"공평한지 불공평한지 판단하는 것은 네가 아니야. 중대장님이다. 알았나? 신조, 네가 못된 생각으로 다시 말썽을 피운다면 누가 뭐라든 내가 널 영창에 집어넣을 것이다. 기억해둬."

소가는 다가서려다가 총검술을 할 때처럼 무시무시한 자신의 눈빛에 두 병사가 굴복한 것을 보자 그대로 나갔다.

"그런 말을 해도 괜찮겠습니까?"

가지가 걱정했다.

"어차피 괜찮지 않아."

신조는 자포자기한 듯 웃었다.

"이렇게 말하면 더 심하게 굴든지, 사정을 봐주든지 할 거야. 말하지 않아도 이대로 혹사당할 텐데 뭐."

"그 엽서 때문에 정말 험한 꼴을 당하셨습니다."

"신경 쓰지 마. 네가 나한테 달라고 부탁한 것도 아니잖아. 내가 너한테 준 거야."

신조는 고개를 숙이고 두세 번 가볍게 쇠막대기를 찔렀다.

"난 사회로 돌아가고 싶다고는 생각하지 않았지만, 이번 일로 여기서는 탈영하고 싶어졌어."

"……어떻게 말입니까?"

가지는 다노우에 쪽을 신경 쓰면서 신조가 모호하게 미소 짓는 얼굴을 똑바로 쳐다보았다. 다노우에는 좀 떨어진 곳에서 부지런히 쇠막대기 소리를 내고 있었다.

"글쎄, 어떻게 할까? 나도 몰라. 하지만 그 마음이 어떤 건지는 알겠지? 나와 넌 그렇게 서로를 쉰 번이나 때린 사이잖아."

가지는 고개를 끄덕였다. 탈영하고 싶은 마음은 처음부터였다. 단지 탈영을 해도 이 넓은 천지에 갈 곳이 어디에도 없을 뿐이다.

"남방 전선이 위태위태한가 봐."

신조가 목소리를 낮췄다.

"그쪽을 보충하느라 곧 관동군이 재편될 거야. 전선으로 보낼 요원을 차출하라면 히노 새끼는 제일 먼저 날 꼽겠지. 나처럼 미움을 받는 놈이라든가, 영창에 가 있는 놈이라든가, 의무실에 입실해 있는 놈들처럼, 요컨대 질이 나쁜 놈부터 보낼 거야."

가지는 다시 고개를 끄덕였다.

"수송선에 타고 있다가 쾅! 하고 당해봐라, 뭐 이런 거겠지. 아니면 섬에서 옥쇄하든지. 그렇게 될 공산이 크다고 생각하지 않아?"

"그렇게 생각합니다."

"언제 결판날까?"

"……그리 멀지는 않은 것 같습니다."

"알고 보면 나도 살고 싶은 거야. 그동안은 별로 자각하지도 못했지만."

"살아서 하고 싶은 일이라든가, 만나고 싶은 사람이 있으니까요."

신조가 고개를 가로저었다. 곤란해요. 곤란하다고요. 상황이 안 좋아요. 그녀는 그렇게 말했던 것이다.

"하고 싶은 것이라면 어디 모르는 데로 가서 처음부터 다시 시작해보고 싶다는 마음은 있어. 나를 아무도 모르는 곳에 가서."

"……갈 수 있겠습니까?"

가지는 주위를 둘러보았다. 막사에서 시끄럽게 떠드는 소리가 들릴 뿐이다.

"여길 탈출해서 어딘가로 가도 잡힐 게 뻔하다면 남은 방법은 하나뿐이야."

가지는 고개를 끄덕이고 망설이다가 속삭였다.

"……국경은 가깝습니까?"

"……4, 50킬로미터쯤 돼. 호수까지 습지대뿐이야. 길을 잃으면 살지 못해. 건조지대에는 감시 중대가 있어."

가지는 다시 한 번 주위를 둘러보았다.

"……그럼, 힘들지 않겠습니까?"

신조가 고개를 살짝 움직였다. 긍정이라고도 부정이라고도 할 수 없었다. 가지는 세워둔 쇠막대기를 잡았다.

"너라면 어느 쪽을 선택하겠어?"

신조가 갑자기 물었다.

"어딘가에 인간을 해방시켜주는 약속의 땅이 있다고 가정하고, 또 네가 늘 생각하고 있는 아내가 있는 곳 중에서 말이야."

"……약속의 땅, 말입니까?"

가지의 입가에 떠오른 미소가 쓸쓸했다.

"아내와 다시 한 번 새 출발하자고 약속하고 왔습니다. 아무리 가혹한 전쟁을 겪고 있더라도 말입니다."

그리고 전쟁의 종말이 아무리 비참한 것이라도 말입니다. 가지는 이 말을 마음속에서만 덧붙였다.

"……이대로 돌아갈 수 있다고 믿나?"

"모르겠습니다. 돌아가고 싶습니다. 돌아가지 않으면 안 됩니다."

이런 군대에서 이런 전쟁 때문에 죽는다면 억울해서 눈을 감지도 못할 것이다. 살아야 한다. 어디서든 살아남아서 돌아가야 한다.

"멋진 로맨티시즘이군."

신조가 중얼거렸다. 부러운 것처럼 들리기도 하고, 불쌍히 여기는 것처럼 들리기도 했다.

"난 된통 당하기 전에 현실적으로 가능한 방법을 취할 거야. 약속의 땅이 과연 어디에 있는지는 모르겠지만, 그러나 여기에 없는 것만은 확실하니까."

두 사람은 아까부터 묵묵히 일하고 있는 다노우에를 따라 다시 얼어붙은 똥탑을 찔러서 부쉈다.

13

내무반 안은 노랫소리로 떠나갈 것 같았다. 저마다 제멋대로 노랠 부르고 있었다. 듣고 즐긴다거나 보고 재미있어 하는 데 필요한 지극히 사소한 규율과 통제도 없다. 언제나 규율과 통제 속에서만 살았기 때문에 소량의 술을 핑계로 저마다 더욱 질서를 무시하는 것 같다.

취하지는 않았다. 병사들에게는 술을 취할 만큼 주지 않는다. 취한 척하며 떠드는 사이에 늘 옭아매고 있던 굴레가 벗겨진다. 그리고 평소에 쌓여 있던 정력이 한꺼번에 터져 나온다. 터져 나오긴 해도 그것을 쏟아 부을 만한 대상이 없기 때문에 공연히 난잡하고 떠들썩하게 맞부딪치고 비비적거리면서 얼마 되지도 않는 올바른 식견마저 짓눌러버린다. 그 후에 짐승화된 육체가 혈관을 팽창시켜서 미친놈처럼 울부짖을 뿐이다.

군인은 음탕하다. 음탕하지 않은 게 부자연스럽다. 무엇보다도 이성을 가장 절실하게 원하는 시기의 젊은 육체가 그 어느 곳보다도 완벽한 상태에서 이성으로부터 격리되어 있는 것이다. 여자의 모습도 목소리도 냄새도 없다. 있는 것이라곤 땀내 나는 남성의 체취, 동물적인 가죽 냄새, 남성을 상징하듯 딱딱하고 툭 튀어나온 기물뿐이다. 병사는 굶주려 있다. 부드럽고 따뜻하고 풍만한 곡선, 그 나긋나긋한 움직임, 그 목소리의 달콤한 울림, 그 새콤달콤한 냄새에 굶주려 있다.

그래서 한 병사는 낯을 붉히지도 않고, 목이 터져라 이런 노래를 부르고 있는 것이다.

"나도야 되고 싶네, 목욕탕 나무판이. 보지를 핥고, 쓰다듬으며."

다른 병사는 득의양양하게 이렇게 노래 부르고 있다.

"우리 집 영감탱이는 너구리네 너구리야, 밤만 되면 구멍을 찾는다네, 구멍을."

그러자 곧바로 다른 병사가 받는다.

"우리 집 할망구는 빨래를 좋아하네, 밤만 되면 방망이를 찾는다네, 방망이를."

의기가 투합한다. 노래하면서 농지거리만 하는 것은 아니다. 몸뚱이 어딘가에 진지한 부분이 있다. 절실하다. 그 증거로 노래가 끊길 때마다 "어이구야." 하고 수컷의 탄식이 터져 나오고, "이런 제길." 하고 체념의 신음 소리가 들린다.

모두가 알루미늄 식기를 두드리고 있다. 박수를 치고 있다. 소리치고 있다. 공기가 후텁지근하고 탁하다.

변소 사역에 나갔던 세 명이 돌아왔을 때는 이런 상태였다.

세 사람을 보자마자 야마자키 상등병의 나쁜 버릇이 다시 나왔다.

"어머나, 돌아오셨네요. 어쩜 좋아! 이 사람 똥내 나는 것 좀 봐. 도저히 같이 못 자겠네요. 저리 가요!"

악의가 있어서 하는 말은 아니다. 여자 목소리를 듣고 싶었을 뿐이다. 들을 수 없어서 흉내까지 낸다. 어그러진 성 감각이 모두가 웃어주면 그걸로 만족하는 것이다. 모두 웃었다. 웃지 않은 세 사람은 저마다 다른 방법으로 받아들인다.

세 사람의 술은 각자의 물 컵에 반 정도밖에 남아 있지 않았다. 한 되들이 빈 병이 바닥에 여섯 개 세워져 있다. 서른두 명에 여섯 병이니까, 물 컵에 반밖에 안 될 리가 없다. 누군가가 슬쩍 '처먹은' 것이다.

신조는 말없이 침대에 올라가서 컵에 남은 술을 단숨에 들이켰다.

술은 위로 흘러 들어가서 쓴맛이 되었다. 사내들의 시끌벅적한 소란이 빤한 혐오감으로 변해 위 속에서 울리기 시작하는 것 같다. 빈 물 컵의 바닥을 보면서 신조는 창백한 얼굴을 움직이지 않았다.

 오늘 밤 점호 때 근무 배정이 하달되면 신조는 다시 영외 야간 동초를 나가야 할지도 모른다. 아니, 필시 그럴 것이다. 찍히면 끝이다. 나가 떨어질 때까지 혹사당한다. 요시다나 반나이처럼 중대 내에서 말발이 먹히고 억지가 통하는 4년병은 히노 준위나 주번 하사관에게 꼬리를 쳐서 자기에게 배정될 근무를 가끔 신조에게 돌린다.

 부탁받은 쪽에서도 유력한 고참병의 부탁은 세 번에 한 번쯤은 들어주어야 비상시에 자신에게 도움이 될뿐더러 피복이나 음식에 있어서도 여러모로 곤란한 상황에 처하지 않을 수 있다. 자칫 섣불리 꾸짖기라도 했다가는 말 비듬이 섞인 밥을 먹게 되거나 가래가 섞인 된장국을 먹게 될지도 모를 일이다. 그런 사정의 악영향이 자신에게 미치고 있는 것을 신조는 잘 알고 있다. 알고는 있지만 어떻게 할 수가 없다. 따져보려고 해도 딱지가 붙은 만년 일등병에게는 그럴 수단이 없다.

 다노우에는 페치카 옆 침대로 올라가 반 홉도 되지 않는 술을 군소리 없이 마셨다. 내무반 안의 분위기에 맞추기 위해 손으로 박자를 맞추기도 했다. 멍청히 미소를 짓고 있지만 조금도 재미있어 보이지는 않는다. 내무반 안의 시끌벅적한 소란은 필시 그의 귀를 스쳐가는 데 지나지 않으리라.

 다노우에는 곧 다가올 봄 농사가 걱정일 뿐이다. 종자 준비는 다 되었을까? 비료는 개척단에서 융통해줄까? 쟁기 끌 말을 잘 먹여서 살을 찌워두어야 한다. 사료는 정말로 주의해서 주어야만 된다. 용서해줘. 그의 공허한 눈동자는 멀리 저편의 물기를 듬뿍 머금은 농토를 갈아엎는 말을 따라 걷는 아내의 모습을 떠올리고 있는 게 분명했다.

가지는 오하라의 수고했다는 말을 들으며 침대 위로 올라갔다. 내무반에 들어온 순간부터 시끌벅적한 내무반 안의 소란이 바늘처럼 그를 찌르고 있었다. 이런 위안이라면 없는 편이 낫다. 날 조용히 혼자 있게 해줘. 차라리 신조와 함께 '약속의 땅'으로 도망칠까? 신조는 침대에 누워 있었다. 그곳에 '약속의 땅'이 있다고 당신은 보증할 수 있습니까? 탈영하면 남은 미치코는 어떻게 되지? 분명 와타라이란 놈이 괴롭히겠지?

가지는 오하라의 피곤에 지친 얼굴을 보았다. 오하라가 안경 너머에서 눈이 벌겋게 젖어 있는 것은 얼마 마시지도 않은 술에 자극되어 또 아내와 어머니의 사이가 안 좋은 것을 괴로워하고 있기 때문이리라. 어머님과는 도저히 사이좋게 지낼 수 없을 것 같아요. 넌 타지에서 온 사람이라며 당신이 떠나고 난 뒤로는 정말 심하게 하세요. 어제 받은 편지에는 그렇게 쓰여 있었다. 그걸 읽어준 가지가 "끙끙 앓아봐야 무슨 소용이 있겠어? 부인이 그러고 싶다면 친정으로 돌려보내면 되잖아."라고 말하자 오하라는 모르는 소리 하지 말라는 듯 고개를 가로저었다.

"내 월급을 마누라가 받고 있어. 마누라가 돌아가 버리면 어머니는 어쩌고? 친정으로 돌아가면 마누라는 심술이 나서 어머니한텐 한 푼도 주지 않을 거야."

그럴지도 모른다. 오하라 넌 아내 복이 없구나. 내 아내는 참 멋진 여자야. 너한테 보여주고 싶어.

가지는 미치코의 몸 전체를 내무반 안의 나무 침대 위에 놓아보았다. 모두가 침을 삼키며 탐욕스럽게 쳐다볼 것이다. 50킬로그램의 그 싱싱한 육체를. 그 육체도 영혼도 모두 내 것이다. 난 그곳에서 나왔다. 그리고 그곳으로 돌아간다. 나와 미치코는 전쟁도 갈라놓을 수 없는 것으로 맺어져 있다. 그렇지 미치코? 우린 그걸 실증할 생각이었지?

"마시겠나?"

가지는 한 모금만 마신 술을 오하라에게 주었다.

"질질 짜지 마. 좋을 때도 있었잖아, 우리한테도."

야마자키 상등병이 이마에 수건을 동여매고 알루미늄 식기를 마구 두드리면서 외설스러운 숫자풀이 노래를 부르고 있었다.

"오호라, 하나라고 하자는구나, 남의 눈이 있는데 올라타라고, 올라타라고 하네."

"아까 시라토가 여기 있었는데……."

오하라가 소곤소곤 말했다.

"이번 달이나 다음 달에 틀림없이 동원령이 떨어질 거라면서 역시 간부후보생에 지원하는 게 낫다고 했어."

가지는 비웃었다. 시라토란 놈이 사실은 직업 군인이 되고 싶지 않으니까 지옥으로 가는 길동무를 한 명이라도 더 데리고 가려고 하는 것이다.

"따뜻해질 때까지 동원은 없어."

"누가 그래?"

"내가."

"어째서?"

"툰드라 지대의 국경 감시에 익숙한 부대를 남방으로 이동시키면 그 자리를 대신할 병력은 어디에서 데리고 오겠어?"

"그것도 그렇지만 전속^{轉屬} 요원을 차출하는 방법도 있으니까."

오하라도 신조와 같은 말을 한다. 가지는 불안을 불쾌한 목소리로 대신했다.

"그래서?"

"간부 요원을 제외한 보충병 중에서 전속 요원을 차출한다면 나나 네가……."

"위험하다는 거지?"

오하라가 고개를 끄덕였다.

"시라토가 넌 점수를 따기 위해 저격수 교육을 받고 있지만, 저격수 요원은 전선으로 차출될 거라더군."

쓸데없는 간섭이다. 가지는 성난 눈으로 시라토 쪽을 보았다. 불운한 사내가 한 명 생기면, 그 뒤에서 누군가 다른 사내가 한 명 안도의 한숨을 내쉰다. 시라토, 내가 어떻게 살아남든 넌 신경 꺼. 이 유다의 호래자식아! 넌 신조를 팔아서 뭘 얻었지? 은전 서른 냥은커녕 따귀 한 대로도 거래를 할 놈이다. 너한테는 경리 장교가 안성맞춤이야!

가지의 험악한 시선 끝에서 시라토는 고참병의 요구에 따라 〈하쿠토산부시白頭山節〉(1914년 백두산을 테마로 만들어진 일본 민요-옮긴이)를 부르고 있었다. 꽤 아름다운 목소리다. 눈을 감고 기분 좋은 표정으로 낭랑하게 부르고 있다.

그 옆에서 오와쿠가 요시다 상등병에게 말하고 있었다.

"요시다 상등병님, 〈모리노 이시마쓰森の石松〉(생몰 불명. 에도 막부 말기에 활동한 검객. 그를 테마로 한 창가-옮긴이)를 불러주십시오."

"모리노 이시마쓰?"

요시다는 벌겋게 달아오른 얼굴로 유쾌하게 웃었다. 수습점원 시절에는 가게 주인에게서 내내 야단맞던 그도 가게 주인이 즐겨 부르던 나니와부시浪花節(주로 의리나 인정에 대해 노래한 대중적인 창-옮긴이)를 어깨 너머로 듣고 흥얼거리던 때만은 야단을 맞지 않았다.

"좀 기다려봐. 그렇게 재촉하지 말고. 이따 천천히 들려줄게."

"그런 말씀 마시고 불러주십시오, 상등병님. 부탁입니다."

"부탁드리겠습니다."

구보도 알랑거리며 말했다.

"그래?"

요시다는 좌우를 둘러보며 웃었다.

"그럼, 불러볼까? 좋아, 한 번 뽑아보지."

요시다의 십팔번이 막 시작되려고 했을 때 거나하게 취한 반나이 상등병이 속옷 차림으로 뛰어 들어왔다.

"어이, 요시다 상등병. 뉴스, 뉴스다! 따끈따끈한 놈이야."

반나이는 오와쿠가 내준 자리에 먼지가 일어날 정도로 난폭하게 주저앉았다.

"5월 1일부로 4년병은 만기제대란다!"

"정말이야?"

내무반 안의 모든 각도에서 노랫소리와 손으로 장단을 맞추는 소리가 순식간에 사라지고, 4년병들의 목소리가 반나이가 있는 한 점에 집중되었다.

"우와, 신난다!"

"이런 제길! 고맙구나 야!"

"어머나, 좋아라! 이를 어쩐담! 전 온몸이 벌써부터 근질근질해지기 시작했어요!"

"누구한테 들었어?"

시바타 병장이 그것이 정말이길 바라는 얼굴로 말했다.

"우리 내무반의 사무실 근무자가 내게 살짝 귀띔해준 말이야."

"반나이 씨, 거짓말이면 미워할 거예요."

야마자키가 짓궂게 장난쳐도 4년병들이 서로를 쳐다보는 얼굴은 모두 진지했다.

신조 대신 사무실 근무를 하게 된 일등병이 히노 준위나 하사관들의 대화에서 무슨 말을 듣고 왔는지는 알 수 없었지만, 만기제대나 소집 해제라는 낭보는 전선으로 출동한다는 경보와 늘 표리 관계로 군대 곳곳에 잠복해 있다가 뜻밖의 시기에 출몰하곤 한다. 병사들은 언제나 희망적으로 낭보를 받아들인다. 그리고 늘 속는다.

정말일까? 정말인 것 같아. 이번에야말로 정말이야! 신난다! 돌아가면 떡을 해서 똥이 하얘질 정도로 먹을 테다. 난 피가 뚝뚝 떨어지는 두툼한 비프스테이크! 난 새 다다미에 누워서 풍경소리를 듣고 싶어, 땡그랑땡그랑, 유카타浴衣(목욕을 한 뒤 또는 여름철에 입는 무명 홑옷 – 옮긴이) 차림으로 말이야. 거짓말 마, 이 자식아. 난 조개 전문이야. 일주일 내내 밤낮을 가리지 않고 박아주겠어. 그러고 나서 먹는 거지.

쾌락적 공상이 한바탕 끝나갈 즈음 생활 문제가 다가온다. 돌아가면 뭘 해야 되지? 다시 일터로 돌아갈 수 있을까? 집에서 빈둥거릴 수만은 없는데. 어쩌면 군대에 있는 게 낫지 않을까? 그러고 나서 다시 공상이 뒤를 잇는다. 이젠 정말로 싫다. 동원이라도 되면……. 여자를 안 아보지도 못하고 죽을 수는 없어. 5월 1일까지 부디 동원되는 일이 없기를!

4년병의 만기제대를 기뻐하는 것은 4년병뿐만이 아니다. 초년병은 그 소문만으로도 어깨의 짐이 한결 가벼워진 느낌이다. 4년병은 신이다. 늘 제주祭酒를 올리며 빌어야 한다. 제발 어서 만기제대하시길 비옵니다.

"4년병님이 만기제대하시면 그 다음은 어떻게 되는 겁니까?"

오와쿠가 반나이에게 물었다.

"초년병은 1기 검열이 끝나면 현역은 남고, 보충병은 다른 데로 데리고 갈 모양이야."

"어디로 말입니까?"

시라토가 당황하며 물었다. 보충병들은 순간 긴장하여 귀를 기울였다.

"나한테 묻지 마. 난 우메즈 각하가 아니야."

"간부후보생 지원자는 어떻게 되는 겁니까?"

시라토가 다시 캐물었다.

"간부후보생 걱정까지 내가 해야 되겠어?"

반나이가 호통을 쳤다.

"간부후보생 교육은 전쟁터에서도 할 수 있어. 그렇게 방침이 바뀌었단 말이다, 이 멍청아."

시라토의 큼직한 몸은 금방 축 늘어졌다. 진위야 어떻든 보충병들에게 암운이 드리운 것은 사실이다.

"2, 3년병은 어떻게 될까?"

요시다가 물었다.

"뒷일을 잘 부탁합니다겠지."

반나이는 웃었다.

"여기 남겨두지 않으면 전투력이 제로가 되니까. 전속될 놈은 이미 대강 정해져 있어."

꼭 자기가 그 인선을 한 것처럼 말하는 반나이의 목소리와 함께 고참병들의 시선이 일제히 신조가 있는 침대 쪽으로 향한 것은 이런 경우 누구나 전속에 대한 공통적인 상식을 갖고 있기 때문이다. 신조는 침대에 벌렁 누워서 천장의 들보를 보고 있다가 갑자기 벌떡 일어나 앉아서 모두에게 들리는 목소리로 말했다.

"가지, 형법 책 가지고 있지?"

가지는 관물대에서 형법 책을 꺼내 신조에게 가지고 가서 나지막한 목소리로 말했다.

"고참병님, 신경 쓰지 않는 게 좋습니다."

"형법 책은 봐서 뭘 하게?"

요시다가 말했지만 신조는 대답도 하지 않고 다시 벌렁 누워버렸다.

"저 새끼가 내무계에서 기합 좀 받았다고 아주 뵈는 게 없군."

요시다가 그렇게 반나이에게 말하는 것을 가지는 등 뒤로 듣고 자기 침대로 돌아가려고 했다.

"가지, 이리 좀 와봐. 너 방금 신조에게 뭐라고 했어?"

"별 말 안 했습니다, 상등병님."

"말하지 않았다고? 넌 고참병에게 부탁을 받고도 아무 말도 하지 않은 거야? 너한테 엽서를 준 친절한 고참병한테?"

또 시작이다. 이렇게라도 하지 않으면 내무반에서는 시간이 가지 않는다.

"넌 중대 최고의 수류탄 투척수이고, 조만간 명사수가 될 놈이다. 게다가 대학을 나와서 학식이 있고, 빨갱이 물까지 들어 있다. 우리들 4년병들에겐 우스워서 말도 하기 싫겠지만, 성향이 같은 신조 씨에게는 무슨 말이든 하고 있을 거다."

가지는 이 사내와 시바타가 자신을 혁대로 때린 일을 떠올리고 몸이 뜨거워졌다. 위축되는 느낌이 없는 것은 마침내 군대에 익숙해졌다는 증거일까?

"상등병님, 제가 지금 무슨 잘못이라도 했습니까?"

"이것 봐라? 드디어 하셨군! 불평을 하셨어!"

요시다는 반나이를 돌아보고 유쾌하게 서로 웃었다.

"여보, 아니 되어요. 오늘은 축제날이잖아요."

야마자키가 비아냥거렸다.

"따귀라도 맞으면 아야 해요."

고참병들이 일제히 웃었다.

따귀를 맞을 것은 부를 때부터 이미 각오하고 있었다.

"신조 고참병님은 피곤하실 테니 지금은 책을 읽지 않는 게 낫겠다고 말했습니다."

"들었나?"

요시다가 동년병들을 돌아보며 물었다.

"초년병이 3년병에게 지시를 내렸다는군! 신조 고참병님께서 피곤하시단다. 야, 신조!"

창끝이 신조에게로 옮겨갔다. 지금까지는 단지 바람잡이에 불과했던 것이다.

아까부터 침대에 누워서 내무반의 환락과 어울리지 않는 이 3년병을 요시다는 눈엣가시로 보면서 절대로 가만두지 않겠다고 벼르고 있었던 모양이다.

"피곤하신데 송구스럽지만 요시다 상등병이 한마디 여쭈어도 되겠습니까?"

신조는 잠자코 형법 책을 읽고 있었다. 가지는 분노로 몸을 떨었다. 도대체 신조의 어디가 미운 걸까? 앞으로 벌어질 일에 대한 무서운 예상도 거들어서 무릎이 부들부들 떨리기 시작했다.

"들리지 않는 모양이군."

반나이가 천천히 일어섰다.

"귓구멍을 뚫어줄까?"

요시다는 다른 내무반의 반나이에게 선수를 빼앗기면 면목이 서지 않는다는 듯 갑자기 살기를 띠었다.

"건방 떨지 마, 이 로스케露助(러시아인을 얕잡아 부르는 말 – 옮긴이) 개새끼야!"

요시다의 손에서 컵이 날아가 페치카에 부딪혀 박살났다.

신조는 벌떡 일어났다. 얼굴은 핏기를 완전히 잃었지만 3년병다운 면모는 남아 있었다.

"병사들 간의 싸움은 양쪽 다 처벌받아, 요시다 상등병."

신조가 분명한 목소리로 말했다.

"히노 준위한테 가서 같이 부젓가락 지짐을 받아보겠습니까? 난 소가 중사의 명령을 받고 형법 책을 읽고 있습니다. 근무를 거부하고도 어떻게 하면 상관 모욕과 항명죄가 성립되지 않는지 연구하고 있단 말입니다."

요시다의 기세가 한풀 꺾였다. 말로는 신조가 이긴 것 같다. 신조는 싸움은 거절하겠다는 듯 입술을 일그러뜨리며 웃더니 침대에서 내려와 나가려고 했다. 그것이 조금 빨랐거나 늦었지 싶다. 상황 판단에 실수가 있었다. 등을 돌린 찰나 반나이가 덤벼들었다. 요시다가 뒤를 이었다. 다른 4년병이 두세 명 더 가세했다. 뭇매는 순식간에 끝났다.

"주번 사관이 온다!"

누군가가 소리쳤다. 4년병들은 신조를 침대 위로 던지고 모포를 뒤집어씌웠다.

문이 열리고 주번 견장이 보이는 것과 동시에 두세 명이 소리쳤다.

"차렷!"

"그대로 있어, 그대로. ……쉬어."

주번 사관은 실내를 둘러보다 신조가 누워 있는 침대에서 시선이 멈췄다.

"무슨 일인가?"

"신조 일등병입니다."

선임인 시바타 병장이 대답했다.

"사역을 갔다 와서 몸이 안 좋다기에 취침하라고 했습니다. 주번 하사관님께는 지금 막 보고를 하러 가려던 참이었습니다."

가지는 몸을 꿈틀 움직였다. 거짓말입니다, 라고 말하며 한 걸음 나서고 싶었다. 신조는 왜 잠자코 있을까? 잠자코 있는 데는 그럴 만한 이유가 있는 게 분명하다. 말하면 내일부터 끊임없는 보복을 당하기 때문일지도 모른다. 중대 간부들도 내무 규칙을 위반했다는 구실을 붙여 오히려 신조를 탓할 수도 있다. 어쨌든 지옥 같은 고통이 계속될 것이다.

"몸이 안 좋으면 컵이 깨지나?"

주번 사관이 말했다.

"몸이 안 좋아지기 전에 집기부터 치워놔."

주번 사관은 아무 표정도 없이 나갔다.

14

"안 되겠구먼."

사사는 오하라가 사격하는 것을 보고 중얼거렸다.

"이거 언제쯤 아침밥을 먹게 해줄지 알 수가 없네그려."

사정거리 300미터의 사격에서 오하라는 아직 명중탄이 한 발도 나오지 않았다. 다른 초년병들은 그럭저럭 명중탄이 나와서 훈련을 마쳤다. 하시타니는 날이 밝자마자 임시 사격 연습이라고 해서 초년병들을 사격장으로 내모는 일이 종종 있다. 명중탄이 나오지 않으면 나올 때까지 쏘게 한다. 명중할 때까지는 돌아올 수 없다. 소총반 병사가 사격도 제대로 못하면서 아침밥을 먹으려고 생각하는 것 자체가 잘못이다. 하시타니는 입버릇처럼 그렇게 말했다.

아침식사 시간은 벌써 시작되었다. 밥을 받으러 간 초년병이 준비를 마치고 돌아왔을 정도다.

"오하라 아저씨, 제발 맞혀주이소. 부탁합니더."

오하라는 언 손가락에 입김을 불고 기도하는 심정으로 조준하고 쏘았지만 감적호(監的壕)에서는 또다시 검정색 깃발이 올라와 좌우로 흔들렸다.

"넌 도대체 지금까지 뭘 배운 거야?"

하시타니는 짜증을 내며 소리쳤다.

"눈이 나빠도 장님은 아니잖아. 저 표적이 안 보여?"

"……보입니다."

흐릿하고 하얗게 표적이 있다는 것만 보였다.

"보이는데 맞히지 못하는 것은 정신 상태가 썩었기 때문이다."

1번 사로에서는 가지가 하시타니의 명령으로 전방의 철제 표적을 향해 연달아 한초사격을 연습하고 있었다. 철제 표적에 총알이 명중되어 깡 하고 소리를 낸다. 깡! 깡! 연거푸 이어지는 소리가 마치 오하라를 비웃는 듯하다.

"잘 조준해."

하시타니가 오하라에게 말했다.

"적이 거기에 있다고 생각해라."

오하라는 전방에 적이 있다고 생각하는 것보다 후방에서 전우들이 아침밥 때문에 자기를 원망하고 있는 것이 더 걱정되었다. 거총하는 손이 바르르 떨린다. 또 맞지 않으면 어쩌지? 왼쪽 눈을 감자 그렇지 않아도 흐릿하게 보이는 표적이 더욱 희미해진다.

"차분하게 조준선을 맞춰. 중앙 아래쪽이야."
"왜 숨을 쉬어? 숨을 멈추라고!"
"제1단을 눌렀어?"
"차분하게 당겨, 차분하게."

겨우 조준선이 맞은 것 같다. 깡, 가지의 표적이 울었다. 그 순간 오하라의 손가락도 방아쇠를 당겼다. 엉뚱한 곳에서 흙먼지가 일어났다.

"이 멍청한 놈!"

하시타니가 오하라의 엉덩이를 걷어찼다.

"다른 놈들은 뭐 하고 있는 거야? 아귀 같은 낯짝을 하고 있어도 밥은 주지 않는다. 그 자리에서 거총 연습을 해! 거총 백 번이다!"

"오하라 이 자식아, 작작 좀 해!"

아직 얼음이 녹지 않은 땅바닥에 엎드려서 구보가 투덜거렸다.

"늘 저 자식이 문제야. 골탕만 된통 먹이는군."

"어쩔 수 없잖여."

다노우에가 혼잣말하듯 중얼거리자 구보가 즉각 트집을 잡았다.

"촌놈은 잠자코 있어. 이게 어쩔 수 없다고 끝날 일이야? 밥도 못 먹고 연습만 줄창 하고 있으면 어쩌자는 거야?"

"할 수 없지 뭐."

사사가 한숨을 쉬었다.

"그래도 어떻게 안 될까? 이러고 있다가는 뱃가죽이 얼어버릴 것 같아. 거시기가 얼어서 번데기가 되어버렸어."

가지는 몇 번에 걸쳐 한초사격을 끝내고 그 자리에서 조용히 거총연습을 하고 있었다. 이렇게 하고 있을 때만 그는 자신이 자신의 주인이라는 것을 느낄 수 있다. 다른 때의 그는 고참병의 심부름꾼이고, 총을 손질하는 기계이고, 군화를 닦는 도구였다. 지금은 총이 그의 도구다. 그의 의지대로 그 어떤 불합리함도 없이 딱 그의 의지와 기술대로 정확하게 답을 내주는 도구였다.

가지는 거총하면서 신조가 순식간에 몽매를 맞고 쓰러진 것을 떠올렸다. 신조가 진 것은 신조 자신과 옆에서 보고 있던 가지가 겁쟁이였다는 것을 입증한 것만이 아니었다. 그 상황에서 용감하게 맞섰다면 더 비참한 결말로 끝났을지도 모른다.

주번 사관은 거기서 일어난 일을 간파하고도 아무 말이 없었다. 시인한 것이다. 불합리함은 군대 조직의 기본적인 성격이었다. 신조나 가지의 고립된 이치가 이길 리가 없다. 만약에 신조가 초년병 전원을 장악하고, 그들의 지지를 받고 있었다면 어땠을까? 만약에 또 가지가 다른 날 이 불합리함에 싸움을 걸기 위해, 그런 설계와 준비를 했다면 어떻게 될까? 가지는 요 며칠 동안 무슨 일을 하고 있든 그 생각이 머릿속에서 떠나질 않았다.

그날 신조는 역시 그의 예감대로 야간 영외 동초로 배정되어 멍투성이인 몸을 질질 끌며 소등할 때 나갔는데, 그때 가지는 연통을 반납하고 오겠다고 쫓아나가서 신조를 신발장 앞에서 만났다.

"이런 상태로 가면 우린 각개격파되고 맙니다."

그렇게 말하자 신조는 얼굴을 실룩이며 웃었다.

"그럴 것 같아. 나 같은 저항 방법은 무의미할지도 몰라."

"무의미하다고는 생각하지 않습니다. 단지 우리만 상처받지 않겠습니까?"

"고립되어 있으니까. 그렇긴 해도 군대에서 대중의 단결이라니, 꿈같은 얘기지. 네가 만약 그런 생각을 하고 있다면……."

그렇게 말하기 시작했을 때 1번 불침번이 복도로 나와서 신조는 고개를 가로저으면서 어두운 웃음을 남기고 나갔다.

대중의 단결 같은 건 역시 꿈같은 얘기일지도 모른다. 그것을 긍정하는 답이 지금도 가지 곁에 있다. 하시타니 반장에게 닦달을 당해 기력이건 의지건 완전히 시들어버린 오하라를 그의 전우들은 한 그릇의 보리밥 때문에 미워하고 있는 것이다.

초년병들은 옳고 그름을 따지는 데 있어서는 철저한 겁쟁이로 훈련되었다. 그렇게 훈련되지 않으면 군대의 부조리가, 혹은 국가 권력 자체의 부조리가 그 자신의 목적을 관철시킬 수 없기 때문이다. 겁쟁이가 된 영혼은 이기주의 속에 숨어들어서 자기만은 부조리가 가져올 피해로부터 피하고 싶어 한다. 대중은 입영하고 일주일만 지나면 분열해서 각각의 파편으로 환원되어버리는 모양이다. 건군 정신은 그 약점을 기가 막히게 포착하고 있는 것이다.

이기주의로 몸을 지킨 초년병이 연차가 쌓여 고참병이 되면 더 이상 손을 댈 수 없는 특권 계급으로 껑충 뛰어오른다. 새로 들어온 초년병에게 자신들이 걸어온 역사를 반복시킨다. 이런 식으로 순환한다. 시바타도 요시다도 반나이도, 그 외의 고참병도 거의 모두 그렇다. 가지도 거기까지는 확실히 알고 있다. 다만, 그런 악순환 속에서 앞으로 어떻게 하면 되는지 모르겠다는 것이다.

　가지는 혼자 떨어져서 사격 훈련을 하고 있는 자신에게 시라토와 오와쿠의 가시 돋친 시선이 꽂히고 있는 것을 이따금 느꼈다. 그러든 말든 난 신조와는 다른 방법으로 이 비인간의 세계를 인간답게 살아갈 테다. 난 나 자신의 가능성을, 그것이 무엇이든, 최대한으로 발휘하여 싸울 것이다.

　오하라의 사격은 핀잔을 들을수록 엉망이 되어갔다.

　"가지, 이쪽으로 와서 오하라에게 사격하는 방법 좀 가르쳐줘라."

　하시타니가 이제는 더 이상 못 참겠다는 듯 낯빛이 달라져 있었다.

　"장님보다 못해, 이 자식은! 가지, 넌 눈을 감고 저 표적을 맞혀봐."

　"눈을 감고 말입니까?"

　"그래. 거총만 제대로 하면 정중앙은 아니더라도 맞힐 수는 있을 거야."

　가지는 오하라 옆으로 가서 엎드려쏴 자세를 취했다.

　"오하라, 가지의 거총과 방아쇠 당기는 법을 잘 봐둬라."

　가지는 장전하고 표적을 향해 거총 동작을 두세 번 되풀이했다. 그런 다음 호흡을 가다듬고 두 눈을 감았다. 손에 익은 총을 믿을 뿐이다. 이제 이 총은 미치코 이상으로 가지에게 충실한 것인지도 모른다. 차분한 거총. 거의 동시에 방아쇠를 당겼다. 감적호에서 탄흔 표시를 알려주었는데 총알은 표적의 아래쪽 구석에 맞았다.

"어떠냐, 오하라. 눈이 좋지 않다는 것은 이유가 되지 않는다. 쏴봐. 이번에 명중시키지 못하면 넌 표적까지 사격하면서 돌격이다!"

"우선 마음을 가라앉혀."

가지가 속삭였다.

"거총 형식에 너무 얽매이지 마. 자세를 편안하게 잡으란 말이야. 방아쇠는 당기는 게 아니야. 꽉 잡아. 발사될 때까지 가만히 잡고 있는다고 생각해. 자, 거총해봐. 조준선이 조준점에 맞았을 때 발사하면 늦어. 조준점에 맞기 전이야. 그 타이밍뿐이야. 걱정하지 말고 차분하게, 차분하게……"

오하라는 방아쇠를 당겼다. 총구가 춤을 추었다. 총알은 제방에 흙먼지를 일으켰다.

"오하라, 너 같은 놈은 차라리 뒈지는 게 낫겠다. 60만 관동군 중에서 너 같은 놈은 한 명도 없을 거야!"

하시타니가 두 사람의 머리 위에서 그렇게 욕을 퍼부었다. 오하라는 실처럼 가는 눈물을 흘리고 있었다.

가지는 후회로 속이 쓰렸다. 눈을 감고 사격한 것은 오하라를 공격하는 단초를 제공한 꼴밖에 되지 않았다. 오하라를 더욱 궁지에 몰아넣었을 뿐이다. 명중시키지 않아도 되지 않았는가. 명중한 것은 우연이었는지도 모른다. 그렇더라도 가지의 사격 능력에 대한 평가는 더욱 올라갔고, 오하라에 대한 평가는 더욱 나빠졌다.

"잘 들어라, 오하라."

하시타니가 말했다.

"군인에게 책임감은 생명이다. 너 하나 때문에 내무반의 초년병 전원이 아침식사를 못하고 오전 훈련을 해야 된다. 아침식사쯤은 그래도 괜찮다. 네가 발견한 단 한 명의 적을 사살하지 못해서 소대원 전체가 수류탄 한 발에 몰살당하면 어쩌겠느냐? 책임감을 갖고 부끄러운 줄 알아라!"

오하라는 엎드려서 총 위에 고개를 숙이고 있었다. 무슨 욕을 먹어도 어쩔 수가 없었다. 아무리 빌어도 총알은 명중해주지 않았다. 흙덩이처럼 생기를 잃은 얼굴이 절망적으로 떨리고 있었다.

"표적까지 전력으로 뛰어. 돌격하면서 사격하고 와. 저게 네 적이다. 쏴 죽이고 와! 가지, 너도 따라가서 돌격사격을 가르쳐줘라."

"가자, 오하라."

가지가 속삭였다. 이렇게 된 이상 300미터가 아니라 3,000미터라도 뛰라면 뛰어야 한다.

"돌격."

하시타니가 엄한 목소리로 구령했다.

"앞으로!"

두 사람은 뛰어나갔다. 아무 의미도, 가치도 없는 질주였다. 오하라의 사격술을 향상시키는 데 아무 도움도 되지 않는 것이었다. 피로와 굴욕감만 안겨줄 뿐이다. 분발한다고 해서 그의 근시가 낫는 것은 아니다. 하시타니에게 욕을 먹지 않아도 오하라는 자신이 군인으로서는 아무 쓸모가 없다는 것을 잘 알고 있다. 군대에서도 그것은 이미 징병검사로 확인했을 것이다.

가지는 오하라가 질주하는 몸의 흔들림에 따라서 훌쩍이는 소리를 내는 것을 들었다. 그 소리는 억지로 삼켜서 목구멍에서 괴로운 듯 울었다.

"울긴 왜 울어?"

가지는 자기 자신이 무능력하다는 것을 철저하게 알게 된 것 같아 서글퍼졌다.

"멍청한 놈! 이까짓 일로 기가 죽어서 우는 놈이 어딨어?"

오하라는 울음을 씹어 삼키듯 이를 악물고 뛰어갔다.

15

'아무개는 다음과 같이 유언을 남긴다'는 서식을 초년병들에게 내보이면서 하시타니 반장이 말했다.

"부대는 언제 어느 때 전선으로 출동할지 모른다. 일단 전쟁터로 나가게 되면 살아서 돌아온다고 생각해서는 안 된다는 것은 이미 너희들에게 교육한 바와 같다. 〈전진훈〉 2장 7조에 생사를 일관하는 것은 숭고한 헌신봉공의 정신이고, 생사를 초월하여 맡은 바 임무의 완수에 매진할 것, 심신의 모든 힘을 다하여 침착한 태도로 유구한 대의에 근거하여 사는 것을 기쁨으로 삼으라고 되어 있다. 알고들 있겠지? 앞으로 한 시간 이내에 그 정신으로 유언장을 써라. 이것은 엄중히 봉인되어 소중하게 보관되었다가 너희들이 명예롭게 전사했을 때 유가족에게 전달된다. 가족에게 남기고 싶은 말은 무엇이든 써도 좋다. 너희들의 머리카락과 손톱도 잘라서 동봉해라. 〈전진훈〉의 본훈 3장 2조에 쓰여 있는 바와 같이 시체가 전쟁터에 버려지는 것은 본디 군인의 각오다. 이 유언장은 비록 유골이 돌아가지 못하더라도 걱정하지 말라고 가족들에게 말해두기 위해서다."

초년병들은 종이와 봉투를 받고 내무반에 남겨졌다. 죽음이 갑자기 눈앞에 와 있는 것 같았다.

오와쿠 이등병의 유언

아버님, 어머님.

천황폐하를 위하여 제가 명예로운 전사를 한 것을 기쁘게 생각해주세요. 비록 20년의 생애는 끝났어도 유구한 대의로 살았습니다. 저는 훌륭한 군인으로 봉사하는 것이 가장 큰 효도라고 믿고, 주야로 노력하고 있습니다.

죽음을 각오하고 있는 저에게는 남기고 싶은 말은 아무것도 없습니다. 당신들의 아들이 나라를 위해 용감하게 싸우다 산화했다는 것을 자랑스럽게 여기시고 오래오래 건강하게 사시기를 바랍니다.

다노우에 이등병의 유언

마스코, 난 아무것도 쓸 수가 없구려. 나한테 와서 고생만 했어요. 미안해요. 당신이 혼자서 개척 일을 할 수 있을지, 그것만 생각하면 걱정이 앞서는구려. 내가 죽으면 당신은 두 사람 몫의 일을 해야 할 거요. 괴로운 것은 나보다 당신이라고 생각하오. 난 죽어버리면 괴롭지는 않을 거요. 죽어도 나는 땅속에서 당신을 돕겠소.

가을이 되어 밭작물이 여물면 마스코, 내가 돌아온 것이라고 생각해요. 난 해마다 그 무렵이면 당신에게 돌아가리다. 당신이 죽을 때까지 돌아갈 거요. 사람은 죽어도 흙은 죽지 않는 법이오. 마스코, 당신한테는 내가 보낸 흙이 남아 있소. 그것을 나라고 생각해요. 소와 말이 나를 대신해서 일을 잘할 수 있도록 잘 돌봐주시오.

오하라 이등병의 유언

어머님께

먼저 가는 불효를 용서해주십시오. 나라를 위한 것이라고는 하나 늙으신 어머님을 남겨두고 가는 저는 창자가 끊어지는 것 같습니다. 어머님과 도미에의 사이가 원만했더라면 지금까지 군생활을 하며 겪었던 괴로움도 훨씬 견디기 쉬웠을 것이고, 지금부터 죽을 때까지의 괴로움도 아마 수월하게 이겨낼 수 있을 것이라고 생각합니다. 원통해서 견딜 수가 없습니다. 제가 죽으면 어머님은 의지할 사람이 도미에밖에 없습니다. 그 점에 대해서 좀 더 생각해주시길 바랍니다.

부디 이 글을 보신다면 제가 그것만 걱정하다 죽었다고 생각하시고, 도미에와 사이좋게 여생을 보내시길 바랍니다.

도미에에게

당신 손에 어머님과 아이들을 맡겨요. 싫다고 생각하겠지만 나의 유일한 마지막 부탁이니 들어주구려. 평소의 편지에 내 고민을 시시콜콜 쓰는 것이 군대에서는 삼가야 할 일이라 당신에게 나의 마음을 충분히 전달할 수 없었던 것이 유감이구려. 이 편지는 유언장이오. 마지막 기회이지요.

당신은 나에겐 고맙고 좋은 아내였지만, 어머님과의 사이가 좋지 않다는 점이 내게는 아무래도 마음 놓고 죽을 수 없는 불안을 남기는구려. 어머님은 내가 죽으면 당신 외엔 의지할 사람이 없어요. 당신에게는 하나하나 다 옳은 변명이 있다는 것을 난 잘 알고 있지만, 부디 어머님이 돌아가실 때까지는 오하라 집안에 남아주시오. 그 이후에는 당신 마음이 가는 대로 맡기리다.

이 글을 읽기 전까지 당신과 어머님의 사이가 더 나빠지면 어쩌나 하고 난 몸이 야윌 정도로 괴로워하고 있다오.

내가 죽으면 생계에도 문제가 생길 거요. 당신이 그 난관을 어떻게 헤쳐 나갈지, 도중에 싫증이 나서 내팽개쳐버리지는 않을까 하고 생각하면 정말이지 돌아버릴 것 같소. 당신이 말한 느림보 남편이 지금 당신에게 두 손 모아 부탁하리다. 나를 죽을 수 없는 심정으로 죽게 하지는 말아주구려. 나 같은 나약한 군인은 반드시 죽을 것이오. 그런 예감이 드는구려.

난 두렵소. 당신과 아이들, 어머니까지 아무것도 해결하지 못한 채 남겨두고 죽는 것이 참을 수 없이 두렵소. 그래도 난 죽을 수밖에 없어요. 도미에, 지금 내가 어떤 심정으로 이 글을 쓰고 있는지 알겠소? 난 당신에게 달갑지 않은 괴로움만 남기는구려. 용서해주시오. 절대로 내 본의가 아니었소.

가지 이등병의 유언

미치코, 당신이 이 글을 읽을 때쯤이면 난 이미 이 세상에 없을 거야. 죽은 사내가 무슨 말을 남기든 그것은 살아 있는 사람에게 고통의 씨앗밖에 되지 않을 테니, 난 우리들의 영혼에 대해서는 지금 아무것도 건드릴 생각이 없어. 냉정한 마음으로 사무적인 메모만 남기도록 할게.

l 회사는 전사자의 아내에게 본봉의 꾀개월치를 조의금으로 지급하게 되어 있어. 내가 당신에게 남길 수 있는 것은 그것뿐이야.

l 내 장례식, 묘지 같은 건 신경 쓰지 마.

l 내 보잘것없는 장서와 옷가지들은 전부 매각 또는 소각하고 싶어. (당신은 나와 관련된 물건은 하나도 남기지 말고 버리는 게 좋겠어. 이루지 못한 두 사람의 약속은 기억에서 사라지도록 노력해줘. 과거가 아무리 아름다워도 지나간 것은 지나간 것이야)

l 내가 죽을 때까지 난 가능한 한 모든 노력을 다했다는 확신을 주

고 싶어.

ㅣ당신은 내가 죽고 나면 다른 삶을 생각해줘. 미망인이 열녀가 되는 것을 난 반드시 존중하지만은 않아. 과거의 그늘에 묻히지 말기를. 아울러 많은 가능성이 남아 있다는 확신도 주고 싶어. 난 당신이 살아남기를 바라는 거야. 죽은 자는 살아 있는 자를 위해 죽은 것이니까.

너무나도 뻔하고 안타까운 거짓말이구나, 하고 가지는 생각했다. 가지는 살아서 돌아갈 것이다. 유언장은 필요 없었다. 하지만 살아서 돌아갈 수 없다면 난 살고 싶었어, 나를 잊지 말아달라는 애달픈 탄식이야말로 쓰고 싶었다. 그렇게 쓰지 않은 것은 엽서 사건이 뼛속 깊이 사무쳐 있었기 때문이다. 병사의 유서는 아무도 모르게 검열을 받을 것이 분명하다. 영혼의 마지막 신음을 군대는 흙발로 짓밟을 것이다.

가지는 겉봉을 밀봉했다. 미치코가 이 유서를 읽는 모습을 상상했다. 얼굴이 납처럼 창백하다. 손이 부르르 떨리고 있다. 입술을 깨물고 울음을 참고 있다. 미치코, 안심해. 이것을 읽을 일은 절대로 만들지 않을 테니까.

"누가 좀 가르쳐줄래? 유감의 감이라는 글자를 어떻게 쓰지?"

사사가 해괴한 목소리로 조용한 내무반 안의 분위기를 깼다.

"정말 유감이야. 이대로 계집애의 뽀얗고 매끈매끈한 살결도 보지 못한다면 말이야. 모두들 표정이 참 심각하군. 무슨 생각을 하고 있는 거야? 시라토, 보충병이 동원될 거라는데 정말이야?"

"내가 그런 걸 어떻게 알아?"

시라토는 불쾌하게 대답했다. 그는 간부후보생 교육을 전선에서 할지도 모른다는 말에 꽤나 충격을 받은 것 같다. 게다가 비장하게 써야 하는 유언장 때문에 그 충격은 더 심해진 모양이다.

"현역은 좋겠다!"

아무도 상대해주지 않자 사사가 혼잣말하듯 큰 소리로 말했다.

"현재 있는 곳에서 잔류라니 얼마나 좋을까? 여긴 춥다고 하지만 봄이 와봐. 전투도 없고, 들과 산도 온통 파란 게 기분이 정말 좋아."

"시끄러워, 사사. 조용히 좀 해."

오와쿠는 유서를 앞에 두고 〈전진훈〉의 정신을 그대로 나타낸 듯한 표정을 짓고 있었다.

스무 명의 초년병들은 묵묵히 유서를 쓰고 있거나 다 쓰고 나서 삭막한 죽음 앞에 서 있었다. 사사 혼자 떠들면서 이 재미없는 분위기에서 도망치려고 하는 것 같았다.

"아무도 가르쳐주지 않을 건가, 유감의 감 자를 어떻게 쓰지?"

16

"군인의 유언이라는 것은 가족에게 출진의 각오를 전하여 군인의 가족이라는 인식을 명확하게 하려는 것이다."

중대장이 오하라에게 말했다. 옆에 히노 준위가 서 있었다. 중대장의 싸늘한 표정, 히노의 날카롭고 사나운 생김새. 오하라는 이가 딱딱 소리를 낼 정도로 겁을 먹고 몸이 싸늘해져 있었다. 유언장까지 검열을 받았다는 사실도 이 사내의 가슴에 분노를 일으키지는 못했다. 처음부터 주눅이 들어 있었다. 겁에 질려 벌벌 떨 뿐이었다.

"출진 각오라는 게 어떤 것인지 말해봐."

오하라는 헐떡이면서 띄엄띄엄 대답했다.

"……생명을, 국가에, 바치는 것을, 숙원으로 하는 것, 입니다."

"말만은 한 사람 몫을 제대로 하는군, 너도."

구도가 말하고 나서 히노와 얼굴을 마주 보며 웃었다.

"숙원으로 하고 있는 놈이 어떻게 썼지?"

"돌아버릴 것 같다고?"

히노가 오하라의 이마를 쿡쿡 찌르며 말했다.

"걱정이 돼서 죽어도 죽을 수 없다. 두렵다. 그렇지? 겁쟁이 자식! 난 10년 동안 너 같은 놈은 본 적이 없다."

오하라는 고개를 숙이고 있었다. 60만 관동군 중에서 너 같은 놈은 한 명도 없을 거야! 하시타니 반장은 그렇게 소리쳤다.

"난 중대장으로서 너의 그런 사내답지 못한 심정에 일말의 책임을 느끼고 있다. 내가 그런 교육은 시키지 않았을 텐데?"

감정을 억누르고 있는 만큼 구도의 목소리가 더욱 기분 나쁘게 들렸다.

"너 때문에, 알겠나, 오하라?"

히노가 뒤를 이었다.

"내무반장, 교육 조교인 시바타, 교관님, 그리고 나도 중대장님께 너에 대한 교육이 철저하지 못한 책임을 져야 한다."

"용서해주십시오. 제가 잘못했습니다."

"네 아내에게서 가정 사정 때문에 너를 며칠 고향에 보내달라는 탄원서가 와 있다."

구도의 목소리는 더욱 싸늘해졌다.

"히노 준위에게 어떤 심각한 사정이 있는 것이냐고 물어보았더니, 여자들끼리의 불화라더군. 너도, 네 아내도, 군대를 도대체 뭘로 보고 있는 건가!"

"……제가 잘못했습니다."

"중대장님은 그런 답을 요구하고 계신 게 아니다!"

"너같이 사내답지 못한 놈은 적화사상을 가진 놈들보다 더 군대에는 해가 되는 존재다. 빨갱이도 전투가 벌어지면 일단 용감하게 싸우건만……."

히노가 중대장을 힐끗 보고 씩 웃었다. 중대장님은 전투 경험이 있으실 테니까! 구도는 그것을 되받아치듯 히노를 보았다.

"현대전에서는 피아의 구별 없이 포격을 가하고, 순식간에 전 병력의 결사 항전이 되기 때문에 사상이 어떻든 제 몸을 보호하기 위해서는 싸워야만 한다. 싸워보지도 않고 적에게 항복하는 놈은 너같이 나약해빠진 놈뿐이야!"

"넌 중대장님께 어떻게 대답해야 하는지 알고 있겠지?"

히노가 물었다.

"고개를 들어!"

오하라는 고개를 들고 중대장과 준위를 번갈아 보았다.

"대답하지 못해?"

"잠깐. 말뿐인 대답을 들어봐야 무슨 소용이 있겠나."

구도가 쓴웃음을 지었다.

"히노, 이 병사에게 아내에게 보낼 편지를 쓰게 해. 얼마나 각오가 되어 있는지는 그 편지에 자연스럽게 나타나겠지."

"바로 시행하겠습니다."

"좋아. 이제 됐다. 돌아가."

히노는 오하라를 데리고 중대장실을 나왔다.

사무실, 히노가 지배하고 있는 사무실에 들어가자 히노는 중대장 이상으로 대장 같아졌다.

"여기서 아내에게 편지를 써라. 시간은 30분."

17

······도미에, 당신의 생각은 완전히 잘못됐소······.

오하라는 그렇게 썼다. 떨리는 마음에 글자가 춤을 추었다.

　남편이 없는 동안 아내가 시어머니를 모시는 것은 일본 여자의 의무가 아니겠소? 당신의 넋두리가 나의 군대 생활에 얼마나 방해가 되는지 생각해보시오. 난 바빠요. 시간이 없어요. 용건만 간단히 쓸 테니까 찬찬히 읽어보고 올바른 판단을 내려주구려.
　당신과 어머님의 불화 때문에 난 전우들보다 늘 뒤처지고 있어요. 한심한 일이오. 그래서 난 결단을 내려야 할 것 같소. 내 희망은 당신이 어머님을 모시고 사는 것이지만 당신 마음이 도저히 그렇게는 못하겠다면 어쩔 수 없지요.
　오하라 집안을 떠나시오. 내가 어느 쪽을 선택했다고도, 당신에게 어느 쪽을 선택해달라고도 군복무를 하고 있는 나는 말하지 않겠소. 당신이 잘 생각해보고 답장을 주시오.

　펜을 놓았을 때 오하라는 천재天災로 인해 집과 가족을 순식간에 잃은 사내처럼 망연자실한 표정이었다. 도미에는 이것을 읽을 것이다. 낯빛이 달라져서 다시 한 번 읽을지도 모른다. 모질게 급변한 오하라의 마음에 당혹해할 것이다. 그리고 그녀의 가슴은 과연 어떤 결론을 내릴까?
　히노는 그것을 읽고 코웃음을 쳤다. 눈빛은 여전히 험악했다.
　"중대장님은 이렇게 쓴 것만으로도 너의 마음가짐이 달라졌다고 생각하시겠지만, 난 그렇게는 생각하지 않는다."

히노의 시선은 창문으로 갔다가 곧장 오하라에게 돌아왔다.

"위병소 근처에 포플러나무가 한 그루 있다. 거기까지 구보로 10회 왕복하면서 자신의 마음가짐을 뜯어고칠 수 있는 방법을 생각해보아라. 혼자서는 도저히 안 되겠거든 나한테 와라. 내가 뜯어고쳐주겠다. 알겠나? 구보 복장은 집총대검. 시작해."

지정된 지점까지의 1회 왕복은 400미터가 넘는다. 10회 왕복은 오하라의 체력의 한계를 넘는 것일지도 모른다.

"살살해라, 살살."

사사가 불쌍하다는 듯 고개를 저었다.

"갈수록 태산이군."

"또 무슨 바보 같은 짓을 저질렀나 보군."

구보는 오와쿠와 침대 위에서 고참병의 피복을 정돈하면서 피식 웃었다.

"정말 요령 없는 놈이야."

총기 수입을 하고 있는 시라토는 이렇게 중얼거렸다.

"왜 저렇게 실수만 저지르는지."

"잠자코 있어, 시라토."

가지가 노리쇠를 분해하면서 말했다.

"넌 상관없는 일이야."

오하라는 아무도 보지 않았다. 대검을 차고, 총을 들고 나갔다.

4,000미터는커녕 2,000미터도 쉬지 않고 뛸 수 없다는 건 알고 있었다. 그냥 뛸 뿐이다. 쓰러져도 좋다고 생각했다. 자신에게 그 이상의 책임을 지울 수는 없지 않은가.

18

새로 눈이 내렸다. 풀솜처럼 부드럽고 폭신폭신했다. 따뜻했다. 공기가 촉촉하고 달콤한 냄새를 풍기는 것처럼 느껴지는 것은 봄이 이미 코앞까지 다가와 있기 때문이다.

광야는 온통 신선한 흰빛으로 바뀌어 있었다. 겨울이 떠나기 전에 갑자기 상냥하게 태도를 바꾸고 아름다운 꽃잎을 마음껏 뿌리고 있다.

구도 중대장은 그날 아침 관사에서 오는 길에 갑자기 그날의 일정을 변경하여 중대원 전원을 설중 훈련에 참가시키기로 마음먹었다. 훈련 요점은 개활지에서 포복으로 적에게 접근하는 동작이다. 다른 중대에서는 더 추울 때 이미 이 훈련을 했으니 병사들도 불평은 하지 않을 것이다.

그러나 병사들은 불평했다.

"개자식! 후지 산富士山에서 콱 뒈져버려라."

고참병들은 구도의 엉뚱한 명령을 저주했다. 창문으로 눈을 바라보면서 페치카의 온기를 즐기는 한 고참병에게는 병영 생활도 나쁘지 않은 것이지만, 눈밭을 기어 다녀야 한다면 고참병과 초년병의 구별은 없어지는 셈이다.

"이런 제길! 이왕 기게 할 거면, 나한테는 계집의 배 위에서 기게 해주지. 중대원 전원에게 확실하게 모범을 보여줄 수 있을 텐데."

춥지 않은 것이 그나마 다행이었다. 병사들은 흰 위장복을 입고 왼손에 양말을 꼈다. 눈밭을 기어갈 때 눈이 손목으로 들어오는 것을 막기 위해서다.

일렬횡대로 길게 산개하여 눈 위에 엎드렸다. 약 1,000미터 전방에 야트막한 언덕이 두 개 있다. 자작나무 한 그루도 없는 그곳을 평소에는 '대머리 지점'이라고 부르는데, 지금은 하얗고 볼록하게 솟아 있는 것이 젊은 계집의 탱탱한 젖가슴처럼 보였다. 그것이 젖가슴이라면 이제부터 병사들이 포복 전진하는 설원은 거인국 여자의 하얗고 풍만한 배다. 그러나 병사들은 기쁘지 않다. 개미처럼 작은 사내가 거대한 계집의 배 위를 기어봤자 아무 목적도 달성하지 못할 것이다.

두 언덕 위에, 이게 또 딱 젖꼭지처럼, 경기관총이 각각 한 자루씩 거치되어 있다. 유효사거리는 기껏해야 300미터 이내이니까 굳이 1,000미터 전방부터 기어갈 필요는 없었지만, 구도는 '포복 능력을 연습'하기 위해 단호하게 1,000미터를 기어가게 했다. '지독한 피로'다.

병사들은 기어가기 시작했다. 눈은 깊었다. 팔꿈치가 빠져서 급하게 전진하면 얼굴로 눈을 헤치고 가게 된다. 하얀 입김을 뿜어내면서 계속해서 기어간다. 숨이 턱까지 찬다. 땀이 나기 시작한다. 이윽고 땀이 물처럼 흐른다. 팔꿈치가 눈 속에 빠질 때마다 체력 소모가 가속도를 붙이는 것 같다. 그대로 눈 속에 누워버리고 싶어진다.

300미터 가까이 기어가자 빠른 자와 느린 자 사이에 상당한 간격이 벌어졌다.

처녀의 젖가슴은 아직 멀다.

가지는 배꼽 같은 웅덩이에 왔을 때 전진을 멈추고 눈을 볼이 미어지도록 입에 넣었다. 그때까지는 상당한 간격을 두고 오와쿠와 나란히 거의 선두에서 기어가고 있었는데, 참 바보 같은 짓을 하고 있구나, 라는 생각이 들자 갑자기 피로가 심해졌다. 오와쿠와 경쟁할 마음은 조금도 없었고, 포복은 사격 등과는 달리 흥미도 의미도 전혀 느낄 수 없었다.

오와쿠는 가지가 지쳤다고 보고 안심한 듯 속도를 늦춰서 나아갔다. 뒤돌아보니 병사의 연차에 구별 없이 하나같이 눈 속에서 허우적거리면서 뒤따라온다. 몸은 좋아도 평소 게으름을 피우던 고참병들은 몸이 둔해져서 장거리 포복을 견디지 못하는 것 같았다.

신조가 오는 것이 보여서 가지는 손을 흔들었다. 신조는 방향을 바꿔서 웅덩이로 기어 내려왔다.

"요시다 자식, 저기서 뻗어버렸어."

헐떡이면서 이를 드러내고 웃었지만 그 역시 어지간히 지쳐 보였다.

"목적지에 도착할 때까지 다 뻗어버릴 겁니다. 백병전이라니 턱도 없습니다."

신조는 정신없이 눈을 먹고 있었다. 홀쭉한 볼이 쉴 새 없이 움직이는 것을 보고 가지는 문득 오하라를 생각했다.

"오하라는 의무실에 입실해 있어서 다행입니다. 얄궂게도 히노 준위 덕분입니다. 오늘 만약 이 짓거리를 했다간 오하라의 심장은 펑크가 나 버렸을 겁니다."

오하라는 4,000미터 벌칙 구보 때문에 쓰러져서 의무실에 입실해 휴양하고 있다. 차라리 증세가 악화되는 것이 그에게는 다행일지도 모른다.

"의무실에 갔더니 단백뇨가 나온다고 소금을 금한다는 것입니다. 내 무반에 돌아오고 싶어 합니다. 이상한 놈이죠."

신조는 건성으로 듣고 있었다. 눈이 내리는 주변을 둘러보고 말했다.

"의논 좀 해보고 싶은데, 너 나랑 가지 않을래?"

"어딜 말입니까?"

신조는 웃으면서 눈을 두드렸다.

"생각해봤는데 얼어 있을 때가 좋겠어. 따뜻해지면 수십 킬로미터나 되는 습지대를 건너기가 어려워."

"……약속의 땅 말입니까?"

가지는 혼잣말하듯 중얼거렸다.

"성공할 거라 생각하십니까?"

"슬슬 가면서 얘기하자."

두 사람은 천천히 기기 시작했다. 병사들은 설원에 뿌려진 깨알처럼 흩어져서 무질서하게 기어가고 있었다.

"동초 대피소에 비상식량이 있으니까 조금 돌아가긴 해도 그쪽으로 갔다가 탈출하면 굶을 걱정은 없어."

"……러시아 말은 할 줄 아십니까?"

"할 줄 몰라."

"……국경을 넘어가고 나서는 어떡합니까?"

"저쪽에서 하는 대로 맡겨둬야지."

"여름이면 몰라도 겨울입니다. 그들이 우릴 발견하지 못하면 어쩝니까?"

"발견될 거야."

"저쪽에서 국경을 넘어오는 것을 우리 동초가 발견한 적이 있습니까? 그리고 무엇보다도 국경을 넘는 목적은 다르지만, 저쪽 초소 지점을 확인하지 않고 눈 속을 걷는 것은 자살행위입니다."

"가고 싶지 않다는 말이야?"

신조가 유감스럽다는 듯 말했다.

"……모르겠습니다. 당신만큼 그 일에 대해 깊이 생각해본 적이 없으니까요."

"……그럼 무슨 생각을 했는데? 군대의 부조리와 싸우는 거?"

"……어느 쪽이냐면 힘들어서 도망친다는 건 좀 아니라는 생각입니다."

"난 탈영할 거야."

신조는 이를 드러내며 웃었다.

"관동군에 의리를 지킬 만큼 내가 인간다운 대우를 받고 있는 것도 아니니까. 어차피 언젠가는 국경 부대도 궤멸되게 되어 있어. 그걸 기다리느라 내가 밤낮 가리지 않고 근무에 시달려야 되겠어?"

"저항할 생각은 그만두었습니까?"

신조는 대답하지 않았다.

"오하라가 자살하지 않을까 걱정입니다."

가지가 불쑥 화제를 돌렸다. 의무실 침대에 반듯하게 누워서 퀭한 눈으로 천장을 바라보던 오하라에게서 가지는 문득 어두운 그늘, 체취도 체온도 없는 인간의 절망을 느낀 것을 떠올리고 있었다.

"자살도 저항일까요?"

"……도망치는 게 비겁하다고 말하고 싶은 거야?"

"그렇게 말하면 뭐, 그렇습니다. 나는 아직 신조 일등병님처럼 밤에 잠도 못 잘 정도로 시달리고 있는 건 아니니까 어쩌면 건방진 소리일지도 모르지만……."

병사들이 살아가는 방식에는 네 가지가 있었다. 부조리를 참을 수 없다면 싸우거나, 도망치거나, 자살하는 것이다. 그 어느 것도 선택하지 못한다면 체념하고, 인간이기를 포기하고, 병영의 습성과 타협하는 것이다. 피해자에서 가해자로, 혹은 방관자로 변모하는 것을 자신의 의사가 아니라 오직 시간에 맡기는 것이다. '황군' 수백만 명의 실체는 시간에 약탈당한 인간의 잔해에 불과하다.

"넌 용감한 초년병이야."

신조가 또 웃으며 말했다.

"네가 상등병이나 병장이 된 모습을 보고 싶군."

"보여드리겠습니다."

가지도 웃었다.

"인간이 변해서 상등병이 되어 있거든 비웃어주십시오, 인간쓰레기라고."

"난 볼 수 없을 거야. 그 무렵엔 빨갱이의 앞잡이가 되어서 네 앞에 서 있을지도 몰라."

가지는 입을 다물고 내리는 눈에 뿌예진 광야 저편을 보았다. 그 방향에서 공산군의 노도와 같은 진격이 시작되는 것은 언제쯤일까?

"신조 일등병님은 좋겠습니다."

가지가 중얼거렸다.

"저쪽에 가면 인간이 자유를 얻을 수 있을 것이라고 무조건 믿고 있으니까요."

"무조건은 아니야. 비교의 문제지."

"뭘 하고 있는 거냐, 거기 병사?"

가까운 곳에서 교관이 소리쳤다.

"경기관총을 쏘지 않을 때는 전진이다!"

두 사람은 다시 얼마 동안 열심히 기었다. 이 둘은 이제 거의 꼴찌에 가까웠다.

"전 믿을 수 없는 겁니다."

가지는 누구에게랄 것 없이 혼잣말처럼 중얼거렸다.

"사상도 이상도 믿고, 거기 있는 인간도 믿습니다. 단지 지금 당장 그

상호관계를 믿을 수 없을 뿐입니다."

"왜?"

"관동군에서 도망쳐 나온 사내를 무엇에 쓰겠습니까? 도구입니다. 큰 정책의 작은 도구입니다. 평화를 위한 전쟁에 봉사한다. 참 그럴듯한 말입니다. 그러나 도구일 뿐입니다. 독자성을 갖지 못한, 일본 육군에서 밀려난 도구란 말입니다."

"빨리 가!"

뒤에서 하사관이 소리쳤다.

"1선은 벌써 돌입 지점에 도착했다!"

가지는 한 길 정도 신조 앞으로 나아갔다.

"다시 한 번 생각해보지 않겠습니까?"

가지가 돌아보며 물었다.

"어느 쪽이나 잘못이 있고, 어느 쪽이나 문제가 있어 보입니다. 어느 쪽이 좋다거나 옳다고는 결과를 보지 않으면 말할 수 없겠지만, 전 가지 않겠습니다. 여기서 하는 데까지 해보겠습니다."

가지는 잠시 휴식을 취했던 몸에서 다시 힘을 짜내어 단숨에 신조를 멀리 떼어놓고 눈 속에서 허우적거리고 있는 후미를 앞질러 갔다.

아무리 빨리 기어도 괴로운 생각을 떨쳐버릴 수가 없었다. 난 혼자서 무슨 반항을 하려는 걸까? 신조와 함께 가는 건 어떨까? 도구로 이용된다 해도 목적의식만 뚜렷하다면 여기에 있는 것보다는 낫지 않을까? 여기에 있는 것보다는! 그녀는 어쩌지? 미치코는 어쩌지? 미치코는? 미치코는?

"돌격 앞으로!"

누군가가 소리쳤다.

가지는 일어서서 수십 명의 병사들과 함께 공허한, 막막한 적을 향해 돌격했다.

훈련이 끝나고 3내무반에 집합하라고 명령한 하시타니 중사는 땀범벅이 돼서 얼빠진 얼굴로 서 있는 가지를 보자 소릴 질렀다.

"왜 그렇게 꾸물거렸나?"

가지는 순식간에 이등병으로 돌아왔다.

"처음에 너무 빨리 가서 300미터쯤에서 뻗었습니다."

하시타니의 눈길은 의심스러운 듯 한동안 가지에게서 떨어지지 않았다.

19

'이번 근무 배정은 나쁘지 않아.'

신조는 위문연예대의 마차를 호송하며 걸으면서 그렇게 생각했다. 가장 가까운 역에서 부대까지 약 30킬로미터의, 눈이 슬슬 녹기 시작한 나쁜 길이다. 위문대는 여배우 세 명, 남배우 두 명, 바이올린, 아코디언 각 한 명, 대도구 한 명으로 구성된 어느 소도시에서 편성한 순회

극단이다. '연예대 수령' 호위병은 하사관 한 명, 상등병 한 명, 일등병 한 명. 하사관과 상등병은 타 중대 사람이다. 신조는 마음이 편했다. 만년 일등병인 자신이 같이 있는 상등병보다 연차가 오래됐을지도 모르기 때문에 딱히 굽실거릴 필요가 없었다.

여배우는 모두 젊었고, 남배우는 둘 다 서른을 넘겼다. 여자들이 생기가 있어 보이는 것은 군인들이 모두 여자를 좋아한다는 것을 그녀들도 알고 있기 때문이고, 남자들이 하나같이 비굴할 정도로 간살스런 웃음을 짓고 있는 것은 군인은 무력으로 제압하는 특권을 가지고 있다는 생각이 그들의 머릿속에서 떠나지 않기 때문이다.

하사관은 마차에 올라 여배우와 찰싹 달라붙어 있었다. 여자 냄새가 참을 수 없이 좋은 모양이다. 여배우도 알고 있다. 적당히 아양을 떨어주면 하사관은 기분이 좋아져서 매점 물품을 한두 개쯤 슬쩍해다 줄 것이 틀림없다. 상등병도 짐마차에 바짝 붙어서 싱글거리며 여배우와 하사관에게 맞장구를 치고 있었다.

신조는 그 반대쪽에서 멍한 표정으로 걷고 있다. 잠자코 있어도 즐거운 마음이 샘솟는 것은 영내 근무나 동초와 다르기 때문이기도 하지만, 역시 옆에 여자가 있다는 분위기 때문이리라. 그러고 보면 속세에 미련은 남아 있지 않다고 생각하는 신조도 여자에 대한 집념이 없는 것은 아니다.

그때 가지가 탈영에 동의했다면 두 사람은 이미 성공했거나 동사했을 것이다. 눈이 녹기 시작할 때까지 신조가 결행하지 못한 것은 혼자서 동토의 어둠을 헤매는 것이 불안했다기보다는 가지가 안고 있는 의문이 신조의 가슴에도 어두운 응어리를 심어놓았기 때문이었다. 자주성이 없는 도구가 된다는 것이 여기서도 도구일 수밖에 없는 병사의 몸으로는 탈영을 단념시킬 만한 설득력은 없었지만, 위험을 무릅쓰려면 역시 그럴 만한 꿈이 없으면 안 되었던 것이다. 도구가 된다는 것이 꿈을 좀먹은 것은 사실이다. 그렇다고 해서 다른 생각이나 꿈을 지금 여기서 가지고 있는 것은 아니다. 언젠가는 뭔가 할 것이다. 신조는 자신의 내부에서 검게 연기만 내며 불길을 피워 올리고 싶어 하는 정열의 재촉과 핍박을 답답하게 느끼고 있었다.

"병사님은 말씀이 없으시네요."

겁을 모르는 밝은 용모의 여자가 반대쪽에서 몸을 내밀며 말했다.

"내려주세요. 엉덩이가 아파서 걸어가고 싶어요."

"길이 나쁩니다."

신조가 내민 팔을 잡고 여자가 뛰어내렸다. 하사관이 옳다구나 싶어서 허리를 안아 내려줄 틈도 없었다.

"날씨가 참 많이 따뜻해졌네요."

여자가 말했다.

"제법 따뜻해졌지."

"겨울엔 대단하죠? 추위도 심하고?"

"그래. 추위, 겨울은."

여자는 어깨를 움츠리며 웃었다. 이래서는 이야기가 되지 않겠다는 식으로.

"병사님은 가만 보니까 누굴 좀 닮았어요."

고개를 갸웃거리며 여자가 또 말했다. 누굴? 하고 되묻기를 기다렸지만 신조는 상대의 기분에 맞춰주지 않았다. 여자들은 말하곤 한다. 첫사랑을 닮았다거나, 죽은 오빠나 동생을 닮았다거나. 여자들은 대개 귀엽게 생겼다. 무사태평할 때는 여자만큼 남자를 기쁘게 해주는 것은 없다. 남자의 마음을 들뜨게도 하고, 다잡게도 하고, 여유롭게 해주기도 한다. 그런 여자가 어떤 일이 일어나고, 그 일이 해결될 조짐을 보이지 않게 되면 괴로워요, 상황이 나빠요, 두려워요로 바뀐다. 신조는 말없이 걷고 있었다.

"하사님 눈치가 보여서 그래요?"

여자가 나지막한 목소리로 물었다.

"네가 누굴 닮았는지 생각하고 있었어."

"누굴까?"

날 버린 여자야. 이 여자도 부젓가락에 덴 흉터를 보여주고, 그 이유를 말하면 누군가를 닮았다는 말 따위는 하지 않을 것이다.

"애인을 닮았나?"

여자가 주의를 끄는 듯한 웃음을 지어 보였다.

"죽었어."

"그래요? 알겠어요, 그 마음."

신조는 쓴웃음을 지었다.

"가끔 생각나죠?"

"늘 누군가를 생각하는 녀석이 있지."

신조가 답을 피했다.

"뭘 해도 생각하는 녀석이 말이야. 얻어맞아도, 사격할 때도, 이론을 외우느라 중얼거리고 있을 때도……."

가지는 행복한 녀석이라고 생각했다. 미치코를 위해서라면 어떤 고난이라도 이겨낼 것이다.

"제 동생이 내년에 입대하는데……."

여자가 말했다.

"많이 힘들겠죠? 초년병일 때는."

"힘들지. 너무 힘들어서 탈영하는 놈도 있으니까."

"체포되겠죠? 체포되면?"

"총살이지."

"너무해요! 가르쳐주세요, 네? 뭐가 제일 힘들어요? 동생한테 자세히 말해주고 싶어요."

"상식이 통하지 않는 거지."

신조가 대답했다.

"네 동생에게 말해줘. 모든 일에 둔감해지지 않으면 안 된다고. 손쓸 도리가 없는 바보라고 여겨지지 않으면 살아남지 못하는 곳이야, 여긴. 아무리 빈틈이 없게 해도, 빈틈이 없다고 미움을 받게 되면 끝장이니까. 그리고 실제로 그렇게 되었고."

"정말 너무하네요. 하지만 그렇게 단련되어서 일본의 군인 아저씨들이 강한 거겠죠?"

"……강하다고?"

신조는 애매하게 웃었다. 일본 군대가 강하다고 여겨지는 것은 부조리와 그 부조리에 대한 인종忍從이 어쩌다 용감하고 침착하다는 착각을 일으키기 때문이지 않은가.

짐마차 위에서는 하사가 두 여배우와 시시덕거리고 있었다.

"……그 장교의 마누라란 여자가 미인이긴 한데 으스대길 좋아하고, 사람을 부리는 데도 멋대로야. 여자 속곳을 사러 갈 때도 당번병을 데리고 가더군. 그 당번병이 또 얼간이야. 따라가서는 꼬치꼬치 묻는 거야. 사모님, 어디로 가시는 겁니까? 고귀하신 사모님이 잔말 말고 따라오라고 소릴 지르지. 그렇게 가게에서 가게로 종일 사모님의 꽁무니만 따라다니는 거야. 으스대고, 성격이 지랄 같지만 엉덩짝 모양은 나쁘지 않으니까. 그러다가 사모님이 오줌이 마려웠지. 공중변소에 들어가려는데 당번병이 또 묻는 거야. 사모님, 어디 가십니까? 잔말 말고 따라와!"

"거짓말!"

두 여배우는 소리를 맞춰 웃었다.

"그 당번병이 하사님이셨죠?"

"나였다면 따라가서 함께 들어갔지."

"반장님은 사모님이 계시죠?"

단장이 물었다.

"아니, 총각이야. 제대하면 이런 미인을 얻어서 그야말로 엉덩짝에 붙어 다닐 거네. 잔말 말고 이불 안까지 따라와요, 지. 좋은 남편 아닌가? 어때? 하사로는 성에 차지 않겠지만, 제대하면 나랑 같이 살지 않을래?"

하사가 한 여자에게 노골적인 욕망을 드러내자 다른 한 여자가 즉각 받아쳤다.

"하사님! 그 눈빛은 제대하면이 아니라 오늘 밤 같이 자지 않겠냐는 것인데요?"

"그럴 수만 있다면야 감사할 따름이지."

"어딜 가나 군인 아저씨들은 다 똑같군요. 활달하고, 마음을 놓을 수 없고, 호색한이에요."

일동은 짐마차가 흔들릴 정도로 웃었다. 웃음소리가 잦아들자 하사는 신조가 여자와 작은 목소리로 다정하게 이야기를 나누고 있는 것을 보고 말을 건넸다.

"어이, 4중대 일등병. 한창 이야기 중인 것 같은데, 그 사람을 너무 걸게 하지 마. 오늘 밤 공연에 지장을 주니까."

"괜찮아요, 하사님. 금방 탈 거예요."

여자는 다시 신조 쪽으로 고개를 돌리고 말했다.

"전 위문하러 가는 곳마다 제일 처음 이야기를 나눈 군인 아저씨한테는 **센닌바리**千人針(출정 병사의 무운을 빌며 천 명의 여자가 한 땀씩 붉은 실로 천에 매듭을 놓아서 보낸 배두렁이 따위—옮긴이)를 드리기로 했는데, 드릴까요?"

오히려 쓸쓸해하는 듯한 신조의 얼굴을 보고 여자는 살짝 미간을 찌푸렸다.

"언젠간 전장에 가겠죠? 센닌바리를 하고 있으면 총알을 맞지 않는다네요. 미신을 싫어하세요?"

신조는 고개를 저었다. 군인은 싸움터에 가는 것이 당연한 모양이다. 이 여자는 그 숙명을 동정하면서 센닌바리를 선물하는 자신의 마음 씀씀이에 스스로 감격해하고 있는 것 같다. 그럴 정도라면 왜 말하지 않을까? 싸움터에 가지 않으면 좋겠다고.

"……고맙지만, 난 필요 없어."

신조는 여자를 차로 밀어 올려주었다.

'난 필요 없어. 난 싸움터에는 가지 않을 거야. 저기로 갈 거야. 전쟁이 없는 곳으로. 가지, 역시 난 가기로 했어. 그렇게 될 거야. 좀 더 심사숙고해보겠지만 반드시 그렇게 될 거야.'

20

위문 연회장은 병사들로 가득 들어찼다. 군대 특유의 냄새와 빼곡히 들어찬 사람들의 훈김이 섞여서 어떤 동물적인 비린내가 흘러넘치는 것 같았다.

군대에는 재주가 좋은 아마추어 배우도 있고, 진짜 배우 출신도 꽤 있다. 노래하고, 나니와부시를 읊고, 마술을 부리며 서막을 즐기고 나면 드디어 진짜 막이 오른다. 이번 위문단의 '암컷'은 세 명이 다 젊고 팔팔하다는 소문이 퍼져서 병사들은 잔뜩 고무되어 있었다.

공연작은 변변치 못한 연극이었지만, 이런 공연에 굶주린 병사들은 달궈진 모래가 물을 빨아들이듯 넋을 놓고 보았다.

줄거리는 아무래도 시국적이다. 가난한 집안의 외아들이 출정하여 꼭 2년째 되는 날에 아들이 뛰어난 전공을 세웠다고 해서 이웃집 사람들이 모여 간단한 잔치를 벌인다. 그 병사에게 여동생이 있는데, 아주 예쁜 아가씨다. 아들을 대신해서 부모와 사이좋게 살고 있다. 기특한 아가씨라 마을에서 제일 큰 부잣집의 아들이 청혼하지만 아가씨는 '오빠가 명예롭게 개선하기 전까지는' 시집가지 않겠다고 한다. 이 아가씨의 역할을 신조와 이야기를 나누던 여배우가 맡고 있었다.

잔치가 절정일 때 전보가 온다. 이웃집 영감이 받아 보고 "이거, 관보잖아?"라고 놀란다. 내용은 읽지 않아도 뻔하다. 여기서 바이올린이 애절하게 〈바다에 가면〉을 연주한다. 그 선율에 맞춰 영감이 전보를 읽는다. 이것으로 효과는 충분하다. 천여 명의 사내들은 숨죽인 채 뚫어져라 보고 있다. "귀하의 아드님은 부겐빌 상공에서 적기 3기를 격추한 뒤 기관에 고장이 생겨서 기지로 돌아올 수 없게 되자 적 주력함을 향해 자폭을 감행, 장렬히 전사하였음을……." 가족들은 바이올린의 선율 속에서 울음을 터뜨린다. 울면서 아들의 충용의열忠勇義烈한 최후를 찬양한다. 아들은 얼마나 가족을 그리워하고, 얼마나 국가의 번영을 바라며 목숨을 바쳤을까, 하고.

가지는 우연히 요시다 상등병이 코를 훌쩍이는 소리를 들었다. 요시다는 눈물을 흘리며 도취되어 있었다. 가지는 얼마 전에 입실했던 오하라의 무릎을 찔러 알려주려고 했지만, 오하라도 안경 너머에서 울고 있는 것이었다. 군대에 들어오기 전에는 연예 관련 비평기사를 엄정하게 썼을 그가 여기서는 어쩔 수 없이 바이올린의 효과에 선동되어 불행한 '명예'로 산화한 목숨을 슬퍼하고 있었다. 부대에서 병사들에게 하필이 연극을 보여주는 이유에 대해 냉정하게 판단하는 능력은 이미 잃었다. 가지는 알려주려는 것을 그만두고 다시 요시다 쪽으로 시선을 옮겼다.

요시다는, 지금은, 새어나오는 오열을 막으려고 거친 주먹, 초년병 수십 명의 따귀를 때리며 소리를 내던 그 주먹을 입에 대고 그것을 깨물면서 울고 있었다. 가지는 처음엔 그를 비웃었다. 그러고 나서 표정이 차츰 일그러졌다. 요시다의 오열은 그가 순진하다는 증거는 아닐지도 모른다. 그래도 이 자식은 울고 있다. 속아서 울고 있다. 가지는 자신의 야무지지 못한 마음에 심한 불신을 느끼면서도 요시다를 그의 오열 때문에 이번만은 용서하겠다고 생각했다. 이 자식도 아직 조금은 인간인 것이다.

그러나 요시다의 우는 얼굴은 갑자기 변화를 일으켰다. 원인은 무대에 있었다. 무대에서는 울 만큼 운 아가씨가 갑자기 옷을 벗어버리고, 허벅지가 드러난 수영복 차림으로 웃옷을 비행기 날개처럼 펼치고 춤추기 시작했던 것이다. 이 모습은 병사들의 간을 떨어지게 하기에도, 병사들을 미쳐 날뛰게 하기에도 충분했다. 드라마의 리얼리티는 문제가 아니다. 사내를 뇌쇄시키는 싱싱하고 풍만한 곡선이 군인 아저씨들은 이쪽을 더 좋아하죠? 라고 말하듯이 무대 위에서 미쳐 날뛰었다.

빼곡히 들어차 있는 병사들 사이에서 아이고, 하고 소리 없는 신음이 새어나왔다. 야릇한 열기가 순식간에 연회장을 지배했다. 사내 냄새가 진동한다. 여자의 알몸이 정면에 왔을 때 가지는 요시다가 숨이 끊어질 것처럼 숨을 들이쉬는 것을 똑똑히 들었다.

"젠장! 아예, 죽여주는군!"

요시다는 벌겋게 달아오른 얼굴로 기괴한 미소를 짓고 있었다.

"야마자키 상등병, 저 엉덩일 좀 봐!"

야마자키는 꿀꺽 침만 삼킨다.

아무 말 없이 여자의 다리 사이에 있는 삼각지대를 바라보고 있었다. 그렇다, 적어도 2,000개의 번쩍거리는 시선이 그곳에 쏠려 있다고 할 수 있었다. 관능적인 비행기 춤은 무대를 두세 번 돌기만 하고 금방 끝났다. 너무 오래 끌면 검열이 시끄러워진다.

가지의 시선은 요시다와 여자 사이를 분주하게 오갔는데 그러는 사이에 여자의 알몸은 사라졌다. 그리고 희멀건 환영이 남았다. 안타까운 통증이 일어나며 그 환영을 언제까지나 놓지 않았다. 요시다에 대해서는 이미 잊고 있었다.

무대가 텅 비고 나서 가지는 미치코의 육체를 그려보려고 했다. 그러나 아무리 그리려고 애를 써봐도 그럴 수가 없었다. 허무하고, 안타깝고, 애달픈 마음만 불러일으킬 뿐이다. 이토록 원하는데 하다못해 사사처럼 여자의 음모를 가지고 왔으면 좋았을 것을……. 애타게 원하고, 그리워하리라는 것은 오기 전부터 알고 있었다. 사랑했다느니, 믿었다느니 하는 것들은 1,500킬로미터나 떨어져 있고, 수천 시간이나 멀어져 있는 사람에겐 공연히 슬픈 아픔만 일으킬 뿐이다. 매개체가 될 수 있는 것이 아무것도 없다. 그것을 보고, 그것을 만지고, 그것을 느낄 수 있는 매개체가 아무것도 없다. 그저 미친 듯이 타오르는 망상 속에서 몸부림만 칠 뿐이다.

연예회가 끝나고 나올 때 북적거리는 사람들 속에서 오와쿠가 요시다에게 말했다.

"참 좋았습니다! 우리 집에서도 부모님이 저렇게 기다리고 있다고 생각하니 갑자기 설렙니다."

오와쿠는 지금 자기가 보병부대에 소속되어 있는 것이 너무나 아쉬웠다. 항공대에 있었다면 자기도 엄청난 전과를 올리고 있을 텐데……. 설령 죽어도 야스쿠니靖國(일본 천황을 위해 싸우다 목숨을 잃은 사람들을 신으로 모시고 제사를 지내는 일본 최대의 신사神社-옮긴이)에 군신의 한 사람으로서 안치된다면 그런 명예가 또 어디 있겠는가!

"부모님이 자랑스러워하시겠죠?"

요시다는 대답하지 않았다. 울던 감동을 여배우의 허벅지가 질식시킨 모양이다. 그는 수습점원 시절의 주인집 딸을 떠올리고 있었다. 호의를 보이면 코웃음 치던 여자다. 잘 발달한 다리와 엉덩이를 보이며 이렇게 말하는 것이었다. 나한테 쓸데없이 신경 쓰지 말고, 당신은 마루에 걸레질이나 잘해요! 날 보살펴주겠다는 사내는 얼마든지 있으니까. 뭐야, 꼬맹이 수습 주제에!

꼬맹이 수습이 지금은 4중대의 실력자 중 한 명이다. 날이면 날마다 잔소리만 해대던 그 영감탱이와 그의 건방진 딸이 여기에 한번 와봤으면 좋겠다. 중대 내에서 자신의 권세가 얼마나 센지 보여줄 테다. 중대 피복 중에서 요시다의 손을 거치지 않는 것은 하나도 없다. 요시다의 감정을 상하게 했다간 하사관도 병사도 초라한 몰골로 다녀야 한다. 누구든 요시다의 비위를 맞춘다. 장교조차 요시다에겐 함부로 소릴 지르지 않는다.

그런 요시다가 병장이 되지 못하고 있는 것은 너무 활개를 치기 때문이다. 요시다가 그렇게 활개를 치고 다니는 것은 수습 시절에 대한 복수심 때문일지도 모른다. 사사건건 호통을 치던 영감탱이가 굽실거리는 부잣집 아들이라도 이곳에 들어오면 요시다의 철권 아래에서 부들부들 떤다. 돈을 쓸 일이 없는 국경 부대에서는 부자 부모의 후광도 거의 도움이 되지 못한다. 잘못했습니다, 요시다 상등병님. 그렇습니다, 요시다 상등병님. 상등병님의 속옷들을 빨아드리고 싶습니다. 나쁘지 않다. 이봐, 아가씨, 네 남편을 여기로 보내봐. 보살펴준다는 게 어떤 건지 제대로 보여줄 테니까.

요시다는 비행기 춤을 추던 여배우와 주인의 딸을 교차시키고 있었다. 너무나 탐스러운 엉덩이였지만, 저런 여자를 안을 기회도 가능성도 없다면 요시다는 차라리 피복계 상등병으로 중대 내에서 으스대고 있는 편이 나을지도 모른다.

요시다는 저 연극처럼 부모로부터 사랑은 받지 못했다. 어렸을 때부터 남의 밥을 먹고 자란 사내다. 연극을 보고 운 것은 나도 그랬으면 좋겠다는 부러움 때문인 것 같다. 그는 오와쿠의 목소리를 귓등으로 들으면서 부모님에게 편지를 써야겠다고 생각했다. 참으로 오랫동안 쓰지 않았지만 쓰자. 그쪽에선 별로 걱정해준 적도 없었지만, 나는 당신들에게 걱정 끼치지 않겠다는 걱정만은 하고 있다고.

막사 밖의 어둠 속으로 나왔을 때 사사가 가지를 붙잡고 말했다.

"좋은 계집이었어. 몸이 다 부들부들 떨리더군. 저런 계집은 창녀야. 틀림없다고. 너 지금 마누라 생각하고 있는 거 아냐?"

가지는 대답했다.

"생각하고 있어."

그러고 나서 생각했다. 관보가 갈 일은 절대로 없을 테니까 건강하게 지내. 50킬로그램에서 줄어들지 않도록 조심하고. 지금 내 몸이 느낄 수 있는 것은 50킬로그램이라는 숫자뿐이야.

신조는 공연장 뒷정리를 하느라 남았을 때 그 여배우를 한 번 더 보고 싶어서 무대 뒤로 가 보았지만 여자들은 이미 없었다. 봐도 할 말은 없다. 일본 여자를 더는 볼 수 없을지도 모른다는 감상뿐이다. 센닌바리는 받아둘 걸 그랬다. 장교 놈들은 그 여자들을 집회소에서 환대하며 못된 장난을 칠 것이다. 여자는 이미 함께 걸어온 병사 따위는 잊어버렸을 것이다. 센닌바리는 역시 받지 않길 잘했다.

여자들이 잔뜩 매력을 뿌려놓았으니 내일 돌아갈 때의 호송근무는 다른 누군가가 나가고 싶어 할 것이다. 신조가 배정받지 못한다는 것은 확정적이었다.

21

완만한 언덕 아래의 성긴 자작나무 숲에서 서남쪽으로 아득히 멀리 종주하고 있는 산맥까지 막힌 데 없이 탁 트인 메마른 들판. 만약 그 산맥이 군사상 천혜의 요새가 된다면 이 초원은 국경 쪽에 버려진 무인지대다.

겨울은 완고한 시어머니 같다. 작년의 풀이 말라버렸어도 여전히 새싹을 거부하고 있다. 그것도 이제는 얼마 남지 않았다. 이윽고 파릇파릇한 싹이 트기 시작하면 화려한 생명의 계절이 일사천리의 기세로 다가온다. 짧은 여름을 후회 없이 즐기려는 듯 한 해 동안 필 꽃이 거의 동시에 핀다. 그 무렵이면 이 일대는 유례가 없는 화려한 꽃밭이 된다. 말 그대로 백화요란百花燎亂이다. 지금은 아직 말년의 시어머니다. 마른 풀끼리 이리 흔들리고 저리 쓰러지면서 서로 어린 생명이 오는 것을 투덜대고 있다.

4중대의 초년병들은 교관과 하사관 들의 인솔 아래 노루 사냥을 나갔다. 노루는 봄 냄새를 맡으면 산속에서 나와 이 일대를 그 미끈하고 튼튼한 다리로 뛰어다닌다. 고기는 누린내가 나서 맛은 없었지만 고기다운 고기를 먹지 못하는 병사들에게는 훌륭한 요리가 될 것이다. 한 마리만 잡아도 한 내무반이 먹기에 충분하다. 잡을 때는 몇 마리든 잡는다. 지난주엔 다른 중대가 와서 한 마리도 잡지 못하고 돌아갔다. 구도는 "내 육감은 틀림없다. 오늘은 잡을 수 있을 테니 다녀와라."라고 교관에게 말하며 병사들을 내보냈다.

　흐린 날이었다. 조준하기에는 좋았다. 가지는 실탄을 받고 마른 들판의 한가운데에 섰다. 여기저기 하사관과 사격에 자신이 있는 병사가 총을 들고 서 있다. 초년병들은 몰이꾼이 되어 자작나무 숲속에 들어가 있었다.

　마른 들판은 가지의 기억 속에 있는 그 처형장을 생각나게 했다. 그로부터 아직 반년도 채 지나지 않았지만, 수십 년은 지난 것 같았다. 그 적토의 구덩이는 이미 메워졌을 것이다. 그 속에서 세 사내의 백골은 가슴에 원한을 품은 채 눈도 감지 못하고 누워 있을 것이다. 그 자리에 입회하여 세 사내의 목이 잘려나갈 때까지는 두려움에 꼼짝도 할 수 없었던 사내가 지금 이 마른 들판에서 역시 그때처럼 우두커니 서 있다.

　숲속에서 두세 발의 총성이 들렸다. 몰이꾼의 고함 소리도 들렸다. 노루는 숲속으로 도망쳐 들어갈 것이다. 총을 들고 있는 사수 쪽으로는 도망쳐올 리가 없다. 가지는 흐린 하늘을 올려다보았다. 온통 잿빛으로 뒤덮여 있는 하늘에선 그때처럼 하얀 조각구름은 달리고 있지 않았다. 마른풀도 그때처럼 웅성거리지는 않았다. 그래도 그 처형장에 서 있는 기분이 드는 것은 아직 그 문제가 조금도 해결되지 않았기 때문이다.

전쟁은 결국 끝날 것이다. 병사들은 전황에 대해 거의 듣지 못하지만, 시시각각 종말이 다가오고 있는 것만은 틀림없다. 일본은 패해서 전쟁에 대한 책임을 추궁당할 것이다. 일본인은 중국인에게 둘러싸여 돌팔매질을 당하고, 침 세례를 받을 것이다. 그때다. 세 구의 백골이 흙 속에서 일어나 민중을 향해 가지의 죄상을 규탄하는 것은. 가까스로 처형을 면한 네 번째 사내도 가지의 노력으로 살 수 있었다고 민중을 향해 가지를 감싸주지는 않을 것이다. 왜냐하면 가지야말로 그들의 관리자로서 학대에 대한 책임을 물어야 할 존재였기 때문이다. 그때가 다가오고 있다. 그때가 오지 않으면 그 문제는 해결되지 않는 것이다.

가지는 아주 짧은 순간이었지만 이곳에서 도망쳐 장래 그를 규탄할 민족 쪽으로 달려가는 생각을 했다. 이름을 숨기고. 혹은 해방전쟁의 전사 같은 얼굴을 하고. 아니면 범인은 나다, 빨리 이 문제를 처리해달라, 고. 나는 고백하리라. 내가 저지른 모든 죄상을 고백하리라. 도구라도 좋으니까 이용해다오. 내가 인간으로 불릴 만한 가치가 있는지 어떤지 시험해다오.

그리고 다음 순간 가지는 신조와 함께 국경 쪽으로 달려가는 자신을 상상하고 있었다. 쏘지 마. 탈영병이다. 계급은 이등병, 나이 29세,

신장 173센티미터, 체중 69.6킬로그램. 해야 할 일도 모르고 도망쳐온 비겁한 놈이다. 쏘지 마. 도구가 될 테니까 날 써먹으라고. 제발, 저 백골 앞으로만은 날 밀어내지 말아줘.

날카로운 총성을 들었다. 가지는 반사작용을 일으키지 않았다. 개머리판이 더러워지지 않도록 군화 앞코에 올려놓고 서 있었다.

"가지, 쏘지 않을 거야?"

하시타니 중사가 달리면서 소리쳤다. 가지의 전방 250미터 부근을 노루 두 마리가 언덕 기슭을 따라 횡으로 달리고 있었다. 달린다기보다도 허공으로 뛰어오르고 있다. 하시타니 쪽에서는 거리도 발사각도 좋지 않았지만, 하시타니는 서서쏴 자세로 한 발 발사했다. 총알이 노루 옆을 스친 모양이다. 두 마리는 방향을 살짝 틀어서 도망갔다. 가지의 왼쪽으로 5, 60미터씩 간격을 두고 흩어져 있던 사수들은 거리가 너무 벌어진 것을 알면서도 다시 조준할 겨를도 없이 무턱대고 쐈다. 노루들은 언덕 너머의 안전지대로 사라졌다.

"뭘 하고 있는 거야?"

하시타니가 다가왔다.

"네 위치에서라면 충분히 쏠 수 있었잖아?"

"노루가 뛰는 것이 말이 뛰는 것과 같을 거라고 생각했는데……."

가지는 구차한 변명을 했다.

"너무 껑충껑충 뛰는 바람에 쏠 수 없었습니다. 다음엔 꼭 맞히겠습니다."

"히노 준위님과 난 내길 걸었다. 내 내무반에서 반드시 두 마리는 잡겠다고 말이다. 노루는 대개 두세 마리씩 움직이니까 내가 한 마리를 쏘고 나면 나머진 네가 쏴라. 소총반이 노루도 잡지 못한다면 웃음거리만 될 뿐이야."

가지는 그제야 노루가 달리던 방향으로 총을 겨누어보았다.

"반장님, 여기서는 안 될 것 같습니다."

총을 내리며 말했다.

"노루가 옆으로 달려갈 때의 도약 폭이 일정치 않아서 한 키 전방의 조준점이 흐트러지는 것 같습니다."

"그래서 어떻게 하겠다는 거야?"

"아까 봤는데 노루 엉덩이가 흰색이었습니다. 노루가 뛰어올라도 그것을 조준하면 놓치지 않을 것 같습니다."

하시타니는 일리가 있다는 듯 고개를 끄덕였다.

"그럼 이동할까? 어차피 저쪽 숲에서 도망쳐올 테니 오른쪽으로 좀 더 돌아가자."

두 사람은 방금 전에 노루가 사라진 언덕의 왼쪽 가장자리를 최대 사거리로 두는 위치로 이동했다.

몰이꾼들이 숲속을 뛰어다니고 있나 보다. 고함 소리가 싸늘한 바람에 실려 온다. 위협사격 소리도 가끔 들린다.

"신조는 요즘 어때?"

갑자기 하시타니가 물었다.

"그 녀석이 요즘 이상하게 반항적이야. 전에는 빈둥빈둥 게으름만 피우던 놈이."

"……고참병인데도 근무가 너무 많은 거 아닙니까?"

"그 녀석이 그렇게 투덜대던가?"

"그렇지는 않습니다. 얼마 전에 불침번을 설 때 신조 일등병님의 자는 얼굴이 너무 야위고 창백해서 놀랐습니다. 오하라의 얼굴과 조금 비슷해졌습니다."

"오하라라……"

하시타니가 골칫거리라는 듯 중얼거렸다.

"그 눈뜬장님한테는 나도 손을 들었다. 병이 나서 연성반에나 들어갔으면 좋겠어."

오하라는 지금 명령에 따라 숲속을 우왕좌왕 돌아다니며 가끔 와아, 와아 하고 바보 같은 소리를 내고 있다. 그 힘없는 목소리에는 노루도 놀라지 않는다. 노루가 뛰어나오면 놀라는 것은 오하라 쪽일지도 모른다. 소리를 지르라고 해서 지르고 있을 뿐이다. 와아. 그러고 나면 또 걷는다.

도미에는 언제쯤 답장을 보내줄까? 당신이 말한 것을 곰곰이 생각해보고 나서 집에 있기로 했어요. 어머님이 억지를 부려도 당신을 위한다는 마음으로 모른 척하겠어요. 걱정을 끼쳐서 미안했어요.

그렇게 말해줄까? 1기 검열이 빨리 끝나서 관사 당번이든 주전자 당번이든 했으면 좋겠다. 이제 훈련은 지긋지긋하다. 훈련 열외 신청서를 낼 때마다 심하게 들볶인다. 그게 싫어서 훈련에 참가하면 숨이 차서 쓰러질 것 같다. 완전군장을 하고 행군이라도 하게 되면 틀림없이 그대로 죽을 것이다. 게다가 사격 때문에 하시타니 반장은 자신을 문둥병자처럼 싫어한다. 거지처럼 경멸한다. 내무반에서는 요시다 상등병이, 고참병 모두가, 초년병까지 모두 자신의 흠을 잡으며 좋아라 한다. 하다못해 가지만이라도 좀 더 배려심이 있었다면! 눈을 감고 사격하는 것만은 맞히지 않아도 됐을 텐데. 유언장도 조금만 더 주의를 주었다면 그런 것은 쓰지 않았을 것이다.

오하라는 고개를 숙이고 이따금 와아 하고 맥 빠진 소리를 지르면서 걷다가 문득 풀이 없는 모래땅에서 무언가를 본 듯한 느낌이 들었다. 지독한 근시인 그의 눈에 보인 것은 기적일지도 모른다. 오하라는 허리를 굽혀서 집어 들었다. 한 발의 실탄이었다. 위협사격을 한 하사관이 노리쇠 조작을 하다 떨어뜨린 것이리라.

오하라는 손에 들고 한참을 들여다보았다. 새끼손가락 끝마디밖에 되지 않는 작은 총알이 급소에 맞으면 아무리 건장한 사내라도 즉사한다. 얼마나 많은 사람들이 이 총알 때문에 죽었는가. 그렇게 잘 맞는데, 왜 자기가 쏘면 조준한 표적에 절대 맞지 않는 걸까? 마치 제멋대로 날뛰는 생명체처럼 엉뚱한 방향으로 날아가 버린다.

오하라는 일단 실탄을 버리려고 했다. 그러고 나서 실탄 수량 조사가 특히 엄격하다는 것을 떠올렸다. 소가 중사에게 보고해야 한다. 오하라는 그것을 군복 호주머니에 넣고 두세 걸음 걸어가다 다시 꺼내보았다. 스스로도 뭔지 알 수 없는 마음의 동요 때문이었는데, 다시 손에 들고 보니 그 한 발의 실탄이 그때부터 각별한 의미로 보이는 것이었다. 오하라는 다른 사람도 아닌 자기가 여기서 실탄을 한 발 주웠다는 것이 어쩔 수 없는 운명처럼 느껴지기 시작했다. 악운은 언제라도 오하라의 앞길에 마련되어 있다. 이것이 그 증거가 아니고 뭐겠는가.

"오하라, 너 같은 놈은 뒈지는 게 낫다."

하시타니 중사가 사격장에서 그렇게 말했다. 입실해 있을 때 오하라 자신도 천장을 바라보면서 그렇게 생각했다. 무기력한 사내, 희망도 아무것도 보이지 않는 사내는 눈 딱 감고 자신을 정리하는 게 나을지도 모른다. 어차피 전쟁은 생각대로 되지 않는다. 이기든 지든 당분간은 제대도 못할 것이다. 아니, 제대하기 전에 근시안의 이 나약한 병사는 뻗어버릴 것이다. 쉴 새 없이 두들겨 맞고, 욕을 들으면서 생명을 짓밟히고 있느니 자신의 의지로 죽는 게 낫다는 뜻이다. 이 한 발로 편안해진다. 딱 이 한 발로 고통으로부터, 굴욕으로부터 해방된다.

오하라는 실탄을 속주머니에 넣었다. 위협사격을 한 하사관은 어차피 실탄 수량을 속일 것이 분명하다. 그렇다면 실탄 분실은 문제가 되지 않는다. 내무반에 돌아가면 어디 숨길 데를 찾아보자. 오하라는 슬프기도 하고 기쁘기도 했다. 아무리 고통스러운 일이 계속되어도 여차하면 이 한 발이 해결해줄 것이다.

어두운 생각은 저 혼자서 확고해졌다. 오하라는 울었다 웃었다 하며 자작나무 숲속을 돌아다녔다.

마른 들판에서는 하시타니가 가지에게 말하고 있었다.

"오하라를 주의 깊게 지켜봐. 저런 나약한 놈이 엉뚱한 짓을 저지르곤 하니까."

"……무슨 말입니까?"

가지가 모르는 척 일부러 물어보았다.

"궁지에 몰리면 탈영할지도 몰라. 체포되어서 반장인 내가 총살하는 것은 별로 내키지 않아."

하시타니는 웃었다. 가지는 가만히 고개를 저었다. 반장님이 잘못 봤습니다. 탈영할 사람은 신조 일등병님입니다. 오하라는 자살입니다. 그걸 생각해야 한단 말입니다.

한 내무반에서 자살과 탈영병이 동시에 생긴다면 하시타니는 그것으로 끝이다. 다른 하사관과 비교해서 특별히 낫다고도 모자란다고도 할 수 없지만 이 사내는 군대에서 가장 꺼려하는 두 사건을 마주하게 될지도 모른다. 그 두 가지가 또 하필이면 가지와 친한 사람들 중에서 일어날지도 모르는 것이다. 오하라를 더 이상 괴롭히지 못하도록 무슨 수단을 강구하지 않으면 안 된다.

가지는 하시타니의 옆얼굴을 보면서 오하라와 신조를 떠올렸다. 이 두 사람에게 무언가 해줄 수 있는 사람은 자기밖에 없을지도 모른다.

숲속에서 총성이 울렸다. 하시타니가 재빨리 총을 겨눴다.

"왔다!"

이번엔 노루 여섯 마리가 이리저리 뛰다가 곧 선두에 있는 놈이 방향을 잡고 언덕 기슭을 무서운 기세로 달리기 시작했다.

가지는 오른쪽 무릎을 꿇고 사격자세를 잡았다가 키 큰 풀이 방해를 해서 서서쏴 자세를 잡았다. 하시타니는 벌써 조준하고 있다. 노루는 전방을 비스듬하게 달리고 있었다. 엉덩이의 하얀 털이 보였다. 그것이 공중으로 뛰어올랐다가 마른풀 속으로 가라앉는다. 사거리는 적당하다. 하얀 것이 뛰어오른다. 다시 가라앉는다. 조준선은 맞았다. 노루의 몸뚱이가 총구와 직선으로 겹친다. 하얀 것이 나온다. 가라앉는다. 다시 나왔다가 사라진다. 이번엔 저 근처다. 자, 나왔다. 사라졌다. 이번이다!

하시타니는 후미를 쐈다. 가지는 그 앞을. 하시타니가 쏜 노루는 뛰어올랐다. 가지가 쏜 노루는 푹 고꾸라져서 보이지 않았다. 이상한 일이 일어났다. 그 앞에 있던 노루가 갑자기 몸을 옆으로 꺾더니 비틀거리면서 쓰러졌다.

"됐다! 세 마리다!"

하시타니는 달리기 시작했다. 뒤따라 가지도 달렸다.

세 번째 노루는 아직 꿈틀거리고 있었다. 순박한 눈에 필사적으로 애원하는 빛이 어려 있었다.

"두 마리를 겨눈 건가?"

"아닙니다. 우연입니다. 조준선에 두 마리가 겹쳐서 들어왔습니다."

"대성공이야! 히노 준위의 낯짝이 어떻게 변하는지 보고 싶군."

하시타니가 말했다.

"숨통을 끊어줘라."

가지는 총구를 들이대고 눈을 감았다.

22

노루 사냥에서 돌아와 총기 수입을 하고 있을 때 주번 상등병이 가지를 부르러 왔다.

"가지, 사무실로 가 봐."

싱글싱글 웃는다.

"면회다."

그 소리에 내무반 안의 얼굴이 일제히 움직였다. 일어날 수 없는 일이 일어났다는 비상 호출 이상의 놀라움이다. 총기를 손질하고 있던 가지의 손은 움직임을 멈췄다.

"누구야?"

시바타 병장이 물었다. 주번 상등병은 웃음으로 더욱 얼굴을 일그러뜨리며 양손의 손가락으로 한눈에도 그것인 줄 아는 모양을 만들어서 자신의 사타구니에 갖다 댔다.

"이겁니다."

가지는 공중에 붕 떠 있는 것 같았다. 미치코다! 그럴 리가 없는데? 어쩌려고 이런 데까지!

"곧 가겠습니다."

가지는 꽃을대를 움직였다. 정성을 다해서. 꼼꼼하게. 이럴 때일수록 실수를 해선 안 된다. 오늘은 정말 멋진 날이구나!

"빨리 가!"

시바타 병장이 소리쳤다.

"억지로 참을 건 없다!"

피복수리병인 야마자키 상등병이 있었다면 "빌어먹을, 부러워 죽겠네요."라고 했을 것이다.

오하라가 꽃을대로 손을 뻗었다.

"내가 해줄 테니까, 어서 가."

가지는 더 이상 참을 수 없었다. 오하라에게 총을 맡기고 시바타 병장에게 말했다.

"가지 이등병, 사무실에 다녀오겠습니다."

"그래, 얼른 가지 않으면 다른 놈한테 뺏긴다."

"이런 제길!"

고참병 중 하나가 신음하는 것을 가지는 문 앞에서 들었다.

"국경까지 하러 오셨군."

그러나 가지는 다른 걱정이 앞서고 있었다. 막사밖에 없는 이런 광야 한복판에서 오늘 밤을 어떻게 보낸단 말인가.

30킬로미터나 되는 밤길을 걸어서 돌아가야 되는데, 미치코 혼자 보내야 하나? 히노 준위에게 애원해서 하다못해 호송만이라도 해달라고 해보자.

사무실까지 가는 복도가 견딜 수 없이 길었다. 그리고 무서웠다.

23

미치코는 사무실에 없었다. 히노 준위가 번들번들한 얼굴로 웃으며 가지를 보았다.

"중대의 풍기를 문란시키는 놈 같으니라고!"

미치코는 어디에 있지? 중대장실에서 두려움에 떨고 있는 건 아닐까?

"특별조치로 가지 이등병에게 지금 이 시각부터 내일 일조점호 때까지 막사 뒤쪽에 있는 거처방의 사용 및 휴양을 허가한다."

그렇게 말한 히노 준위의 말에 가지는 긴장해서 전혀 믿을 수 없다는 표정을 지었다.

히노는 미치코가 불안해하는 얼굴을 보고 일부러 이렇게 말했다.

"여자의 몸으로 이런 곳까지 오다니 무모하시군요. 우선, 숙박할 곳도 없는데 어떡하실 겁니까?"

"……만나기만 하면 됩니다."

미치코의 눈동자가 반짝이고 있었다.

"그 다음 일은 생각하지 않았습니다."

"돌아가는 기차 편은 내일 오후에나 있는데, 오늘 밤은 노숙하실 겁니까? 아니면 역까지 밤길을 걸어서 가시려고요?"

"어쩔 수 없죠. 만나게만 해주시면 그 다음엔 걸어서 가겠어요."

히노는 웃었다.

"강심장이시군. 할 수 없지요, 면회를 허가합니다. 오늘 밤은 여기서 묵고 가세요. 단, 이건 특별 예외입니다. 병영이 부인들의 숙소는 아니니까요. 다른 병사들에게 나쁜 선례를 남기면 곤란하거든요."

"……고맙습니다."

긴장됐던 마음이 한꺼번에 풀리면서 앞에 있는 병사의 아내가 달콤한 여자 냄새를 풍기는 것을 히노는 자비를 베푼 지배자처럼 내려다보았다.

지금은 특별 혜택을 받은 병사를 보며 이렇게 말했다.

"아내를 만나서 향수라도 일으키면 용서 안 한다."

옆에서 이시구로 중사도 말했다.

"가지, 거처방을 사용하는 건 좋지만 간첩 행위는 안 돼. 그렇지 않으면 내일 부인이 돌아가실 때 발가벗겨서 검열할 테니까."

가지는 천박한 웃음소리가 터진 사무실에서 나왔다. 막사 뒤쪽의 거처방은 특수교육을 받으러 부대를 떠나 있는 하사관의 방이다. 그 문 앞에 섰을 때 가지는 얼굴을 쓰다듬어보았다. 수염이 까칠까칠했다. 덥수룩하지는 않다. 얼굴을 만질 여유는 거의 없었다. 입술은 바싹 말라서 텄다. 손도 거칠어질 대로 거칠어져 있었다. 옷은 누더기처럼 곳곳을 기운 데다 몸에 잘 맞지도 않는다. 영락없이 집 없는 부랑자 꼴이다.

아내가 멀리서 이런 남편의 초라한 몰골을 보기 위해 찾아온 것이다.

24

 문을 열었을 때 미소를 짓고 있던 미치코의 얼굴이 한결같은 표정으로 바뀌었다.
 "기어이 오고 말았어요."
 미치코가 말했다.
 "……잘 지내죠?"
 가지는 고개를 두 번 끄덕였다.
 "이렇게 먼데 용케도 왔군."
 문을 닫고 바깥 동정을 살폈다. 그러고 나서 미치코의 동그란 무릎 곁에 천천히 앉았다.
 "많이 변했지?"
 미치코는 고개를 가로저었다.
 "……힘들죠?"
 가지도 고개를 저었다. 미치코가 눈부시게 아름다웠다.
 "……익숙해졌어."
 가지는 시선을 돌려 창문을 보았다.
 "오늘은 노루 사냥을 갔다 왔어. 이따가 고길 좀 가져올게."

그러고는 미치코를 힐끗 보고 바로 살풍경한 실내를 둘러보았다.

"따뜻해져서 있을 만할 거야. 겨울은 정말 고역이야……."

다시 미치코를 흘끗 보았다.

"당신은 그대로네. 마음이 놓여."

미치코는 오늘따라 유난히 말이 많은 가지를 말똥말똥 쳐다보고 있었다.

"모처럼 이렇게 왔는데 아무것도 해줄 수가 없네. 난 이등병이야."

"이쪽 좀 봐요!"

미치코가 속삭였다.

"보고 있어."

보고 있지 않았다. 울고 싶을 정도로 가슴이 미어졌다. 보면 울고 말 것이다. 울면 미치코도 울 것이다. 한시도 잊은 적이 없는 그녀가 앞에 있었다. 살아서 여유롭게 숨을 쉬고 있다. 그리운 냄새였다. 이런 순간을 몇 번이나 맞이할 수 있으리라고는 생각하지 않는다.

"걱정하지 않아도 돼. 난 잘하고 있으니까."

그리고 처음으로 웃었다.

"정말 잘하고 있다고. 내무계가 트집을 잡지 못해서 안달이 났을 정도야."

미치코는 다가앉았다.

"시간은 언제까지 받았어요?"

"내일 아침까지. ……나왔을 때보다 짧아."

"그럼……."

미치코의 눈에는 뜨거운 웃음이 눈물과 함께 맺혀 있었다.

"됐어요!"

미치코는 넘치는 마음을 여기까지 가지고 온 것이었다. 몇 날 밤을 몸부림치며 울던 몸을 여기에 가지고 온 것이었다. 무수히 많은 말도 준비했을 것이다. 1,500킬로미터의 기차 여행과 30킬로미터의 마찻길에서 되뇌고 또 되뇌며 준비한 말은 아직 한 마디도 꺼내지 않았다.

"사사 이등병이 가지 반장님께 식사를 가지고 왔습니다."

사사가 2인분의 식사를 가지고 왔다. 노루 불고기와 수프는 사사가 내무반에 있는 페치카에서 솜씨를 부린 것이다.

사사는 근사한 여자다, 라고 말하듯이 찬찬히 미치코를 보며 말했다.

"아주머니, 이 고기는 가지가 오늘 잡은 겁니다. 마음껏 드시고 힘내셔야죠. 안 그런가, 가지?"

가지는 웃었다.

"남편이 늘 신세를 지고 있다고 들었습니다."

미치코가 인사하려고 들자 사사는 손을 흔들었다.

"이등병은 피차일반입니다. 참 굉장한 곳이지요, 군대라는 데가. 그래도 가지는 행복한 사람입니다. 이렇게 쓸쓸한 곳까지 면회를 하러 와 주는 여잔 또 없을 테니까요. 정말입니다."

미치코는 대답할 말이 없어서 미소만 지을 뿐이다. 사사는 주머니에서 미리 준비해온 것으로 보이는 종잇조각을 꺼냈다.

"시간이 없어서…… 아주머니, 초면에 염치없다고 생각하시겠지만, 이 주소로 편지를 보내 우리 마누라도 시간이 있으면 아주머니처럼 남편 면회를 좀 올 수 있도록 가르쳐주십시오. 우리 집사람으로 말할 것 같으면 정말이지 먹고 자는 것밖에는 생각하지 못하거든요. 남편이 죽도록 고생하고 있으니 고참병에게 줄 선물을 산처럼 사들고 어서 면회 가라고요……"

사사는 좀 더 말하고 싶은 듯 우물거렸지만, 고참병의 따귀가 두려운지 단념하고 아쉬운 듯 나갔다. 그와 교대로 오하라가 가지의 총을 가지고 와서 가지를 문 밖으로 불러냈다.

"이 정도면 되겠지?"

가지는 총열을 들여다보고 고맙다고 인사했다. 들어오라고 권해도 오하라는 내무반이 신경 쓰여서 들어오지 않았다.

"아주머니께 부탁 좀 해주게. 지난번 우리 집사람한테 내가 쓴 편지는 준위의 강요에 의해 쓴 것이라고 전해달라고 말이야. 집사람이 집을 나가면 내가 무척 난처해져."

"알았어. 그렇게 이르지."

오하라는 가벼운 미소를 짓고, 찌부러진 그림자 같은 모습으로 떠났다.

미치코는 거의 먹지 않았다. 가슴이 꽉 차 있었다. 언제 또 이렇게 마주 앉아서 식사를 할 수 있을지 모른다. 겨우 하룻밤뿐이다. 가지는 미치코가 놀랄 정도로 빠르게 음식들을 쓸어 넣고 있었다. 미치코의 몫까지 가볍게 먹어치웠다. 마치 사흘은 굶은 사람 같았다. 말도 하지 않는다. 미치코는 고개를 가볍게 젓고 있었다.

"씹지도 않는군요."

"이제까지는 그럴 틈이 없었어."

가지가 웃었다.

"덕분에 밥통에 이가 다 났어."

"……뭔가에 쫓기는 사람 같아요."

맞다. 끊임없이 쫓기고 있다. 내무반 일에, 훈련에, 식사에, 점호에, 소등에, 아침부터 밤까지.

"뭐든지 남보다 빨리 해야 돼. 자신을 지키는 방법은 그것밖에 없어."

식사를 마치자 가지는 식기를 치울 겸 미치코가 가지고 온 선물을 내무반에 가지고 가서 시바타 병장에게 건넸다. 근무를 마치고 돌아와 있던 야마자키가 가지를 보자 재빨리 말했다.

"얄미워라. 당신 혼자 재미는 다 보고. 얄미워 죽겠네요."

가지는 내무반 안의 모든 각도에서 고참병들의 곱지 않은 시선이 쏟아지고 있는 것을 느꼈다. 좀 전에 총기를 손질하던 때와는 엄청나게 달라진 시선이다. 일부러 들으라는 듯 말한다.

"쳇! 세상이 거꾸로 됐군. 1기 검열도 마치지 않은 초년병이 거처방에서 마누라와 하고 싶은 짓 다 하고. 관동군도 참 많이 좋아졌어."

생각해보니 울화통이 터질 만도 하다. 이 변방에서 몇 년이나 참고 있는 사내들을 다 제치고, 초년병 따위가 재미를 보고 있으니 그야말로 속이 뒤집힐 것이다.

"내일 해는 서쪽에서 뜨겠군. 그것도 샛노랗게 질린 놈이 후들후들 떨면서 말이야."

"끝난 다음이라도 좋으니까 이쪽으로 돌려주는 건 어때? 그런 다음엔 둘이서 담배도 나눠 피우고, 받은 편지도 보여주고 말이야. 괜찮지, 전우?"

가지는 흘려듣고 요시다 앞에 섰다. 히노 준위가 지시를 내린 미치코의 모포를 받기 위해서다.

"모포라고?"

요시다는 동료들 쪽을 돌아보며 모르는 체했다.

"마누랄 안고 자면 춥진 않을 텐데. 네 것만으론 부족한가?"

지시가 내렸다면 요시다는 내주어야 한다. 심통을 부리고 있을 뿐이다. 가지는 귀찮아졌다. 고참병의 농지거리에 미치코가 놀림감이 되는 것도 참을 수 없었다.

"충분합니다. 부족하지 않습니다."

가지는 이렇게 말하고 요시다 앞에서 물러나 자신의 짚이불에 씌운 모포를 벗겼다.

요시다는 피복 창고로 가려고 침대에서 내려왔지만 가지의 동작이 다분히 반항적으로 보였는지 얼굴에 노기를 띠고 다시 동료들 쪽으로 갔다.

"좁은 짚이불에서 위에 올라갔다가 밑에 깔렸다가 하겠군. 맘대로 해라!"

25

 미치코는 소등나팔 소리를 가지의 품속에서 들었다. 여태까지는 별로 의식하지 않았던 광야의 끝을 알 수 없는 밤의 적막이 갑자기 바싹바싹 몸을 죄어오는 것 같았다.
 두 사람은 지금 이렇게 살을 맞대고 있다. 그리고 두 사람 사이에는 도저히 밀어낼 수 없는 어떤 무겁고 차가운 것이 가로놓여 있었다. 미치코는 그것을 밀어내려고 애썼다. 포옹은 하고 있었지만, 망각이 없었다. 두 사람만의 그 활활 타오르는 듯한 망각이. 가지는 끊임없이 무언가를 걱정하고 있다. 내일 또다시 헤어져야 한다는 슬픔이 미리 손을 써서 와 있는지도 모른다. 작은 소리에도 민감하게 반응하는 것은 상관과 상급자에 대한 두려움이나 동료에 대한 미안함이 있기 때문일까? 두 사람이 둘만의 것이 되지 못한다. 미치코마저 군대라는 무쇠 형틀에 눌린 것 같다.
 "피곤하죠?"
 미치코가 나직하게 물었다.
 "그래 보여?"
 가지가 되물었다. 그랬는지도 모른다. 처음으로 여자를 경험하는 것처럼 어색했다. 이럴 리가 없었다. 누르고 눌러왔던 욕정을 한꺼번에 쏟아낼 때만을 꿈꿔왔다. 이제부터야, 미치코. 우선 병영에 있다는 것을 잊는 거야. 서로 기력이 다 빠질 때까지 원하자. 서로를 탐하자. 오늘 밤뿐이니까.

미치코는 창문으로 들어오는 희미한 달빛으로 가지의 얼굴을 만지작거리다가 휴, 뜨거운 한숨을 토해내고 말했다.

"역시 만날 수 있었어요! ……와타라이란 놈, 틀림없이 깜짝 놀랄 거예요. 내가 면회하고 왔다고 하면. 그자는 특별히 볼 일도 없으면서 이따금 찾아와요."

가지는 몸을 꿈틀 움직였다. 그러고는 느닷없이 미치코에게 덤벼들어 힘껏 끌어안았다.

"당신 편지를 보여달라는 거예요. 보여주지 않았죠. 음흉하고 징그러운 놈! 당신이 곧 탈영할 거라고 생각하는 것 같아요."

가지는 숨을 깊이 들이마셨다.

"탈영하면 어떨까?"

"어디로?"

"국경 너머로."

"당신은 하지 않을 거예요."

달빛에 미치코가 웃는 모습이 보였다. 평소의 검은 눈동자가 푸르게 반짝이고 있었다.

"제가 있으니까요!"

그러더니 갑자기 흐느낌으로 바뀌었다.

"할 수 없죠. 당신도 많이 생각하고 결정한 것일 테니. 기다리고 있을게요. 준위님이 당신은 보충병 중에서 가장 유능하다더니 역시 감시를 받고 있었군요?"

가지는 미치코의 눈물을 거친 손가락으로 닦아주었다. 그러고는 가만히 얼굴을 가져가서 부드러운 귀에 대고 속삭였다.

"안 가, 난. 도망치지 않을 거야. 하는 데까지는 해봐야지."

신조 일등병님, 당신은 잘못 생각하고 있습니다. 탈영할 거라면 처음부터 그럴 계획으로 부대 내에서 할 만큼 다 해보고 나서 결행해야 하는 겁니다. 엽서 사건 이후 혹사당하고 있다고 해서 탈영한다면 그건 단순한 도피밖에 안 됩니다. 아무런 저항도 되지 못합니다. 당신은 잘못 생각하고 있습니다.

"가지 마세요."

미치코가 속삭였다.

"집으로 꼭 돌아오세요!"

이제 곧 새벽이다. 이른 봄 새벽녘에 몸속을 파고드는 추위는 매섭다. 창밖에서 서리를 밟는 소리가 들렸다. 불침번일 것이다. 조용히 멀어져간다. 기상 시간이 다가오고 있다. 가지는 가만히 미치코의 눈언저리를 만져보았다.

"안 졸려?"

"전혀요."

미치코는 가지의 품속에서 고개를 저었다.

"개운해졌어요. 몸이 가벼워진 것 같아요."

물론 목적을 이뤘다는 생리적인 기쁨 때문만은 아니었다. 두 사람은 지난밤에 인생의 고비에 섰던 것인지도 모른다. 뭔가 멋지고 충실한 순간이었다는 것만은 느끼고 있었다. 울고, 미친 듯이 좋아하고, 괴로움에 몸부림치던 이상한 하룻밤이었다. 끓어오르던 정열의 손톱자국인지, 머리 한가운데를 쑤시는 듯한 통증이 이따금 밀려왔지만 정신은 맑았다. 만약 밝았다면 여자의 우윳빛 살결이 매끄러운 광택을 내고, 그 눈에 가득 찬 생명이 빛나고 있는 것을 보았을 텐데…….

"이제 더 해두고 싶은 말은 없지?"

가지는 어둠 속에서 미치코의 표정을 살폈다.

"……없어요. 무척 많았어요. 많이 있었는데 말로는 다 할 수가 없네요."

"나도 그래. 평소에는 이 말도 해야지, 저 말도 해야지 하고 엄청 많았는데."

미치코의 손은 쉬지 않고 가지의 몸을 만지작거리고 있었다. 한시도 떨어지기 싫은 마음을 남자의 피부에 호소하고 있는 것 같다.

"……전쟁터로 가는 거죠? 그래서 만날 수 있었고요."

갑자기 미치코가 그렇게 속삭였다. 가지는 대답 대신 미치코의 몸을 끌어안았다. 가지 않아도 전쟁터가 이쪽으로 올 것이다. 피할 수 없는 일이다. 언젠가는 그렇게 된다. 이렇게 만날 수 있었던 것을 그나마 다행으로 여기자.

"덕분에 근사한 밤이었어."

가지는 목 언저리에 차갑게 닿는 미치코의 머리카락을 쓰다듬으면서 중얼거렸다.

　근사했지만 너무 짧았다. 젊은 두 생명이 무겁고 고통스러운 무쇠 형틀을 부수고, 서로 몸을 부딪쳐가며 타올랐을 때는 이미 시간이 다 되어가고 있었다. 창밖에 몰래 찾아온 새벽빛을 보고 사라져가는 시간이 갑자기 원망스러웠다. 인생은 결코 지금 이 순간을 두 번 다시는 선사하지 않을 것이다. 그렇게 느꼈다. 붙잡아놓아야 한다. 되지 않을 줄 알면서도 시간에 도전해야 한다.

"……추운데 미안하지만……."

가지는 미치코의 얇은 속옷을 만지며 애원하듯 말했다.

"저기, 저 창문 쪽에 가서 서 있어줄래?"

미치코는 희뿌연 빛이 떠돌고 있는 창가를 보더니 몸을 밀어 올려서 가지의 얼굴에 자신의 얼굴을 덮었다. 남자의 말 못할 바람을 알아챈 것이다. 아무리 탐해도 결코 채워지지 않는 생명의 갈증을.

　망설임은 없었다. 일어나 앉자마자 지체 없이 알몸이 되었다. 탱탱한 젖가슴이 대담하게 흔들린 것은 남자의 애절한 비원에 호응한 것이리라. 희미한 새벽빛을 받으며 일어섰을 때 몸속에서 뿜어져 나오듯 흘러넘치는 사랑의 긍지와 희열에 떨고 있었다.

　가지는 바라보고, 응시하고, 무릎걸음으로 다가가서 끌어안았다. 이것이 이렇게 할 수 있는 마지막 기회일지도 모른다. 여자에겐 말하지 않았다. 남자는 느끼고 있었다. 두려움 속에서 늘 느끼고 있었다. 이것이 이렇게 할 수 있는 마지막 기회일지도 모른다고. 사랑하는 여자의 몸 전체를, 우뚝 솟아 있는 젖가슴도, 잘록한 허리도, 탱탱한 엉덩이도, 부드러운 허벅지도, 몸의 모든 곳을 만지고, 느끼고, 빨고, 끌어안는다. 이번이 마지막일지도 모른다. 신음하면서 끌어안는다. 여자의 몸 곳곳에 얼굴을 문지르고 비비면서 끌어안는다.

여자가 갑자기 흐느끼기 시작했다. 뜨겁게 달아올라서 몸을 떨며 남자의 머리를 가슴에 끌어안고 흐느껴 울었다. 사랑해도 그 사랑을 다 할 수 없다는 원망이 기쁨을 갈기갈기 찢고 있었다. 이제 시간은 조금밖에 남지 않았다. 그 짧은 시간 안에 모든 것을 태워버려야 한다. 창밖이 밝아질수록 사랑의 종말이 다가온다. 이것이 마지막이 되는 것은 아닐까? 이 사람이 죽는 건 아닐까? 이 사람은 이미 각오하고 있는 것이 아닐까?

"뭘 드려야 되죠?"

흐느껴 울면서 헛소리처럼 말했다.

"가져가 줘요! 드릴 게 아무것도 없어요, 아무것도!"

아무것도 없었다. 이것뿐이었다. 이렇게 발가벗은 몸을 필사의 심정으로 안을 뿐이었다.

남자는 괴로워하면서 거칠게 머리를 흔들었다. 아무것도 바라지는 않았다. 격정적인 포옹을 하면서 생명의 증거를 그것인 줄도 모르고 느낄 뿐이다.

26

일조점호와 함께 병사들은 자유를 반납한다. 꿈속의 자유, 먼지 같은 잠 속의 허무한 자유, 가지에겐 미치코와 하룻밤을 보낸 무지갯빛 자유다.

점호 종료와 동시에 주번 사관이 소리쳤다.

"중대는 총검술 대련 연습을 시작하라!"

아침식사 전의 행사지만 결코 만만히 볼 수가 없다.

시바타 병장이 가지를 보고 웃었다.

"가지, 허리가 휘청휘청하는군."

다른 고참병이 바로 뒤를 이었다.

"무리도 아니지. 몇 회전을 치렀는지 모르겠지만 허리부터 아래쪽은 녹아 없어졌을 거야."

고참병도 초년병도 멀리 있는 주번 사관의 눈치를 살피면서 웃었다.

그 정도 말은 들을 줄 알았다. 가지는 무슨 말을 들어도, 어떤 취급을 받아도 어제의 하룻밤과 바꾸지는 않을 것이다. 말없이 땅바닥에 앉아 호구를 착용했다.

"한 판 붙을까?"

시바타가 말했다.

일어서서 예를 하고 자세를 잡기도 전에 시바타의 목총이 뻗어와 가지의 아랫몸을 찔렀다. 웃음소리가 났다.

3부 약속의 땅 · 185

"꼴이 그게 뭐냐?"

"힘이 다 빠졌구나, 가지."

다른 초년병들은 초년병끼리 목총을 겨누고 있었지만 가지만 고참병들에게 둘러싸여 있는 것은 명백히 악의로 보였다. 초년병들을 연습시키고 있는 하시타니도 못 본 척하고 있었다. 가지는 주위를 둘러보았다. 고참병들은 이를 드러내고 웃고 있지만, 눈은 하나같이 번뜩이며 살기로 가득 차 있다. 그렇다면 자신도 각오해야 된다.

가지는 몸통 호구에 목총의 개머리판을 착 붙이고 자세를 잡았다. 시바타와는 최근 들어 대등하게 싸울 수 있다. 겁은 나지 않았다. 하지만 여기서는 보이지 않는 막사 뒤편의 거처방에서 미치코가 쓸쓸히 돌아갈 채비를 하고 있는 모습이 머릿속에서 떠나질 않았다. 히노 준위는 미치코에게 약속한 대로 역까지 갈 수 있도록 만주인이 모는 짐마차를 준비해줄까?

그런 걱정뿐만이 아니었다. 한숨도 자지 못한 몸도 확실히 평소와는 달랐다. 다리 움직임이 아무래도 좋지 않다. 시바타의 공격을 한 번 피하고, 두 번 비키자 곧 다리가 꼬이는 듯하는 순간 정면으로 매서운 찌르기가 들어왔다.

"가지, 어떻게 된 거냐? 마누라를 찌를 때처럼은 안 되나 보지?"

곁에서 요시다가 말했다. 어제 모포 건 때 보인 태도가 마음에 남은 모양이다.

"내가 널 단련시켜주겠다. 덤벼라!"

시바타가 목총을 거두는 것과 동시에 요시다의 찌르기가 들어왔다. 격식이고 뭐고 없다. 느닷없이 옆구리를 찔린 가지는 나가떨어졌다. 다시 일어나려는데 보기 좋게 또 찔렸다.

네놈들이 그렇게 나온다 이거지! 가지는 몸이 살짝 긴장되었다.

"한 번 더 부탁드립니다."

가지는 자세를 잡고 말했다. 힘이 온몸으로 퍼지고, 호흡이 편안해졌다. 가벼운 발놀림으로 간격을 좁힌다. 요시다, 네놈한테는 질 수 없다. 시바타, 너에게도 질 수 없다. 날 혁대로 때린 놈들! 정정당당하게 일대일로 덤벼라. 힘으로 덤벼라. 이론으로 덤벼라. 정신으로 덤벼라.

간격을 좁혔다. 요시다가 물러났다. 그 틈을 노려 간격을 좁히는 것과 동시에 요시다의 목총을 쳐내고 그대로 윗몸을 찔렀다. 때리고 찌르기의 전형적인 방법이다.

요시다는 상등병의 체면에 관계된다고 생각한 모양이다. 자세를 가다듬고 다시 공격해 들어왔다. 간격을 유지하면서 이번엔 가지가 물러났다. 요시다가 무턱대고 좁혀 들어올 것으로 예상했던 것이다. 물러나서 왼쪽으로 돌아 찔러 들어오는 것을 몸을 펴고 받을 생각이었다. 요시다는 목총을 내리고 있다. 위쪽이 비어 있다. 들어올 것이다. 요시다는 예상한 대로 들어왔다.

가지는 고참병들이 둘러싸고 있는 울타리까지 물러나서 재빨리 왼쪽으로 돌려고 했다. 그때 무언가가 다리에 걸렸다. 그 순간 요시다의 곧게 찌르기가 들어왔다. 가지는 피하긴 했지만 다리가 걸려서 옆으로 넘어졌다. 요시다는 목총으로 아무 데고 닥치는 대로 찔렀다. 그러다가 목총이 휘어지도록 옆 방향으로 맞았다. 가지는 벌떡 일어났다. 울타리를 치고 있는 호면護面 중에 입을 벌리고 웃는 얼굴이 있었다. 누군지 식별할 수는 없었지만 그가 다리를 건 목총의 주인이라는 것을 직감했다. 가지는 그 호면을 향해 목총을 찔렀다.

"무례다!"

당당한 기습이었다. 상대는 목총을 바로 잡을 틈도 없이 옆으로 날아갔다. 두 사람의 호구가 요란한 소리를 냈을 정도로 사력을 다한 몸 부딪치기 공격이었다. 뒤엉키게 되자 가지는 옆으로 눕혀 잡은 목총의 개머리판으로 상대의 허리를 강하게 후려갈겼다.

상대가 허리를 부여잡고 웅크리자 그때부터 인간 울타리 안은 살기로 가득 찬 아수라장이 되었다. 숨 돌릴 새도 없이 고참병들이 연달아 공격해 들어왔다. 가지는 기호지세騎虎之勢(호랑이를 타고 달리는 형세라는 뜻으로 중간에 그만둘 수 없는 경우를 말한다 – 옮긴이)의 형국이었다. 상대를 가리지 않고 목총을 휘둘렀다. 미친 듯이 날뛰는 격투를 벌이며 열기와 함께 해방되어 가는 것을 느꼈다. 누구를 불문하고 자신을 공격한 상대에겐 소리를 지르며 반격했다. 총목으로 호면을 맞으면 똑같이 때렸다. 미친 듯이 날뛰다 보니 숨이 턱까지 차오르고 눈이 핑핑 돌았다. 그래도 원진圓陣의 중앙에서 다음은 누구냐는 식으로 목총을 겨누고 있었다.

"제법이군, 가지."

뒤에서 목소리가 들렸다.

"오늘만큼만 할 수 있으면 너도 연대 대항전에 나갈 수 있겠어. 다시 한 번 그 기세로 덤벼봐!"

소가 중사다. 상대가 좋지 않다. 가지는 급격하게 피로의 나락으로 떨어졌지만 도망칠 순 없었다. 예를 교환하고 자세를 취했다. 다리가 후들후들 떨렸다. 소가의 자세는 물처럼 조용하고 아무 제스처도 없었지만, 가지에겐 마치 절벽처럼 보였다. 짓눌리는 듯한 압박감은 기량의 차이 때문이다.

가지의 호흡이 짧아졌다. 이어서 빨라졌다가 툭툭 끊어지게 되었다. 가지는 숨을 돌리려고 물러섰다. 또 물러섰다. 소가의 목총은 아무리 물러서도 눈앞에 있었다.

"물러서지 마라!"

소가가 엄하게 말했다.

"물러서면 승기를 잡을 수 없다. 덤벼라!"

가지는 멈췄다. 기력만은 아직 조금 남아 있었다. 몸은 이미 물먹은 솜처럼 무거웠다.

"덤벼!"

소가가 또다시 말했다. 자세 연습을 하듯 소가는 한 걸음 물러서서 가슴을 열었다.

"여기다! 찔러!"

가지는 경계하며 슬금슬금 전진했다. 하지만 오래 끌어서는 안 된다. 이미 힘에 부치고 있었다.

"윗몸!"

소리치고 그곳을 찔렀다고 생각했다. 그러나 가지의 목총은 위로 튕겨 나가고, 소가가 날카로운 기합소리와 함께 목총으로 목을 푹 찔렀다. 필시 목총이 위로 튕겨졌을 때 가지의 턱이 올라갔을 것이다. 가지는 털썩 무릎을 꿇고 잡을 데를 찾듯이 두세 번 손을 허우적거리다 힘이 다해 고꾸라졌다.

"물을 가져다 줘라."

소가는 목총을 거두고 옆에 있는 고참병에게 말했다.

"너희들은 초년병 한 명에게 두들겨 맞고도 부끄럽지 않나!"

가지는 짧은 실신에서 깨어났다. 목 있는 데서 몸이 둘로 나뉜 것 같았다. 위와 아래의 지각을 연결하는 고리가 완전히 끊어져 있었다.

"대련 연습 종료."

소가가 말했다.

"가지, 목을 찜질로 식혀줘라. 넌 정신력은 훌륭하다. 단지 다리의 움직임에 좀 더 주의하도록."

미치코는 거처방 입구에서 호구를 걸친 채 땀에 흠뻑 젖은 가지의 창백한 얼굴을 보았다. 가지가 입을 움직였다. 그러나 목소리는 전혀 들리지 않았다.

가지는 이렇게 말했던 것이다.

"미치코, 난 배웅해줄 수 없어. 곧 훈련이 시작돼."

손으로 목을 잡고 있는 가지가 보일 듯 말 듯 고개를 젓고 있었다. 이번만은 어쩔 수 없어. 그래도 우린 오늘 아침까지 천국에 있었잖아. 그렇게 말하고 있는 듯했다. 하룻밤의 천국, 천 날 밤의 지옥. 그래도 하룻밤이나마 천국에서 보내지 못한 것과는 비교도 할 수 없는 행운이라고 해야 할 것이다.

미치코는 다가서서 떨리는 손가락을 호구의 끈에 감았다.

"이제, 헤어지는군요."

손가락에 힘을 주어 호구 끈을 비틀어서 잡아당겼다.

"어서 가요! 못 견디겠어요!"

"……와줘서 고마워."

가지의 잠긴 목소리가 겨우 그렇게 말했다.

"안녕이라고는 말하지 않을래, 알겠지?"

27

이튿날, 가지의 목은 퉁퉁 부어올랐다. 물을 마시기조차 힘들었다.

"조금만 더 심하게 맞았으면 불구가 될 뻔했군."

군의관이 그렇게 진단하고 4중대 주번 하사관인 이시구로 중사에게 말했다.

"훈련을 열외시키도록 해."

이시구로가 일지에 막 그렇게 써넣으려고 했을 때 가지는 당황하며 나오지 않는 목소리로 말했다.

"모두 참가하게 해주십시오. 군의관님, 약만 먹으면 괜찮습니다."

"허허, 열성 초년병이 나오셨군."

군의관이 웃으며 말했다.

"훈련 열외도 근무 열외도 반납하겠다는 건가? 1선발로 진급하고 싶은 모양이지?"

가지는, 지금은 무슨 일이 있어도 쉴 수 없다고 생각했다. 훈련 열외는 사실 반가운 일이다. 하지만 지금은 그래서는 안 된다. 아내와 하룻밤을 보내고 나서 바로 훈련 열외나 근무 열외를 한다는 것은 아무래도 거북하다. 아니, 그보다도 고참병의 악의에 진 모양새가 된다는 것이 싫었다. 그 정도 일로 항복한다면 고참병들을 기고만장하게 할 뿐이다. 쉬어도 내무반에 있으면 편하지가 않다. 고참병이 내무반 내외의 잡일을 그에게만 시킬 것은 분명하다. 화풀이로라도 심술궂게 그럴 것이 뻔하다. 목 상태가 악화될지 모르지만 훈련에 참여하는 것이 훨씬 마음이 편하다.

"좋다. 허락한다."

군의관이 말했다.

"단, 한 번만 더 같은 곳이 찔리면 기도도 혈관도 다 터지고 만다는 것을 명심해라."

가지는 일어서서 실내 경례를 했다. 주의를 들어도 어쩔 수 없는 일이다. 총검술 연습이 있을 때마다 고참병들은 가지의 목을 노리고 찌를 것이다. 하찮은 일에 점점 목숨을 걸게 된다.

이시구로는 상처를 입은 것이 라이벌인 소가였기 때문에 가지에게 계산이 끝난 동정을 베풀었다.

"네가 부상당한 것은 중대장님께 보고하겠다. 네가 자진해서 훈련에 참가한다는 것도 함께……"

가지는 이시구로의 마음을 의심했다. 가지가 정말로 불구가 되면 소가는 승진에서 탈락될 것이 분명하다. 또 왠지 마음을 놓을 수 없는 이 초년병도 폐병廢兵(부상을 당하여 불구자가 된 병사-옮긴이)으로 처리되어 막사 밖으로 쫓겨나게 된다. 일석이조가 아닌가.

28

반년 동안 대지를 점령하고 있던 겨울은 우선 해가 드는 초원에서부터 총퇴각하기 시작했다. 언덕 그늘에선 마지막까지 저항했지만 그리 오래 버티지 못하고 결국 물러났다. 겨울이 퇴각한 뒤에는 저지대가 온통 습지로 바뀌었다. 봄의 승리라기보다 겹겹이 쌓인 겨울의 시체처럼 광야는 까맣게 젖어서 누워 있었다.

이것이 국경 쪽으로 다가갈수록 '부동성 중습지대浮動性重濕地帶'라 불리는 늪이 된다. 지름 한두 자쯤 되는 원형의 굳은 땅이 무수한 징검돌처럼 습지대에 흩어져 있고 그곳에만 풀이 난다. 병사들은 이것을 '들못 땡추'라고 부른다. 나머지는 물이다. 빠지면 어디까지 잠길지 모르는 마성의 늪이다. 따라서 습지를 건넌다면 들못 땡추에서 들못 땡추로 껑충껑충 뛰어서 건너야만 한다. 전체가 그렇다면 국경 경비는 이 천연 요새에 맡기고 병사는 한 명도 필요 없을 테지만, 성가시게도 군데군데 건조지대가 있다. 야트막한 제방처럼 끝없이 펼쳐져 있는 습지를 가로지르고 있다. 이것이 국경까지 뻗어 있는 한 주둔부대는 병사들의 맹훈련을 게을리 할 수 없다.

오전 훈련을 마치고 3내무반의 초년병들은 흙투성이가 되어 돌아왔다. 1기 검열이 다가옴에 따라 하시타니의 훈련은 점점 더 치밀해지고 있었다. 해산할 때 하시타니가 말했다.

"오후 훈련은 취소다."

초년병들은 자기도 모르게 와아 하고 신음하듯 환호했다. 그런 분위기에 찬물을 끼얹듯이 하시타니의 목소리가 이어졌다.

"오후엔 병기 검사다. 티끌만 한 먼지라도 묻어 있으면 용서하지 않겠다. 밤엔 야간 훈련이다. 주로 주둔군 간의 경계 요령에 대해 훈련한다. 이어서 새벽 전투 훈련. 어때, 할 게 많아서 좋지 않나? 오후엔 병기 수입을 철저히 하고 충분히 휴식을 취해라."

이쯤 되면 초년병들은 자작나무 숲보다도 조용해진다.

"1기 검열이 끝나면 좀 편해지겠지?"

식탁 위에서 총기 수입을 하면서 오하라가 가지에게 작은 소리로 말했다.

"……그러겠지."

 신조는 훈련과 근무에 시달리며 바싹 야윌 정도로 혹사당할 것이라고 말했다. 가지는 혹사당해서 점점 괴로워질 것은 각오하고 있었지만 잔뜩 풀이 죽어 있는 오하라를 보자 그렇게는 말할 수 없었다. 오하라는 이제 몸무게도 50킬로그램이 되지 않는 것 같았다. 매달 실시하는 신체검사에서 군의관이 그냥 놔두는 것이 오히려 의아할 정도다. 이런 몸으로 30킬로그램의 완전군장을 메고 1기 검열을 통과할 수 있을까?
 "이제 얼마 안 남았어, 힘든 것도."

 오하라는 고개를 끄덕이면서 나쁜 눈으로 총을 구석구석 살피고 있었다.

 하시타니가 사무실에서 편지를 갖고 왔다. 초년병 중에선 오하라와 가지, 야마구치 세 사람만 받았다.

 가지는 만면에 미소를 지으며 봉투를 앞뒤로 보고는 뜯지도 않고 주머니에 넣었다. 그것을 보고 사사가 말했다.

 "아내 편지인가? 우리한테도 좀 읽어줘."

 가지는 웃으면서 고개를 가로저었다.

 "안 읽을래. 간직하고 있을 거야. 참을 수 없을 때까지는……."

 "어쩔 수 없지! 그런데 네 아내도 참 대단한 분이셔. 매주 한 번은 꼭 안부를 묻는군. 우리 집 여편네는 뭘 하고 있는지, 참. 부인한테 그렇게 편지를 받고도 어떻게 그리도 무덤덤할 수 있지?"

 "넌 부적이 있으니까 됐잖아?"

가지는 놀렸으나 미치코가 왔을 때 그 부적을 받아두지 않은 것이 갑자기 후회되었다. 잊은 것은 아니다. 그 이야기는 미치코에게도 해주었다. 미치코는 눈물이 날 정도로 웃었다. 가지가 원하면 싫다고는 하지 않았을 것이다. 요구도 제공도 하지 않은 것은 두 사람이 아직 사사의 나이가 되지 않은 탓도 있으리라. 그런 것을 갖고 있지 않아도 두 사람은 이렇게 깊은 사랑의 연결고리를 갖고 있지 않은가, 하고 둘 다 그렇게 느끼며 만족하고 있었음이 틀림없다.

사사는 옆에 있는 젊은 초년병에게 말하고 있었다.

"참말로 예쁘고 큼지막한 엉덩이였어."

그러고는 과장된 손짓으로 곡선을 그렸다.

"화내면 안 돼, 가지. 칭찬하는 거니까. 빨간 스커트가 이만큼 솟아올랐더라고."

가지는 쓴웃음을 지으며 말을 막았다.

"거짓말 마, 사사. 검정색 스키 바지를 입고 있었어."

"그랬나? 그럼, 손대기에 불편하잖아."

야마구치는 식탁 맞은편에서 떠름한 표정으로 편지를 찢고 있었다. 목을 빼고 기다리던 편지가 웬걸 전당포의 유질流質(돈을 빌린 사람이 빚을 갚지 않는 경우에 빌려준 사람이 담보로 맡긴 물건의 소유권을 취득하거나 물건을 팔아서 그 돈을 가지는 일-옮긴이) 통고였다. 그의 친구가 허락도 없이 그의 여름 양복을 전당포에 맡기고 찾지 않은 모양이다. 당분간 양복을 입을 일은 없으니까 상관없지만, 사회에 있는 놈들은 무엇이든 맘대로 할 수 있다는 것에 화가 치민 것이다.

오하라는 몇 분 사이에 눈에 띄게 표정이 어두워져 있었다.

……모르는 사람의 아내에게서 편지를 받고 당신의 지난번 편지는 결코 본의가 아니었다는 것을 알았지만, 다시금 당신의 진의에 대해 여러모로 생각해보았습니다. 진의야 어떻든 결국은 마찬가지가 아닌가 싶네요. 어머님은 당신의 그 편지로 아주 기분이 좋으신 모양입니다. 그것 봐라, 이 말씀이겠죠. 정말이지 정나미가 떨어졌습니다.

나는 당신만 옆에 있으면 어떤 일이든 참을 수 있습니다. 하지만 지금은 그렇질 못하지요. 어머님이 살림 일체를 가져가셔서 내가 자유롭게 쓸 수 있는 돈은 한 푼도 없습니다. 나는 엄마니까 그 아이가 돌아올 때까지는 이 집을 남의 손에 맡기고 싶지 않다고 하시는데, 이게 과연 그토록 소중한 아들과 그 집에 시집온 며느리에게 할 말인가요? 내가 마치 집안 살림을 거덜 내기라도 할 것처럼 말씀하시더군요.

아이들에게 해주고 싶은 것이 있어도 어머님이 계셔서 못하고 있어요. 그런 건 사치라느니, 내가 싫어하는 걸 알면서 일부러 그런다느니, 내 눈을 속이고 무슨 짓을 할지 모른다느니, 그러시는 거예요. 그게 아침이건 밤이건 가리질 않아요. 망령이 났다고밖에 생각할 수 없어요. 그뿐이라면 그래도 참을 수 있어요. 우리 집 며느리는 아들이 돌아오지 않으니까 늙은일 구박해서 내쫓고 다른 남자를 끌어들일 생각인 것 같다는 둥, 입에 담기도 싫은 말을 이웃사람들에게 하고 다니세요. 이런 천사가 어디 있나요?

　당신은 마음이 약하고, 사람도 좋고, 효자예요. 어머님을 끔찍이 위하는 사람이죠. 내가 아무리 심하게 마음고생을 하며 하루하루를 산다 해도 역시 어머님을 저버리지는 말라고 하겠죠. 용서해줘요. 생각하고 또 생각한 끝에 결심한 거예요. 오늘 회사에 가서 당신 월급의 절반을 어머님이, 절반을 내가 받을 수 있게 해달라고 부탁하고 왔어요. 나는 아이들을 데리고 나갈 거예요. 절반의 월급으로는 너무 부족하니 부업이라도 해서 아이들만큼은 당신이 돌아올 때까지 훌륭하게 키워놓겠다고 약속할게요.

　어머님에 대해서만은 용서해줘요. 어머님이 절반의 월급으로 충분하든 말든 내가 상관할 바는 아니겠지요. 어머님처럼 항상 당신 멋대로 하시는 분은 혼자서 고생하다 돌아가시는 게 나아요. 나는 눈물 따윈 흘리지 않을 거예요. 나는 이미 매일 밤 울고 있으니까요. 당신만 있었으면 하고 아이들을 부둥켜안고 얼마나 울며 지샜는지 몰라요……

　오하라의 내부를 구성하고 있던 소우주가 붕괴되기 시작했다. 오하라는 다른 사람들에게 눈물을 보이지 않으려고 고개를 숙였다. 식탁 위가 온통 뿌옇게 보였다. 노리쇠를 분해해서 청소하면서는 거의 무의식중이었다. 공이를 삽입할 때 옆에 있던 구보의 공이를 삽입했다. 그것도 잘못 끼워 넣었다. 당연히 장착될 리가 없는 것을 무리하게 밀고 당겼다.

"잘못 넣은 것 같아. 빼봐."

가지가 주의를 주었다. 오하라가 억지로 빼보니 공이가 부러져 있었다. 오하라의 안색이 바뀌었다. 훈련 중에 칼집이 휘기만 해도 호되게 두들겨 맞는데, 총의 생명을 잃었다면 무슨 꼴을 당할지 모른다.

"부러뜨렸군. 정신을 딴 데 팔고 있으니까 그렇지."

구보는 그렇게 말하고 웃다가 그제야 그것이 자기 공이라는 것을 알아챘다.

"이 새끼야, 어떻게 할 거야?"

그러고는 갑자기 오하라를 들이받았다.

"자, 어떡할 거야? 내 총을 어떡할 거냐고!"

구보는 미친놈처럼 오하라를 마구 때렸다.

"너 때문에 내가 육군 대신에게 시말서를 써야 되겠어? 내가 따귀를 맞고 받들어총을 해야겠냐고! 뭐라고 말 좀 해봐!"

오하라는 맞고 쓰러져서 바닥에 주저앉았다. 얼굴을 가리고 구보가 하는 대로 맡기고 있었다.

가지는 누군가가 말려주기를 기다렸지만, 고참병에게는 아첨을 잘하고 동료들에게는 툭하면 폭력을 쓰는 구보와 얽히는 것을 모두들 피하고 있는 듯했다.

"이제 그만하지, 구보."

가지는 어쩔 수 없이 나섰다.

"때린다고 원래대로 돌아오진 않아. 용서해줘."

구보는 몸을 홱 돌렸다. 그 기세를 봐선 가지가 나서기를 예상하고 있었던 것 같다.

"용서하지 않겠다면 어쩔 거야? 응?"

"그럼, 용서하지 마."

가지는 매정하게 말했다.

"누가 말리든 때려보라고."

"쓸데없이 끼어들지 마, 가지. 위험할 텐데? 네놈이 빨갱이라는 건 다 알고 있으니까."

"알고 있으니 어쩔 건데?"

"빨갱일 좋아하는 놈은 한 명도 없단 말이다."

구보는 모두의 동의를 구하듯 주위를 둘러보고 기분 나쁘게 웃었다.

"그걸 이놈은 모른다는군."

가지가 주위 사람들의 표정을 살피려고 하는 순간 구보가 철썩 따귀를 때렸다. 가지의 내부에서 무언가가 갑자기 날카로운 금속음을 내며 튀어나오는 것 같았다.

"알아, 네가 세다는 건. 자랑하고 싶으면 어디 다시 한 번 때려보든가."

가지는 한 걸음 앞으로 다가섰다. 분노로 몸이 떨렸다. 스무 살짜리 애송이 새끼가! 사회에서는 차 심부름이나 하던 점원 주제에! 가지는 발로 차서 쓰러뜨리고 싶었다. 턱을 올려 차기에 딱 좋은 거리였다. 구보는 한 방이면 기절할 것이다. 이런 놈이 1년쯤 후면 요시다나 시바타나 반나이 같은 놈이 되는 법이다. 한 방 날려주자.

"오와쿠, 구보 좀 말려주게."

그러나 가지는 겨우 분을 삭이며 말했다.

"구보, 오늘은 나한테 맡겨줘."

오와쿠는 총을 옆으로 들고 두 사람 사이에 떡 버티고 섰다. 소동이 하사관실에 알려지는 것을 두려워하며 그 자리에 있던 자들이 일제히 문 쪽으로 고개를 돌린 것과 거의 동시에 하시타니가 나타났다. 오와쿠에게서 사정을 전해들은 하시타니는 오하라에게 말했다.

"넌 정말 쓰레기 같은 놈이구나. 난 구식 벌은 주고 싶지 않지만 너 같은 놈에겐 그것이 가장 효과적이지 싶다. 그 자리에서 두 시간 동안 받들어총을 하고 있어라. 알겠나? 그리고 이렇게 말한다. 99식 소총님, 오하라 이등병의 부주의로 인해 당신의 공이를 망가뜨렸습니다. 앞으로는 해가 서쪽에서 뜨는 한이 있더라도 그런 잘못은 절대로 저지르지 않겠으니 부디 용서해주시기 바랍니다. 이 자리에서 깊이 고개 숙여 부탁드립니다. 알았나? 이 내무반에 들어오는 자가 있을 때마다 큰 소리로 말해라. 그게 끝나면 소가 반장에게 병기 손상 보고를 하고 와. 그리고 보고 결과를 내게 보고하고. 넌 내 얼굴에 똥칠밖에 할 줄 모르는 놈이다. 오늘 벌칙은 엄격하게 이행하도록. 다른 자들은 오하라를 감시해라. 알았나?"

그리고 나서 하시타니는 돌아서서 구보를 찾았다. 구보는 다노우에 뒤에 숨어 있었다.

"구보, 자신의 총 부품을 다른 사람이 잘못 알고 가져가게 하는 놈은 자기가 입고 있는 훈도시(褌(남성의 음부를 가리기 위한 폭이 좁고 긴 천 – 옮긴이))를 남에게 도둑맞는 것과 같다. 얼빠진 놈! 그래 가지고 현역으로 복무할 수 있겠나?"

하시타니의 눈이 구보에게서 움직인 것은 이제 가지 차례가 되었다는 의미였다.

"가지, 넌 내무반 내에 문제가 생길 때마다 꼭 끼어 있는데 좀 자중해! 너그럽게 봐주는 것도 한계가 있다."

누가 이런 골치 아픈 문제에 얽히고 싶겠는가. 문제가 가지를 결코 그냥 내버려두지 않을 뿐이다.

"……알겠습니다."

가지는 돌처럼 굳은 표정으로 대답했다.

29

오하라는 앵무새처럼 반복하고 있었다.

"99식 소총님, 오하라 이등병은……."

내무반 안의 분위기는 삭막했다. 벌받고 있는 것을 비웃는 자도 불쌍하다고 생각하는 자도 마음이 결코 편하지 않은 것은 마찬가지였다. 내일은 자신이 당할지도 모르기 때문이다.

피복 창고에서 사역할 병사를 데리러 온 요시다 상등병은 받들어총을 하고 있는 오하라의 팔이 마비되어 내려와 있는 것을 보고 다른 총을 그 두 팔 위에 가로로 올려놓았다.

"떨어뜨리지 않도록 팔꿈치를 좀 더 올려."

그러고 나서 큰 소리로 말했다.

"사역병 두 명 나와."

오와쿠가 용수철이 튀어오르듯 벌떡 일어났다. 구보는 오하라가 비지땀을 흘리면서 총 두 정을 받들고 있는 것을 기분 좋게 보고 있다가 오와쿠에게 재촉되어 느릿느릿 나갔다. 가지는 오하라의 고행을 보지 않으려고 북쪽 창을 향해 앉아서 〈작전요무령〉을 보고 있었다. 오늘 밤 주둔군 간의 경계를 복습하기 위해서였지만, 글자는 전혀 눈에 들어오지 않았다.

오하라를 위해서 무언가를 해줘야겠다는 생각도 떠오르지 않는다. 도와줄 용기도 솟아나지 않는다. 오하라는 바로 옆에서 손댈 수 없는 명령에 구속되어 서 있다. 결국엔 팔이 마비되어 총을 떨어뜨릴 것이다. 그러면 또 새로운 벌이 내릴 것이다.

오하라는 실수를 거듭하고 있다. 가정 사정 때문에 괴로워하는 마음은 이해가 되지만 지나치게 칠칠치 못한 것도 사실이다. 본인이 조금만 주의하면 동료들이 잘못을 감싸줄 수도 있다. 오하라는 결코 싸우려고 하지 않는다. 결코 앞을 향해 나아가려고 하지 않는다. 늘 과거에 얽매인다. 이래서는 아무리 전우라 해도 그를 도와줄 방도가 없지 않은가. 불쌍해도 저대로 놔둘 수밖에 없다. 가지는 오하라를 보지 않으려고 애썼다. 오하라는 벌써 팔을 부들부들 떨고 있었다.

현역인 가나스기가 조용히 가지의 침대로 왔다.

"가지, 얘기 좀 할 수 있을까?"

평소에는 좀처럼 없었던 일이라 가지는 살짝 미소를 지어 보였다. 가나스기는 오하라의 눈치를 살피며 목소리를 죽였다.

"내가 낮에 식기를 반납하러 갔을 때 들은 말인데, 기관총 중대의 초년병이 마구간에서 목을 매려고 했다는군."

가지는 미소를 거두고 가나스기의 젊은 얼굴을 가만히 응시했다.

"자면서 오줌을 싸는 버릇이 있는 놈이래. 스무 살이나 처먹고 말이야. 처음 들었어, 그런 놈이 있다는 말은. 다들 뭐라고 했겠지. 따돌림도 당했을 테고. 탈영하고 싶었을 거라고도 하더라고. 소등 후에 울타리 근처를 어슬렁거렸던 모양이야. 내무반 고참병에게 잡혀서 호되게 두들겨 맞았대. 그러고는 마구간에 가서."

가지는 손가락으로 말을 막았다. 오하라의 뒷모습이 가나스기의 말에 귀를 기울이고 있는 것처럼 보였다. 가나스기가 입을 다물자 오하라의 머리가 원래 자리로 돌아갔고, 어깨에서는 갑자기 힘이 빠져서 요시다가 올려놓은 총이 한쪽으로 미끄러져 떨어지려고 했다. 총이 바닥으로 떨어져 막 소리가 나려는 순간 다노우에가 재빨리 손을 뻗어 그것을 잡았다. 다노우에는 조심스럽게 오하라의 양팔에 총을 다시 올려놓았다. 오하라의 뺨이 경련하고 있었다. 다노우에는 오하라의 얼굴을 보지 않고 힘없이 자기 침대로 돌아갔다.

"……회보에는 실리지 않았던데."

가지가 혼잣말하듯 말했다.

"숨겼겠지. 중대의 수치니까."

"……그 얘기를 왜 나한테 하지?"

가지는 이번엔 가나스기를 똑바로 보고 말했다.

"특별한 이유는 없지만 그런 얘기는 너한테 가장 편하게 할 수 있을 것 같아서……."

"그게 왜냐고 묻는 거야."

"왜 그렇게 꼬치꼬치 캐물어?"

"……미안. 더 이상 묻지 않을게."

"……신중한 문제니까."

가나스기가 중얼거렸다.

"훌륭한 병사로 단련시킨다는 것과 도망치고 싶어질 정도로 닦달한다는 것은 같은 건가 봐. 아무래도 그것을 경험하지 않으면 안 되는 모양이야."

"……그런 식으로 철저하게 교육받고 있지, 우린."

시바타 병장이 들어왔다. 또 너냐는 식으로 오하라를 보았지만, 오하라는 이때 이미 눈을 감고 이를 악물고 몸은 흔들흔들 비틀거리고 있었다.

"그래, 오하라."

시바타가 말했다.

"그렇게 이를 악물고 쓰러질 때까지 버텨라. 쓰러지면 안 돼, 오하라."

시바타는 정리장 밑에서 반합을 들고 나갔다. 취사장에 가서 설탕이나 야식거리를 정원 외로 슬쩍해올 속셈인 모양이다.

"오하라는 쓰러질 거야."

가나스기가 속삭였다. 가지는 못 본 척했다. 마음이 복잡했다. 하사관실에 가서 부탁하고 올까? 방금 전에 관여하지 말라고 했을 텐데? 하시타니는 그렇게 소리칠지도 모른다. 잠자코 있을 수가 없습니다, 반장님. 공이가 파손된 것은 잘못 장착한 탓입니다. 잘못 장착한 것은 오하라의 근시안 때문입니다. 오하라의 근시안은 받들어총으로는 낫지 않습니다. 말이 많다! 사격 솜씨가 좀 좋다고 건방을 떠는 건가? 오하라는 쓰러질 겁니다, 반장님. 오하라, 이 바보 같은 놈. 왜 그렇게 버티고 있는 거야? 쓰러져. 빨리 쓰러지라고.

가나스기는 가지의 안색을 살피고 있었다. 가지는 갑자기 사나운 눈빛으로 마주 쳐다보았다.

"내가 어떻게 하길 바라는 거야?"

"그렇지는 않지만, 넌 늘 오하라를 도와주었으니까……."

가나스기가 또 작은 소리로 말했다.

가지는 침대에서 벌떡 일어났다.

"같이 갈 텐가?"

그러고는 가나스기에게 하사관실 쪽을 턱으로 가리키며 말했다. 가나스기는 주저하며 내무반 안을 둘러보았다. 모두들 각자 자기 일을 하고 있었지만 오하라가 이미 한계에 와 있다는 것은 누구나 의식하고 있는 듯했다.

가나스기는 가지가 하사관실 쪽으로 걷기 시작하자 서둘러 따라갔다.

"네가 올 줄 알았다."

하시타니가 말했다.

"그런데 왜 혼자가 아니지? 떼 지어 몰려와서 상관에게 불평하다니 괘씸하다."

"불평이 아닙니다, 반장님. 탄원입니다."

"군대에 탄원이라는 절차는 없다. 군대 생활이 무엇으로 유지되고 있다고 생각하나?"

"명령과 복종입니다."

"난 명령한 것이다. 오하라는 복종해야 된다. 내 명령의 옳고 그름은 내가 판단한다. 너희들이 참견하는 것은 용서하지 않겠다."

"……알겠습니다."

두 초년병은 구령에 맞춰 '뒤로 돌아'를 했다.

"오하라에게 세워총을 하라고 해."

하시타니가 말했다. 가지는 뒤로 돌아를 했다.

"세워총을 하고 부동자세입니까?"

"이리 오라고 해. 시말서를 받을 것이다."

하사관실에서 나오자 가지는 잠자코 오하라의 총을 내려놓았다. 오하라는 멍하니 서 있었다. 가나스기가 작은 소리로 말했다.

"이제 끝났어. 하사관실로 가 봐."

30

"난 어떻게 되든 상관없어. 이젠 다 지긋지긋해."

오하라는 흙이 묻은 얼굴을 무릎 사이에 묻고 말했다. 훈련 도중에 얻은 잠깐의 휴식시간이다. 습지대에서 훈련을 받은 탓에 다들 옷이 흙투성이였고, 얼굴에도 흙이 튀지 않은 사람이 없었다. 그 모습만 보면 5년은 전투만 해온 병사처럼 보인다.

"그런 하찮은 일로 자포자기하지 마."

가지는 군화 앞의 돌 밑에서 얼굴을 내밀고 있는 이름도 없는 작고 하얀 들꽃을 발견하고 잡아 꺾었다.

"하찮은 일일까?"

"그렇다고 봐."

가지는 중얼거리고 들꽃 냄새를 맡았다. 그러나 꽃 냄새는 나지 않고 쓸쓸한 흙냄새뿐이었다.

"아내가 나갔다고 널 버린 건 아니잖아."

오하라는 대답하지 않았다.

"사회에 있는 사람에겐 그들 나름의 생각이 있는 법이야. 거기서는 어쨌든 인간이 살아 있으니까. 여기 있는 사람의 마음 따위는 모른다고. 나가고 싶으면 나가는 거야. 나갈 수 있으니까."

말이 지나쳤는지도 모른다. 미치코가 외로워서 견딜 수 없다고 나갔어도 가지는 과연 그런 말을 할 수 있을까?

가지는 들꽃을 가만히 입에 댔다. 이번엔 기분 탓인지 꽃 냄새가 살짝 났다. 슬픈 냄새다.

"……넌 몰라. 행복하니까."

오하라가 소곤소곤 말했다.

"어머니는 어떡하고? 날 키우느라 평생을 바쳤는데. 그래, 어머니한테는 그것뿐이었어. 옛날 분이라 아내한테 못되게 군 것도 사실이야. 그렇다고 해서 노인네 혼자 찢어지게 가난하게 살며 힘들어 해야 될까?"

"그럼 아주머니를 그렇게 가르쳐놨어야지."

"그녀는 똑똑한 여자야. 내가 배웠을 정도지. 아무리 힘들어도 아이만은 책임지고 키우겠다는군. 언제 돌아올지 모르는 날 위해서 말이야. 아내는 그때를 기다리고 있는 거야. 봐요, 여보, 아이가 이렇게 컸어요, 하고 말할 때를 말이야. ……아내가 하고자 하는 말은 내가 너무나도 잘 알아."

"부모를 따르자니 임이 울고……."

가지는 들꽃을 모자 구멍에 꽂았다.

"둘 다 만족시켜주자니 몸이 안 따르고. 단념해. 오하라, 여기서 아무리 발버둥 쳐봤자 별 수 없어."

근처에서 사사의 말소리가 들렸다.

"언제 제대할 수 있을까?"

"제대? 넌 아직도 그런 꿈을 꾸고 있냐?"

시라토가 비웃었다.

"꿈만 꾸겠어? 빨리 제대하지 않으면 마누라가 곤란해지겠지."

다른 자가 웃었다.

"멍청한 놈! 빠구리 얘기가 아니야! 돈 벌 사람이 없으면 마누라와 아이들은 어떻게 되겠어……? 물론 빠구리도 그렇지만."

마지막에 덧붙인 말 때문에 심각한 표정으로 있던 다노우에까지 웃었다.

"……돌아갈 수 있으면야 좋지. 정말로……."

오하라가 진지하게 중얼거렸다.

"……돌아갈 수만 있다면……."

"돌아갈 수 없어."

가지는 자신의 덧없는 희망을 오하라의 그것과 나란히 놓고 다짐을 두듯 냉정하게 말했다.

"헛된 기대는 하지 않는 게 좋아. 관특련(관동군특별대연습. 1941년 독일과 소련의 전쟁이 시작되자 소련과의 전쟁에 대비하여 관동군을 70만 대군으로 증강시킨 것 - 옮긴이) 당시의 현역조차 아직도 남아 있어. 우린 전쟁이 끝날 때까지 여기서 못 나가."

맞은편에서는 사사가 말했다.

"동원 이야기는 어떻게 되어가고 있는 거야? 육군 기념일 때 반나이 상등병이 4년병은 5월 1일에 제대한다더니, 5월 1일이면 이제 얼마 안 남았잖아?"

"동원이 되겠어?"

시라토는 자신을 꾸짖듯 말투가 강했다.

"관동군에서 더 이상은 병력을 감축하지 않을 거야. 미국과 영국보다는 소련을 무슨 일이 있어도 제압해두어야 하거든. 무심코 병력을 감축했다간 만주는 온통 빨갱이 천지가 되어버려. 군부에서도 그 정도 생각은 있다고. 하긴 그렇게 되기를 바라는 놈도 있겠지만."

가지는 시라토의 시선이 자신에게 오는 것을 느끼고 쌀쌀맞게 웃었다. 빨갱이라고 불릴 만한 일은 하지 않았지만 그래도 빨갱이라고 부른다면 그것을 명예롭게 생각하마, 이 병신 새끼야!

가나스기가 가지 쪽을 보면서 시라토에게 물었다.

"소련이 참전하면 어떻게 될까?"

시라토는 대답하지 않았다.

"……끝장이지."

사사가 평소와 다르게 힘없는 목소리로 말했다.

"여자들은 어떤 생각을 하고 있을까?"

이쪽에선 오하라가 눈을 껌벅이며 가지를 보고 말했다. 오하라의 마음에는 지금 이 순간 전쟁이라는 큰 문제도 개입할 여지가 없는 듯했다.

"내가 있을 때는 내 월급으로 먹고살며 집 안을 잘 꾸려 나갔는데, 내가 없어지자 반년도 못 가 엉망이 됐어. 내가 방탕하게 살았다면 모르겠지만……."

"네가 촌평한 영화나 연극엔 그런 내용이 없었어?"

가지는 냉정하게 받아쳤다.

"있어도 남의 얘기니까 태연히 쓸 수 있었다는 건가? 난 참 이상해. 네가 직업적인 사고방식을 싹 잃었다는 게 말이야."

"여자란 건 말이지."

사사가 건너편 동료들 사이에서 참견했다. 확실히 사사에게는 전쟁에 대한 울적한 예상보다 여자 이야기가 성격에 맞는다.

"병 같은 거야. 마개가 닫혀 있는 동안에는 걱정할 게 없지만 마개가 빠져버리면 대책이 없어. 참지 못하는 거겠지. 다 퍼준다고. 어디 마개 대용품이 없나 하고 찾고 있단 말이야."

"사사의 부인도 그런가?"

이쪽에서 가지가 받아쳤다.

"그러게 말이야! 걱정돼서 죽겠어. 부적을 두드리며 사사 이등병 왈, 다시는 바람을 피우지 않을 테니 부디 병마개는 열어두지 마시오."

오하라를 빼고는 모두가 웃었다. 가지는 오하라의 얼굴이 어디에서 흠씬 두들겨 맞은 사람처럼 변해 있는 것을 깨달았다.

"그렇게 풀이 죽어 있어봤자 너한테 득 될 건 하나도 없어."

다른 사람들에게는 들리지 않도록 조용히 말했다.

"검열이 끝나면 휴가원을 내봐."

"허가해주지 않을 거야, 나 같은 놈한텐."

"그런 말은 일단 해보고 나서 해. 돌아가서 정리하고 와. 어머님도, 아내도, 다 너무 자기 생각만 하는 것 같아. 그러면 네가 힘들어 한다는 걸 알 텐데도 말이야. 넌 양쪽에서 잡아당겨서 찢어져버릴 거야."

이미 찢어져버린 오하라는 아무 말도 하지 않았다. 돈만 있으면 아내와 노모가 따로 살아도 된다. 적어도 지금 월급의 두 배만 된다면 말이다. 지방신문 연예란에 싸구려 촌평을 싣는 비평가의 쥐꼬리만 한 월급을 반으로 쪼개서 두 여자가 아귀다툼을 벌이고 있다. 게다가 돌아올 희망도 없는 사내를 기다리며.

늙은 어머니는 어떻게 될까? 굶주림에 지쳐 며느리에게 울며 매달리러 갈까? 그러면 며느리는 그럴 줄 알았다는 듯 시어머니를 구박하지는 않을까? 혹은 고집이 센 어머니가 생각다 못해 동네 유지나 재향군인회 분회장에게 호소하여 며느리에게 압력을 가해 월급의 절반마저 빼앗아버리지는 않을까? 그렇게 되면 아내와 아이는 어떻게 살까? ……오하라는 무슨 일이 있어도 돌아가야 한다고 생각했다. 하지만 저 야박한 히노 준위가 휴가원을 받아줄 것 같지 않다는 예감에 기분은 더욱 우울해졌다.

멀리서 교관과 검열 예행연습에 대해 논의하던 하시타니 중사가 병사들의 휴식 장소로 돌아와서 말했다.

"이제부터 소대 전투 훈련이다. 지쳐 나자빠진 놈은 아무도 없겠지?"

하시타니의 눈은 오하라에게 고정되었다.

"오하라, 내일부터 사흘 동안 실시할 검열만은 사나이의 의지로 버텨

라. 끝나고 나면 근무 쪽은 고려해주겠다. 알겠나?"

"네. 열심히 하겠습니다."

오하라는 몹시 불안정한 부동자세로 그렇게 대답했다. 가지는 오하라의 휴가 건에 대해 한마디 거들어주려고 생각하고 있었다. 오하라가 검열을 무사히 통과하면 휴가원도 받아들여질 것이다.

31

검열 이틀째, 소대 전투 장면에서 오와쿠와 가지 두 사람이 사열관의 시선을 사로잡았다. 사열관의 눈앞에서 훈련 동작을 하게 된 것은 1,000미터 전방부터 전진과 정지, 산개, 약진, 정지 등을 반복해온 우연한 결과다.

사열관이 특정한 병사를 주목하게 된 것도 우연일지 모른다. 처음에 사열관은 흙탕물 속으로 거침없이 엎드리면서 총을 감싼 한 병사의 동작이 마음에 들었다. 그 병사는 옆에 있는 병사가 사격을 시작하자 한 번 약진하더니 무서운 속도로 전진하기 시작했다. 거기서 사열관의 눈은 자연스럽게 엄호사격을 하고 있는 병사에게 향했다. 그런데 그의 사격자세가 흠 잡을 데 없이 정확한 것을 보고 사열관은 제방에서 내려가 그 병사에게 물었다.

"넌 뭘 쏘고 있는 거냐?"

그 병사가 가상 적의 최전선을 가리키며 대답했다.

"저기 경기관총 사수와 그 왼쪽에 지휘관으로 보이는 것을 사격하고 있습니다."

사열관은 허리를 굽히고 보았다.

"맞겠는가?"

"이 거리라면 맞습니다."

옆에서 하시타니 중사가 한쪽 무릎을 꿇고 말했다.

"이자는 저격수 요원입니다. 300미터 사정거리에서 실수하는 법이 없습니다."

사열관은 고개를 끄덕였다.

"훌륭한 사격자세다."

사열관이 수행하고 있는 구도 중대장에게 말했다.

"훈련이 잘되어 있군. 저쪽으로 간 저 병사도 약진 동작이 아주 좋다. 민첩하고 힘찬 움직임이었어."

사열관은 그 말만 하고 이동했다.

그것만으로도 큰 공훈이다. 중대장은 크게 체면을 세웠고, 하시타니는 회심의 미소가 번지는 것을 참지 못하고 병사들의 뒤를 쫓아 달렸다.

가지는 이것이 그렇게 큰 '명예'인 줄도 모르고 옆에 있는 병사와의 상호관계를 고려하면서 열심히 각개 약진을 하고 있었다. 사열관이 고풍스러운 턱수염을 기른 입으로 "맞겠는가?"라고 물었을 때만은 실탄으로 솜씨를 보여주고 싶었다.

어쨌든 이 일로 오와쿠와 가지 두 사람은 1선발 진급을 보장받은 셈이다. 만약 앞으로 특별한 사고를 일으키지만 않으면 말이다.

32

검열 마지막 날의 과목은 행군이었다. 완전군장을 하고 국경지대의 진지 이동 훈련이라는 의미에서 모포를 여섯 장 더 얹었다. 무게는 30킬로그램이 넘는다. 이것을 메고 약 50킬로미터의 강행군이다. 출발은 오전 6시. 오후 4시까지 귀대할 수 있는 대오隊伍는 행군 능력 '갑'이다. 오후 6시까지가 '을'. 낙오한 자는 쓰레기다. 조교, 조수와 위생병은 맨손에 대검만 찬 경군장으로 따라갔다.

구릉지를 향해 풀이 무성한 평지를 10킬로미터도 가지 못하고 오하라는 벌써 체력의 한계를 알리는 현기증을 느끼기 시작했다. 입이 마른다. 처음 느껴보는 갈증이다. 들이마시는 숨이 바싹 마른 목구멍에 들러붙어서 폐로 들어가지 않는 느낌이다. 사방에 가득한 공기가 턱없이 부족한 것 같다. 그래서 숨을 들이쉬기만 했다. 배낭의 어깨 끈이 엄청난 무게로 어깨부터 가슴을 조인다. 거의 절망에 가까운 가슴 근육의 저항으로 겨우 들이쉴 만큼 들이쉬었을 때는 이미 노폐물의 대사를 위해 내쉰 숨이 고생해서 들이쉰 숨을 단박에 밀어낸다. 찢어진 풀무처럼 비참한 호흡 소리다.

오하라뿐만이 아니었다. 흐린 날이었지만 길게 뻗은 연대의 모든 초년병 대열은 마치 뙤약볕에 뻗어버린 개처럼 헐떡이고 있었다. 걷지 않으면 안 되기 때문에 걷는다. 앞 사람이 걸으니까 걷는다. 그 외에는 아무 목적도 없다. 걸어라. 욕을 먹고 싶지 않으면 걸어라. 두들겨 맞고 싶지 않으면 걸어라. 낙오하지 마라. 낙오하면 끝이다. 검열에서 낙오하면 병영에 있는 한 평생 얼굴을 들지 못하고 살아야 한다. 그렇게 들었다. 그래서 걷는다. 몸은 배낭에 짓눌리고 마음만 앞으로 나가다 보니 턱이 나온다. 지쳤을 때를 '턱이 나온다'고 말한 것은 딱 맞는 표현이다.

　땀은 먼저 배낭을 멘 등에서부터 났다. 그리고 겨드랑이를 적셨다. 등에서 엉덩이로 이어지고, 엉덩이에서 허벅지로, 그리고 나서 정강이로. 각반에서 멈춘 땀은 그곳에서 배어나온다. 온몸이 물을 뒤집어쓴 것처럼 흠뻑 젖을 무렵에는 소금기와 기운이 다 빠져 나가서 병사들은 얼이 나간다.

　발이 아프다. 십분 신경을 써서 새 양말로 갈아 신고 왔지만, 그게 젖어서 주름이 잡힌다. 그러면 그 부분에 물집이 잡히기 시작한다. 그것이 점점 퍼진다. 완전군장의 무게가 그것을 더욱 넓게 퍼지게 한다. 물집과 물집이 합류한다. 발가락에 전부 물집이 잡힌다. 발꿈치의 굳은살조차 하나의 큰 물집이 된다. 물집이 잡히지 않은 곳은 발바닥의 장심뿐이다.

　뙤약볕의 개처럼 헐떡거리고, 수레를 끄는 말처럼 땀으로 범벅이 되어서 절뚝절뚝 걷는 관동군.

오하라는 비틀거리기 시작했다. 앞에 가는 병사와 부딪치자 그 병사도 비틀거리며 저주의 신음 소리를 낸다. 앞뒤 간격이 점점 벌어진다. 다리가 튼튼한 자가 쫓아와서 간격을 메운다.

먼저 가. 제발 먼저 가라고. 난 천천히 갈게. 갈 수 있는 데까지는 갈게. 조금만 더. 저 능선까지 갈 수 있을까? 갈 수 없으면 쓰러질 때까지야. 쓰러진 놈을 때리지는 않겠지. 어차피 난 병사쓰레기니까. 인간쓰레기일지도 몰라. 도미에, 왜 날 격려해주지 않지? 안 그래도 힘든데 왜 날 더 힘들게 하지? 넌 내가 이렇게 나약한 놈이란 걸 알고 있었던 거야? 알면서도 날 힘들게 한 거야? 모르고 날 더 강하다고 생각했나? 봐라, 이 꼴을. 난 지금 죽어가고 있어.

다노우에는 안짱걸음으로 걷고 있었다. 둔해 보이지만 단단하다. 군장 무게도 잘 견디고 있다. 체념한 표정은 허무에 가까웠다. 개척지에서는 벌써 파종이 시작되었으리라. 다노우에의 초조함은 이제 아무 소용이 없다. 태양과 아내와 역축役畜(농사를 짓거나 수레에 짐을 실어나르는 사역에 이용하는 소, 말, 당나귀 따위의 가축을 통틀어 이르는 말-옮긴이)에 맡길 뿐이다. 그리고 꿈꿀 뿐이다. 가을이 되어 마스코가 그 품에 안을 잘 익은 볏단을.

시라토는 전형적으로 턱을 내밀고 있었다. 만화가라면 단 한 컷으로 그 행군의 어려움을 표현할 수 있을 것이다. 그러나 시라토는 아직도 비교판단력을 잃지 않았다. 저 자식이 뻗으면 나도 뻗어도 되겠지. 저 자식이란 가지였다.

가지는 삶은 문어처럼 빨개져서 짧고 빠르게 숨을 쉬고 있었다. 언뜻 가쁘게 숨을 몰아쉬고 있는 것처럼 보이지만 규칙적이었다. 아마도 그의 몸에 익은 호흡법인 모양이다. 그 증거로 다리는 아직 순조롭게 움직이면서 그의 몸과 군장을 옮기고 있었다.

시라토는 앞에서 가고 있는 가지의 다리를 보고 있었지만 언제부턴가 가지와 비교하는 것을 그만두었다. 다음은 가나스기다. 젊지만 시라토보다 마른 몸집이다. 시라토는 10년의 나이 차이를 그 체격 차이로 상쇄하고 생각했다. 이 자식이 뻗으면 나도 뻗어도 되겠지.

구보는 투덜대고 있었다. 듣고 있어도 무슨 말을 하는지 알 수 없는 것은 불평이 앞서고 마른 혀가 그 불평을 제대로 말로 내보내지 못하기 때문이다. 그만 좀 걷게 해. 작작 좀 하라고. 전쟁은 할 수 있잖아. 그러니까 걷지 못하면 어때. 다리로 전쟁을 하는 건 아니잖아.

"누가 오하라의 군장을 들어줘라."

대열 밖에서 경군장을 한 시바타 병장이 말했다. 오하라는 어느새 대열을 벗어나 한 걸음 옮길 때마다 비틀거리고 있었다.

"한 명도 낙오하지 않고 최소한 '을'에 들지 못하면 3내무반의 면목이 전혀 서지 않는다."

모두 말없이 걷고 있었다. 가지는 같은 오(伍)의 반대쪽 끝에 있는 오와쿠를 보았다. 모른 척 걷고 있다. 전혀 듣지 못한 것처럼 보였다. 나도 듣지 못한 것이라고 가지는 생각하고 싶었다. 이미 체력의 한계 상황이었다. 이기주의도 용서받을 수 있지 않을까? 쓰러지는 놈은 쓰러지는 것이다. 귀찮게 하지 말고 빨리 쓰러져버려라. 도와줄 수 있는 것은 조금이라도 여유가 있을 때뿐이다. 그래요, 라오후링의 가지 선생, 당신의 휴머니즘이란 게 고작 그 정도였구려.

"다들 전우가 죽게 내버려둘 건가?"

뒤에서 시바타의 날카로운 목소리가 들렸다. 가지는 그 다음에는 이렇게 말할 것이라고 예상했다.

"가지! 넌 오하라의 전우지?"

그러나 시바타는 더욱 날카로운 목소리로 이렇게 말했다.

"좋다. 오하라의 군장은 내가 메겠다. 내가 메도 괜찮겠지? 그러고도 과연 뻔뻔한 얼굴로 내무반에 돌아갈 수 있을지 두고 보겠다."

여전히 모른 척 고개를 숙이고 걷고 있는 오와쿠를 흘겨보면서 가지는 대오를 벗어나 오하라가 오고 있는 곳까지 되돌아갔다.

"병장님, 제가 갖고 가겠습니다."

"그래. 이것이 전우의 우정이다. 갖고 가라. 그래도 이 자식이 낙오하면 군장도 놔두고 너 혼자 가. 나중에 운반차가 올 거다. 알았나?"

시바타는 가벼운 걸음으로 앞으로 갔다. 가지는 오하라의 총을 들고 배낭을 벗겼다.

"모포, 괭이, 야전삽, 군화, 천막을 내 배낭에 매. 잡낭과 방독면도 나한테 줘. 탄약은 잡낭에 넣고. 나머진 갖고 갈 수 있겠지?"

미안해하는 오하라의 얼굴은 잿빛 물감을 칠한 것처럼 젖어 있었다. 옆에서 병사들이 줄줄이 지나갔다.

"……미안해, 가지. 용서해줘, 응?"

오하라는 비굴하게 눈을 치떴다.

"빨리 해."

가지는 무뚝뚝하게 말했다. 서로 돕고 사는 것이라고는 빈말로라도 할 수 없었다. 오하라 때문에 피해를 본 적이 한두 번이 아니었다. 마음속에서는 소릴 치고 있었다. 내가 이러는 것은 전우애 같은 아름다운 것이 아니라고. 시바타가 귀찮기 때문이다. 내무반에 돌아가면 고참병 놈들이 지랄하는 것을 참을 수 없기 때문이다. 그보다는 차라리 무거운 짐을 지는 쪽이 낫다. 난 돌아가서 편안하게 자고 싶을 뿐이다. 약간의 뿌듯함을 안고 말이다. 쓸데없는 자존심 때문이다. 빨리 안 할래?

4중대는 먼지가 자욱한 초원을 벌써 저만큼 가고 있었다. 두 사람은 겨우 다른 중대와 나란히 걷기 시작했다. 잠깐 쉬는 바람에 도리어 발에 잡힌 물집이 심하게 아팠다.

오하라는 다리를 절룩거리면서 100보도 가기 전에 벌써 숨을 헐떡였다. 군장은 엄청나게 가벼워졌지만, 이미 바닥을 드러낸 체력에는 그까짓 감량 정도로는 거의 아무 도움도 되지 못한 모양이다. 가지는 휘청거리는 오하라를 곁눈질로 보았다. 두 사람의 총 때문에 양손이 부자유스럽지만 않다면 오하라를 끌고 가고 싶을 정도로 화가 났다. 가지에게는 새로 지게 된 부담이 갑자기 두 배로 무겁게 느껴지는 것이었다. 지금까지는 몸무게와 장비의 무게를 감당하며 규칙적으로 움직이던 다리가 한 걸음을 옮길 때마다 늪에서 빼내듯 무거워졌다. 단단하게 붙들어 매지 못한 오하라의 장비들이 배낭 위에서 춤을 춘다. 그렇지 않아도 뒤에서 잡아당기는 것 같은데, 이제는 아예 뒤로 넘어갈 것 같다. 가슴은 기름틀로 조이는 것처럼 점점 더 답답해졌다. 앞으로 갈 일이 걱정되었다. 이제 겨우 반쯤 지났을 뿐이다.

"좀 쉽게 해줘."

오하라가 힘없는 소리로 애원했다. 옆에 있는 다른 중대원들도 비틀비틀 걷고 있었지만, 그래도 가지와 오하라를 뒤에 남기고 연달아 앞질러 갔다. 오하라는 그것을 보고도 이제는 아무 느낌도 없는 모양이다.

"다른 중대에선 아직 낙오자가 나오지 않았어."

가지는 오하라를 증오의 눈빛으로 보았다.

"생각해봐. 네 군장은 10킬로그램은 가벼워졌을 거야. 그렇다면 난 40킬로그램이고, 넌 20킬로그램밖에 안 된다는 말이야. 걷지 못하겠다는 게 말이 돼?"

오하라는 야단맞은 개처럼 비굴한 표정으로 걸었다. 이대로 가다간 정시 귀대는 장담할 수 없다. 가지는 오하라 때문에 낙오자가 되는 자신을 상상했다. 지금까지 한시도 긴장을 놓지 못하고 해온 일들이 다 물거품이 된다. 참을 수 없는 일이었다. 단지 오늘 하루 때문에 패잔병이 된다. 훗날 어떤 의미 있는 저항을 시도할 능력이 자신의 내부에 잠재되어 있다고 해도 오늘 하루의 실패로 그 가능성을 빼앗겨버릴 것이다. 생각만으로도 절망적인 기분이었다.

어떻게든 오하라를 걷게 해서 정시 귀대를 해야 한다.

"아무것도 생각하지 말고 걸어."

오하라의 뒤로 돌아가서 말했다.

"뒤에 있는 날 고참병이라고 생각해. 멈추기라도 하면 걷어찰 거야. 오늘 하루만이다. 여기서 낙오하면 오늘까지 뭣 때문에 고생했는지 모르게 돼. 너뿐만이 아니야. 나도야. 넌 네 자신에게 지고 있는 거야. 무기력한 놈! 다른 놈은 할 수 있는데 넌 왜 못해?"

오하라는 말없이 다리를 끌며 걸었다. 무슨 말을 들어도 상관없었다. 아무리 심한 욕을 해도 좋으니까 이 고통스러운 한 걸음만이라도 쉬게 해주길 바랐다. 허영도 부끄러움도 없다. 힘내라고 하는데 뭘 위해 힘을 내란 말인가. 낙오하지 않고 완주했다고 해서 그것이 자신에게 얼마나 도움이 되겠는가. 완주해봤자 그게 그거다. 나약한 병사로 낙인찍힌 자신의 이미지가 이것으로 상쇄될 리 없다. 내일부터 다시 말단 병사 중에서도 가장 못난 오하라 이등병의 수난은 계속될 것이다. 그렇다면 지금의 이 고통에는 아무 의미가 없다. 그저 고통일 뿐이다. 몸만 더 상하게 하는 것일지도 모른다. 낙오해버릴까? 그 편이 가지에게도 좋지 않을까?

"걸어!"

가지가 은밀한 목소리로 말했다. 뒤처지는 오하라를 독려할 생각으로 뒤로 돌아갔는데, 오하라의 비틀거리는 걸음에 방해를 받아 가지의 걸음까지 둔해져서 가지 자신이 낙오병처럼 기력을 잃고 말았다.

"먼저 가."

오하라의 나약한 목소리는 이제 모든 걸 체념한 듯했다.

"……나 때문에 너까지 낙오하면 미안하잖아."

"잔말 말고 걸으라니까!"

가지는 정말로 걷어찰 것처럼 험악하게 말했다.

"넌 걸어봐야 무슨 의미가 있겠냐고 생각할 거야. 확실히 아무 의미도 없어. 모든 것이 무의미해. 하지만 생각해봐, 오하라. 그걸 타개하기 위해선 끝까지 해내는 수밖에 없어."

잔뜩 찌푸린 하늘의 구름 사이로 한낮의 해가 얼굴을 내밀고 한 명의 예외도 없이 땀과 먼지로 더러워져 있는 병사들의 얼굴을 뚜렷이 비춰냈다.

두 사람은 마지막 중대와 나란히 자작나무가 드문드문 서 있는 구릉의 중턱을 걷고 있었다.

"이제 곧 휴식 시간이야. 부지런히 걷지 않으면 밥 먹을 시간도 없어."

오하라는 이제 가지의 목소리만 들릴 뿐 말은 거의 들리지 않았다.

이쯤 되자 각 중대에서 낙오자가 하나둘 나오기 시작했다. 뱀처럼 긴 대열에서 이탈하는 모습이 띄엄띄엄 보였다.

잠깐 동안은 그 낙오자들의 모습이 오하라의 마음을 달래주어서 마지막 힘을 다해 걸을 수 있게 한 모양이다. 오하라는 가지의 재촉을 받으며 낙오자 몇 명을 추월했다. 하지만 곧 낙오병 하나가 풀숲에 군장을 내던지고 쓰러져 있는 것을 보고 나서 3분도 채 안 되어 오하라의 다리는 전혀 말을 듣지 않게 되었다. 졸도한 것처럼 보일 정도로 오하라는 갑자기 풀 속에 몸을 던졌다.

"이젠 틀렸어."

하늘을 향해 입을 두세 번 크게 뻐끔거리고 나서 잠긴 목소리로 말했다.

"날 버리고 가. 더 이상 못 걷겠어. 부탁이니까, 이제 걸으라고 하지 마."

가지는 총을 땅바닥에 놓고 오하라의 몸을 잡아 일으키려고 했다. 그러나 척추가 없는 사람처럼 오하라의 몸은 힘겹게 잡아 일으키자 곧 반대쪽으로 쓰러졌다.

"……부탁이야. 자비를 베풀어줘. 더는 날 괴롭히지 마."

한쪽 무릎을 꿇은 가지는 오하라의 멱살을 잡고 일으켰다.

"넌 지금까지 날 이렇게 골탕 먹여놓고 다 쓸데없는 일로 만들어버릴 생각이야? 돌아가서 고참병들에게 무슨 꼴을 당할지 생각해보란 말이야, 이 멍청한 놈아. 그래도 어쩌다 한 번씩은 기개가 있는 모습을 보여봐!"

오하라는 고개를 가로저었다. 가지가 또 말했다.

"참고 걸어봐, 응? 오하라, 중대를 따라잡으면 네 군장을 전부 나눠서 지게 할 테니까 한 번만 더 힘을 내보라고."

오하라는 계속 고개를 저었다. 소리도 내지 않고 입만 보일 듯 말 듯 움직이고 있는 것은 거부와 애원인 듯했다. 안경 너머에서 작은 눈동자가 흐리멍덩하게 하늘을 보고 있었다.

"맘대로 해!"

가지가 버럭 소리를 질렀다.

"너 같은 놈은 동정할 가치도 없어. 걸을 수 없어도 걸으려는 성의라도 보여야 될 거 아니야! 그래, 낙오해!"

그렇게 말한 순간 가지는 다른 사람이 되어 있었다. 이제 살았다! 이제 난 편안해졌다! 악마의 희열이다. 가지는 피로도 잊고 재빨리 군장을 벗었다. 배낭에 맨 오하라의 장비를 풀었다. 오하라는 눈을 감고 절망적인 안식에 잠겨 있었다. 누가 뭐래도 움직이지 않을 것이다. 폭우가 쏟아져도, 들판이 불길에 휩싸여도 움직이지 않을 것이다. 손과 발이 모두 움직이는 기능을 잃은 것처럼 풀숲에 널브러져 있었다.

"간다, 난."

가지는 장비를 다 정리하고 일어섰다. 죽은 사람처럼 누워 있는 오하라를 내려다보며 다시 말했다.

"난 갈 거야, 오하라."

오하라는 작게 두세 번 고개를 끄덕였다.

가지는 어깨에 총을 메고 걷기 시작했다. 발이 구름을 밟는 것처럼 의지할 데가 없었다. 멈춰 서서 돌아보았다. 오하라는 가지가 버린 것이 아니다. 오하라는 스스로 자신을 버린 것이다. 그렇게 생각하려고 했다. 나는 할 수 있는 데까지 했어. 그를 위해 한계 체력 이상으로 애썼어.

'날 원망하고 싶다면 원망해도 좋아.'

마음속으로 땅바닥에 누워 있는 오하라에게 말했다.

'넌 도중에 승부를 포기한 거야. 난 포기하지 않을 거야. 절대로 포기

하지 않을 거야.'

가지는 다시 걷기 시작했다.

해는 아직 중천에 떠서 구릉 일대에 먼지투성이인 탁한 빛을 던지며 불쌍한 사내들의 고행을 비웃고 있다. 이것이 집으로 돌아가는 길이라면 남자들은 각자의 꿈을, 그것이 여자이건 사랑하는 아이이건, 그 손짓과 그 목소리를 멀리서 알아보고 끝까지 완주할 것이다. 오하라도 낙오는 하지 않았을지도 모른다.

병사들의 발에 짓밟혀 색이 변한 비탈의 풀밭을 중대는 1킬로미터 이상 앞서가고 있었다. 오하라조차 버린 지금 가지는 무슨 일이 있어도 중대만은 따라잡아야 한다. 헛된 목적을 향해 스스로를 채찍질하며 가야만 한다.

33

3내무반의 초년병 스무 명 중에서 행군 능력 '갑'은 일곱 명, '을'이 아홉 명, 낙오는 네 명이었다. 낙오병 네 명 중 세 명은 군장을 운반차에 맡기고 걸어서 귀대했다. 오하라만 운반차를 타고 돌아왔다.

'갑'이 귀대하자 그날만은 고참병이 초년병의 교육 종료를 축하하는 의미에서 깨끗한 물을 떠다 발을 씻겨주고, 장비 손질과 정리를 해주었다. 일석점호 때까지 침대에 누워서 쉬는 것도 허용되었다. 허용되었다고는 해도 이것은 부대 규칙이 그렇기 때문이 아니라 고참병이 아량을 베풀어 그렇게 해주는 관례일 뿐이다.

'을'에게는 대접이 좀 다르다. 보통 수준으로 했으니 돌아와도 보통으로 해주겠다는 정도다.

문제는 낙오자다. 해가 지고 낙오자가 비틀거리면서 돌아오면 고참병이 내무반 출입구에서 기다리고 있다가 '정신 차리는 약'이라며 머리에서부터 물을 끼얹는다. 물도 고참병이 낮에 식기를 씻거나 '갑'조가 발을 씻은 구정물이다. 물바다가 된 복도는 물에 빠진 생쥐 꼴이 된 낙오병들이 뒷정리를 한다. 그리고 그들은 그제야 겨우 깨닫는다. 휴식할 수 있는 곳으로 돌아온 것이 아니라 지옥의 문턱을 넘어섰다는 것을.

"수고하셨습니다, 초년병님."

"일찍 도착하셨네요, 초년병님."

"기다리고 있었다, 이 수치스런 놈아!"

그러고 나서 무시무시한 환영식이 시작된다.

3내무반의 낙오자 네 명은 내무반에 발을 들여놓는 순간 고참병들에게 돌아가면서 따귀를 맞아야 했다. 고참병들은 미리 약속했던 것도 아닌데 손발이 척척 들어맞았다. 출입구에 가까운 고참병이 한 방 날리자 따귀를 맞은 낙오병은 다음 고참병이 있는 곳까지 밀려간다. 거기서 방향이 바뀌게끔 따귀를 맞고 또 다음 사람에게 보내진다. 피해자의 주정뱅이 같은 갈지자걸음이 따귀를 한 대씩 맞을 때마다 탄력을 받아 저절로 가해자의 행동반경 안으로 뛰어드는 모양새다.

따귀 릴레이가 한 바퀴 돌면 잠깐 휴식이다. 군장 해제가 끝날 무렵에는 고참병들이 벌써 다음 방법을 생각해낸다.

"어이, 기무라, 넌 자전거로 사단 사령부까지 전령이다."

중등교원 출신의 기무라라는 사내는 식탁과 식탁 사이에 매달려서 허공에 대고 페달을 밟는다. "거긴 언덕이다. 좀 더 힘껏 밟아! 저기 직속상관이 온다. 경례. 경례 안 하나!" 기무라는 다리를 내리고 직속상관에게 경례를 한 다음 관등성명을 대고 가는 곳과 목적을 보고한다. "목적이 뭐냐?" "낙오 보고입니다." "바보 같은 놈! 사단장 각하가 기다리고 계신다. 빨리 가!" 기무라는 다시 비지땀을 흘리면서 허공에서 페달을 밟는다.

"모리 넌 골짜기를 지나가는 꾀꼬리다."

하급 관리 출신인 모리는 침대 밑을 기어가서 다음 침대를 위로 넘어가고 다시 침대 밑을 기어간다. 침대 위로 얼굴이 올라올 때마다 운다. "꾀꼴!"

사사 이등병, 40대의 낙천가, 음담패설로 고참병들을 즐겁게 해준 초년병. 아내의 음모가 자신을 지켜주고 있다고 믿는 그도 4분의 3지점까지 행군하다 낙오했다. 그가 비교적 가벼운 체벌을 받은 것은 역시 부적 덕분이라고 그는 생각할지도 모른다. 주름진 얼굴의 40대 사내는 페치카에 달라붙어서 나무에 매달린 매미 흉내를 내며 "맴, 맴." 울었다. 늙은 매미다. 목소리가 갈라져서 애처롭다.

그때까지 잠자코 웃기만 하던 요시다 상등병은 마지막 낙오자인 오하라만은 자기만의 방식으로 제재할 생각이었다. 그러나 아무리 생각해도 딱히 기발한 묘안이 떠오르지 않아서 그는 자신이 초년병 때 당했던 대로 오하라에게도 해주겠다고 생각했다. 요시다는 초년병 시절에 내무 검사를 받다 대답을 잘못해서 그 짓을 당했던 것이다.

오하라는 요시다의 명령으로 총걸이 옆에 섰다.

"행군에 낙오하고 차를 타고 귀대한 놈은 사내가 아니다. 네 사타구니엔 불알이 달려 있는 대신 구멍이 뚫려 있을 것이다. 그렇다면 그것도 쓸 데가 있을 터. 총 위로 얼굴을 내밀어라. 그리고 손님을 부른다. 손님을 부르는 방법은 가르쳐줄 테니까 그대로 따라 해라. 저기요, 오라버니 놀다 가세요. 이봐요, 거기 계신 오라버니 어서 올라타세요……."

고참병들이 떠나가라 웃었다.

"옳지 그래! 오하라, 가랑일 벌리고 어서 꼬셔봐."

오하라의 얼굴은 납빛처럼 창백해졌다. 폭행을 당할 것을 각오하고 있었지만, 이런 수치를 당할 줄은 생각지도 못했다.

"어서 시작해!"

요시다가 명령했다. 누가 오하라의 첫 손님이 될지도 흥밋거리였다.

오하라는 마치 색싯집의 창살문 같은 총걸이 위로 그 야윈 얼굴을 내밀었다. .

"……저기요, 오라버니 놀다 가세요."

오하라는 가냘프게 떨리는 목소리로 말했다.

"안 들린다!"

"색기가 부족하다!"

"……이봐요, 거기 계신 오라버니……."

"좋아, 그거야!"

"손짓은 안 하나? 손짓!"

오하라 이등병, 행군의 고통을 견디지 못했던 허약한 사내가 이 굴욕은 견뎌내려고 한다. 가슴속에선 분노와 비애가 들끓었지만 너무 늦었다. 체념하고 하라는 대로 할 수밖에 없었다. 치욕을 당해도 창피해서 얼굴을 마주 볼 수 없는 상대가 여기에는 없다고 생각하면 그만이다. 설령 바보같이 창녀 흉내를 낸다 해도 행군으로 죽을 것 같은 고통을 맛보는 것보다는 견디기 쉬웠다. 얼굴이 퉁퉁 부을 정도로 맞는 것에 비하면 참을 만했다. 오하라는 자기도 모르는 사이에 비굴해져 있었다. 육체적인 고통보다도 치욕을 택한다. 폭력의 공포 앞에서는 아무리 추악한 짓이라도 할 수 있었다.

"……이봐요, 거기 계신 오라버니 어서 올라타세요……."

"널 사는 놈이 올 때까지 계속 그러고 있어."

처음엔 득의양양하던 요시다의 표정이 점점 험악해졌다. 변화가 일어나지 않으면 모처럼 생각해낸 묘안도 흥미가 없어지게 된다.

"누구, 이년 살 놈 없나?"

"내가 둥안東安에서 샀던 계집은 지지리도 못생겼지만 그래도 이년보단 나았어."

한 고참병이 웃었다.

"그년하곤 도저히 못 하겠는걸."

내무반 안의 그 누구한테도 초점을 맞추고 있지 않던 오하라의 두터운 안경이 침대에서 갑자기 상반신을 일으키고 자신을 보고 있는 가지에게 고정되었다. 가지는 냉혹하다 싶을 정도로 굳은 표정이었다. 너한테 딱 어울리는 역할이다. 가지는 틀림없이 그렇게 생각하고 있을 것이다. 오하라는 황급히 시선을 돌렸다. 요시다가 여전히 감시의 눈을 번뜩이고 있었기 때문에 손님을 부르는 손짓을 멈추지 않으면서 마음속으로 가지에게 말했다. 넌 나를 버렸기 때문에 '갑'에 들어갈 수 있었어. 난 이걸로 됐어. 어쩔 수 없잖아. 그러면 가지는 이렇게 말할 것이다. 비굴한 종놈근성이다! 왜 그만두지 못하는 거야? 두들겨 맞더라도 왜 그만두려고 하지 않느냐고!

"손님 오셨다!"

누군가가 소리쳤다. 문이 열리고 반나이 상등병이 들어왔다. 요시다는 기분 좋다는 듯 웃었다. 그의 연출도 마침내 화룡점정의 단계에 온 것 같다.

"안 하나?"

요시다가 소리쳤다. 반나이는 아직 무슨 영문인지 모르고 내무반 안을 둘러보았다. 총걸이 위에서 기묘한 소리가 났다.

"저기요, 오라버니 놀다 가세요."

내무반 안이 웃음소리로 뒤흔들렸다. 반나이는 오하라를 올려다보며 씩 웃었다. 오하라는 '반나이 상등병'이라는 선입관에서 오는 공포를 비참하고 추한 미소로 나타냈다.

"그럼, 놀다 갈까?"

반나이가 말했다.

"오랜만에 떡이나 쳐봐? 요시다 상등병, 이년을 내가 사도 될까?"

"번번이 감사합니다."

요시다 포주가 그렇게 대답하는 것과 거의 동시에 반나이는 침대로 뛰어올랐다.

"에라 이 걸레 같은 년아! 이거나 먹어라!"

큰 주먹, 오하라의 주먹보다 두 배는 커 보이는 주먹이 단 한 방에 오하라를 때려눕혔다. 안경이 날아갔다. 오하라는 당황해서 바닥을 기어 다니며 안경을 찾았다. 그 손을 요시다의 실내화가 짓밟았다.

"보병은 말이다, 오하라, 잘 들어라."

요시다가 말했다.

"계집년처럼 차를 타고 부대로 복귀해서는 안 된다. 걸어서 복귀하는 것이다, 걸어서! 우리가 초년병일 때는 검열이 끝난 것을 축하하는 자리가 이렇진 않았다. 고마운 줄 알아!"

요시다는 발을 바꾸어 오하라의 머리를 한 번 짓밟았다.

"누가 시바타 병장 좀 불러와. 이놈도 시바타의 병사이니까 나중에 군말이 나오지 않도록 내 축하선물을 확인시켜주겠다."

웃고 있던 고참병들도 일시에 잠잠해졌다. 요시다가 어디까지 폭력에 취해 날뛸지 모르기 때문이다. 그러나 아무도 말리려고는 하지 않았다. 그들의 몸속에서 갈 곳을 잃고 들끓고 있는 혈기가 폭력을 조금 색다른 형태의 오락거리로 받아들이고 있는 것이다. 혹은 딱히 진기할 것도 없는 습관으로서……

가지는 요시다의 악취미가 시작되었을 때부터 마음의 평정을 잃고 있었다. 앞으로 나서서 그만하라고 부탁해볼까 하고 생각한 순간도 있었다. 그러나 그랬다면 분명 요시다는 기다렸다는 듯이 가지도 오하라 옆에 나란히 세워놓고 색싯집을 개업했을 것이다. 혹은 갑자기 생각을 바꿔서 가장 극단적인 폭력을 네 명의 낙오자는 물론 가지에게도 휘둘렀을지 모른다.

가지는 또 고참병 중 하나가 요시다를 에둘러 말려주기를 부질없이 바라기도 했다. 그러나 그 고참병들은 웃고 있을 뿐이었다. 눈을 야비하게 반짝이며 킬킬킬 자지러지게 웃고 있었다.

그 웃음소리를 들으며 하시타니나 다른 반장이 오기를 바라는 마음이 생겼다. 그러나 하사관은 아무도 오지 않았다. 비참한 낙오자들이 기합을 받고 있다는 것을 알고 일부러 오지 않는 것인지도 모른다. 그렇다면 부르러 갈까? 아니, 그랬다면 하사관실에 도착하기도 전에 "어디 가?" 하고 붙잡혀서 고참병들의 주먹 세례를 받을 것이다.

가지는 점점 초조해졌다. 그가 오하라를 버리지만 않았다면 오하라는 창녀로 전락하지는 않았을 것이다. 튕겨져 나간 안경을 찾아 바닥을 기어 다니는 치욕도 당하지 않았으리라. 요시다는 그 손을 짓밟았다. 머리를 짓밟고 비웃었다.

이제 그만 좀 해! 그렇게 소리치는 대신 가지는 모포를 밀어젖혔다. 바닥에 내려선 발밑에 책이 날아왔다. 비번이라 자리에 누워 있던 신조가 던진 것이다. 가지가 빌려준 형법 책이다. 시선이 마주쳤다. 나서지 마! 하고 신조의 눈이 말하고 있었다. 지금 나서면 끝이야. 넌 몰매를 맞고 끝장날 거라고.

"돌려줄게."

신조는 그 한마디만 하고 다시 누워버렸다.

가지는 책을 주워들었다. 침대에 앉은 것도 무의식적인 행동이었다. 순간의 기세가 꺾이자 군대의 인습은 반석의 무게와도 같았다.

오하라는 한쪽 유리알이 깨진 안경을 들고 바보처럼 서 있었다. 반나이의 무시무시한 폭력은 거의 느끼지 못했다. 별안간 캄캄한 허무가 앞을 가로막는 것 같았다. 어느 순간이었는지는 분명치 않다. 오하라는 자신이 주위의 모든 것들로부터 단절되어 있다는 것을 느꼈다. 그 느낌만은 분명했다.

요시다와 반나이는 방금 전의 폭행을 잊은 듯 침대에 나란히 앉아서 농담을 주고받고 있었지만, 완전히 잊은 것은 아니라는 증거로 이따금 오하라 쪽을 칩떠보았다.

오하라는 가해자들에게 등을 돌린 채 침대에 앉아서 깨진 안경을 살펴보고 있었다. 그렇게 하면 깨진 유리알이 다시 원래대로 돌아오기라도 할 것처럼 보이지 않는 눈을 바싹 들이대고 유리알을 세웠다가 눕혔다가 하면서 살펴보고 있다.

가지는 침울한 눈빛으로 그 모습을 바라보고 있었다. 속에서는 툭하면 불꽃이 튀는 듯한 열기가 솟아올랐다가 바로 사라졌다. 오하라에게 무슨 말이든 해주고 싶었다. 그렇지 못하고 망설이고 있는 것은 그도 무슨 말을 해주어야 할지 확실하지 않기 때문일지도 모른다.

34

그날 밤은 운이 나쁘게도 2번 불침번부터 3내무반에서 서게 되었다. 2번이 오와쿠와 가나스기, 3번이 가지와 다노우에, 4번에 시라토와 오하라가 배정되었다.

불침번이 행군을 하고 와서 지칠 대로 지친 초년병들에게 배정된 것은 고의가 아니라 근무표를 작성할 때 검열 일정을 고려하지 않은 주번 하사관의 무신경 때문이었다. 중대장이나 교관은 당연히 그런 고려가 되어 있으리라고 생각했는지 특별한 주의는 주지 않았다.

소등 전에 가지는 오하라에게 불침번 변경을 신청하라고 권했지만 오하라는 아무 말 없이 고개만 저을 뿐이었다. 그렇게 한마디도 하지 않는 오하라의 태도에 가지는 약간 기분이 상했다. 행군 도중에 오하라를 버리고 왔으니 고맙다는 말을 들을 이유야 당연히 없었지만, 그렇다고 원망을 들을 까닭도 없다. 그렇게 생각한다. 그럼에도 오하라가 원망하고 있는 것처럼 느껴지는 것이다.

"나한테 화풀이할 건 없잖아, 오하라."

가지는 그렇게 말했다.

"네가 계산을 잘못한 거야. 하라는 대로만 하면 될 줄 알았겠지. 그런데 그게 그렇게 되지 않았을 뿐이야. 그렇다고 불침번을 서겠다고 고집을 부릴 필요는 없잖아. 넌 지쳤어. 네가 말하기 거북하면 내가 가서 부탁하고 올까?"

오하라는 고개를 가로저었다. 아무런 표정이 없었다.

자신의 비극을 한껏 과장하고 있다. 가지는 더 이상 오하라에게 신경 쓰지 않기로 했다.

실제로 가지는 소등나팔이 울리자마자 곧바로 잠에 곯아떨어졌다. 그리고 아직 전혀 잔 것 같지도 않은데 누군가 깨우는 기척에 잠에서 깼다. 벌써 3번 불침번을 설 시간이다.

취침등 아래 기분 나쁜 적막이 흐르는 복도를 왔다 갔다 했다. 각 내무반에서 새어나오는 숨소리와 잠꼬대를 들으면서 어둠 속을 순찰한다. 눈꺼풀이 천근만근이다. 온몸이 아프다. 열이 나고 찌뿌둥하다. 관절이 모두 따로 노는 것 같다.

불침번 근무가 끝날 즈음에는 앞으로 고꾸라져서 복도에 그대로 누워버릴 것 같았다. 한 번도 겪어보지 못한 피로다. 이따금 정신을 차리고 졸음을 몰아내면 오하라에게 가해진 부당한 체벌을 방관했던 것이 라오후링의 쓰디쓴 기억과 겹쳐져서 양심에 해명을 요구했지만, 그 추악한 체벌이 가해지기까지의 일들을 순서대로 다시 생각해보려고 하면 곧 행군의 고통보다 더 저항하기 어려운 수마睡魔가 온몸을 사로잡아서 몽롱한 혼탁 속으로 납치되는 듯했다. 확실히 긴장이 풀려 있었다. 오늘 하루를 무사히 마무리했다는 것이 마치 큰일을 무사히 치른 듯한 자기만족을 주고 있는 것은 부정할 수 없다.

가지는 취침등 아래에 있는 기둥으로 다가가 조용히 복도를 걷고 있는 다노우에가 크게 하품을 한 것을 보고는 저도 모르게 따라서 크게 하품을 했다.

"다노우에, 넌 참 강해."

하품 때문에 눈물을 흘리며 말했다. 다노우에가 다가와서 가지 옆에 섰다.

"아무 생각도 안 허니께 고생도 절반밖에 안 되는겨."

이 어수룩한 병사는 다른 훈련 성적은 오하라와 대동소이하지만 행군할 때의 지구력만은 최고였다. 행군이 끝나갈 즈음 눈앞에 도깨비불이 떠다니는 것 같은 어지러움을 느끼면서도 낙오만은 피해야겠다는 일념으로 대오의 선두에서 비틀비틀 정신없이 걷던 가지와 오와쿠보다도 다노우에는 착실하게 한 발 한 발 내디디며 대열의 후미에서 느릿느릿 걷고 있었던 것이다.

"다노우에, 네가 만약 오하라였다면 오늘의 그 일을 어떻게 했을 것 같아?"

다노우에는 잠시 고개를 숙이고 있었다.

"……안 하면 안 되겠지. 명령잉께."

"명령이 아니야. 강요야……"

인간성의 유린이야. 가지는 목구멍까지 나온 말을 꾹 참았다. 그런 말을 쓰면 다노우에와의 거리는 더 벌어질 뿐이리라.

"그럼, 어쩐뎌."

가지는 말이 막혀서 멋쩍게 웃었다.

"그걸 너한테 듣고 싶은 거야."

"대핵교에서는 갈쳐주지 않았는겨? 내가 그런 걸 어찌 알겄냐."

"그렇게 비아냥거리지 마, 다노우에."

"비아냥거리는 거 아녀, 가지."

다노우에는 엷지만 밝은 미소를 짓고 있었다.

"나야 땅이나 파고 쌀과 감자를 기르면 되었응께. 자네는 그 쌀과 감자를 먹고 공부를 했잖여. 어쩌면 좋을지 생각해내는 건 자네가 할 일 아녀?"

가지는 애매모호한 웃음으로 얼버무렸다. 내가 졌다. 어떡하면 좋을지, 나 혼자서 생각해볼게, 다노우에.

교대 시간이 다가오고 있었다. 가지는 사무실 앞의 정위치에 다노우에를 남겨두고 4번 불침번을 깨우러 갔다.

'을'에 들어가 간신히 간부후보생 지원자의 체면을 지킨 시라토는 시체처럼 자고 있었지만, 오하라는 자고 있지 않았다. 가지가 모포 위에서 오하라의 발을 흔들었을 때 코를 훌쩍이는 젖은 소리가 희미하게 났다. 30대 사내가 모포를 뒤집어쓰고 울고 있다. 나약하다고만은 할 수 없을 것 같았다. 부조리에 맞설 수 없을 때 울었던 기억은 가지에게도 있다. 가지는 잠깐 망설이다가 오하라의 머리 쪽으로 돌아갔다. 취침등의 어두운 불빛 아래에서는 오하라의 표정이 잘 보이지 않았다.

"일어날 수 있겠어?"

조용히 물었다.

"못 일어나겠으면 내가 계속 서도 돼."

오하라는 일어나서 옷을 입기 시작했지만 몸을 심하게 떨고 있었다.

"무리하진 마."

오하라는 참혹한 표정으로 웃어 보였다.

"……네가 무리하라고 했을 때 무리했으면 좋았을 텐데."

울먹이는 콧소리로 나지막하게 말했다.

"……네 친절을 헛된 일로 만들어버렸어."

가지는 오하라의 앙상한 어깨를 두드렸다.

"밤중이야, 내일 얘기하자."

불침번 교대자 각 두 명은 실내화를 신고 착검한 집총자세로 정위치에 마주 서서 불침번 인수인계를 하고 각자의 자리로 갔다.

35

시라토는 오하라에게 무관심했다. 그림자가 희미해졌다기보다는 그림자 자체처럼 되어버려서 이따금 신경질적으로 귀를 기울이는가 싶으면, 마치 얼빠진 사람처럼 멍청히 서 있는 오하라의 거동에도 거의 주의를 기울이지 않았다. 그런 것보다도 시라토 자신이 졸렸고, 졸음을 쫓아내면 자연스럽게 생각나는 것은 간부후보생 교육이 시작되면 오늘의 행군 같은 육체적인 고통이 계속되는 것은 아닐까 하는 걱정이었다.

어쩌면 가지가 현명했는지도 모른다. 가지는 오늘 행군으로 교육이 끝나고 근무를 나가게 될 것이다. 육체적인 고통만은 줄어드는 것이다. 시라토는 앞으로 또 새롭게 교육이 시작된다. 6개월이 걸릴지 10개월이 걸릴지 알 수 없다. 소름이 돋을 지경이다. 시라토는 히노 준위에게 간부후보생 지원을 취소해달라고 부탁하고 싶은 생각까지 들었다.

오하라가 옆에 와서 힘없는 목소리로 말했다.

"나, 변소에 갔다 와도 될까?"

"바보 같은 소리 하지 마!"

시라토는 부루퉁했다.

"근무 중에 자릴 비웠다가 순찰이라도 오면 그냥 넘어가지 못해."

"……막사 밖을 순찰하러 나갔다고 해줘."

"그럼 맘대로 해. 벌받는 건 너니까. 난 책임 안 져."

오하라는 나가지 않았다. 시라토에게서 떨어져 출입구의 문턱 위에 섰다. 문밖의 어둠 속에서 뜨뜻미지근한 바람이 불어왔다. 어둠이 유달리 깊었다. 별빛 하나 없는 밤이 광야를 뒤덮고 있어서 서 있는 곳에서 서너 걸음 앞은 소리만 나지 않으면 뭐가 와도 보이지 않았다. 깊이를 알 수 없는 칠흑 같은 어둠이 절망적인 허무감을 일으키기도 하고, 어쩌면 그 어둠을 마주하고 서 있는 한 인간만이 실재하는 것 같은 절대감도 든다.

오하라는 보이지 않는 어둠을 향해 서 있었다. 그대로 한없이 어둠 속으로 들어가고 싶어졌다. 지금 같으면 몇 십 킬로미터라도 걸어갈 수 있을 것 같았다. 혼자서만 몇 십 킬로미터라도 끝없는 어둠 속으로 들어간다. 마음이 편해질 것 같았다.

오하라를 보는 사람은 아무도 없다. 아무도 오하라를 나무라지 않는다. 아무도 오하라에게 창녀 흉내를 내라고 시키지 않는다. 혼자다. 혼자서 계속 걸어간다. 어리석은 두 여인의 다툼도 어둠 속의 그곳까지는 쫓아오지 않는다. 자꾸만 멀어져 간다. 부양의 의무와 가족에 대한 애정도 병사의 절망을 구제하지는 못한다. 다 버리고 잊는 것이다. 마음이 가뿐해지는 것 같다. 몸이 피곤할수록 정신은 맑아지는 듯했다.

오하라는 곧 날이 샌다는 것에 생각이 미치기까지 꽤 시간이 걸렸다. 지친 몸을 이끌고 10킬로미터도 가기 전에 어둠은 차츰 걷히고 날이 밝아오리라. 아니, 그렇게 되기 전에 오하라의 실종은 시라토에 의해 주번 하사관실에 보고될 것이다. 추격대가 쫓아온다. 가지처럼 다리 힘이 좋은 수십 명의 사내가 느리고 약한 데다 무기력한 오하라를 쫓아온다. 십중팔구 잡힐 것이다. 행여 잡히지 않아도 십중팔구는 습지가 오하라의 몸을 삼켜버릴 것이다. 어둠 속에서 들못 땡추를 헛디뎠다가는 필시 지금 오하라의 체력으로는 기어 나오는 것조차 불가능하리라.

늪 밑바닥으로 가라앉기까지의 괴로운 몸부림을 생각해본다. 어차피 그리 될 바에는 좀 더 간단한 방법이 있을 것이다.

오하라는 다른 중대의 초년병이 마구간에서 목을 매려고 했던 일을 떠올렸다. 자다가 오줌을 싸는 사내였다니까, 필시 자신처럼 병사로서의 모든 능력이 떨어지는 나약한 사내였으리라. 그도 매달릴 수만 있었다면 아무리 하찮은 희망에라도 매달려서 살아보려고 했을 것이다. 자신의 앞날에 뭔가 조금이라도 밝은 전망이 있을까? 아무것도 없다. 마치 이 어둠을 들여다보고 있는 것처럼 아무것도 보이지 않았다. 색도 바래고 기력도 잃은 공상만이 어둠의 정적을 앞에 두고 꿈틀거리고 있었다.

전쟁은 영원토록 계속될 것 같다. 부대는 전선으로 출동할 것이다. 죽음이 기다리고 있다. 밤낮으로 이어지는 진군이 시작되면 오하라는 낙오할 것이 뻔하다. 그렇게 되면 병으로 죽거나 굶어 죽거나 죽임을 당할 것이다. 아무튼 죽음이 기다리고 있다. 적군도 적, 포탄도 적, 행군도 적, 상관과 상급자도 모두가 오하라 편은 아니다. 오하라를 괴롭히고 죽을 때까지 학대하기 위해서만 존재한다. 따귀의 폭풍이다. 욕설의 홍수다. 구보 4,000미터다. 엎드려뻗쳐다. 창녀의 호객행위다. 그리고 전투다. 총알을 맞든 탱크에 깔려 죽든 화염방사기에 타 죽든, 도저히 상상도 할 수 없을 정도로 간단한, 그리고 참혹한 죽음이 기다리고 있다.

어차피 죽는다. 살 수 있는 희망은 거의 없다. 이젠 뭐가 어떻게 되든 상관없는 건 아닐까?

어두웠다. 모든 소리가 죽어버렸다. 오하라는 가볍게 몸을 떨었다. 무서운 것은 아니었다. 운명의 냉혹함이 정말 감탄할 만한 것이었기 때문이다. 생각해보면 자신은 절망적인 조건만 갖추고 있었다. 하필이면 온갖 악조건만이 오하라의 내부에 모여 있었다. 사회에서는 이렇지 않았다. 그보다 못한 사람이 널려 있었다. 군대에서는 절망이 있을 뿐이다.

시라토가 다가왔다.

"내무반을 돌아보고 올 테니까, 넌 정위치에 서 있어."

오하라는 어둠을 향한 채 고개를 끄덕였다.

"멍하니 있다가 하사관이나 고참병이 오줌이 마려워서 나오면 큰일 난다."

오하라는 또 고개를 끄덕였다. 시라토의 큰 몸이 내무반으로 사라지자 오하라는 정위치로 가는 대신 실내화를 신은 채 밖으로 나와서 변소로 끌려가듯이 어둠 속을 잰걸음으로 갔다.

꼬마전구 하나가 코를 찌르는 듯한 지린내 속에서 침침하게 켜져 있다. 오하라는 멈춰 서서 귀를 기울였다. 쥐 죽은 듯 조용했다. 다가오는 발자국 소리도 없다. 오하라는 변소 청소도구를 넣어두는 좁은 헛간으로 들어갔다. 총을 세워놓고 웅크리고 앉아서 벽에 댄 널빤지 틈으로 손가락을 넣었다. 깊어서 아래까지 닿지 않았다. 이리저리 궁리하다가 널빤지를 비집어 벌렸다. 한밤중에 삐걱거리는 판자 소리가 깜짝 놀랄 정도로 크게 들린 것은 오하라뿐이었는지도 모른다. 숨을 죽이고 잠시 기다렸다. 그러고 나서 손으로 더듬어 집어 올렸다. 한 발의 실탄이다.

노루 사격을 할 때 자작나무 숲에서 주운 것이다. 오하라는 손바닥 위에 있는 그것을 넋을 놓고 바라보았다. 깊은 한숨이 나왔다.

 이 실탄을 주워서 여기에 숨겨놓았을 때부터 어쩌면 오하라의 죽음은 이미 시작되고 있었는지도 모른다. 이 지경까지 몰아붙인 것이 군대의 냉혹한 비정이든, 오하라 자신의 무기력함이든, 어쨌든 오하라는 지금 정신착란에 의해서가 아니라 냉정하게 죽음을 택하려고 하고 있었다. 죽음을 각오하면 뭐든지 할 수 있다는 말은 거짓이다. 하찮은 고민에서조차 벗어날 방법을 몰랐던 사내에게는 극복이라는 것 자체가 생각지도 못할 일이다. 아픔과 괴로움을 하나하나 오롯이 짊어지고 그 무게 밑에서 생명을 착취당하고 있을 뿐이다.

 손바닥 위에 놓인 실탄은 냉정하고 조용하게 기다리고 있었다. 오하라는 소리를 죽이고 장전했다. 얄궂은 일이다. 한 발도 명중시키지 못한다고 늘 욕을 먹어온 오하라가 바로 그 99식 소총으로 자신을 쏘려고 한다. 총구를 턱 밑에 댄다. 이렇게 하면 무조건 명중이다. 오하라가 쏘는 처음이자 마지막 명중탄이다. 대나무 빗자루에서 적당한 굵기의 솔을 골라 하나 꺾었다. 그것을 방아쇠울 속에 넣어 방아쇠에 얹었다. 이제 밟기만 하면 된다.

 오하라는 식은땀을 흥건하게 흘리면서 떨고 있었다. 조금 무섭기도 했다. 죽음은 영원한 미지의 세계라는 이유만으로 무서운 것이다. 조금 후련하기도 했다. 가슴이 설렐 정도다. 군대가 아무리 무시무시한 권력기구일지라도 고작 이등병 한 사람의 자살까지는 막을 수 없다. 명령도 절대적이지 않다. 권력이 미치는 범위도 생각했던 것보다는 훨씬 좁다.

대나무 숲을 내려다보았다. 잘 보이지는 않았다. 빨리 밟는 게 낫다. 두려워질지도 모른다. 이렇게 벌레 같은 사내가 사라진다. 겁쟁이이면서 용감하기도 한 오하라 이등병이. 어머니는 변소에서 자살하라고 아들을 낳아 키운 것은 아니었겠지만, 그를 사랑함으로써 하나의 원인을 제공했다. 아내는 그와 행복하게 살기를 바라기는 했겠지만, 사랑하는 그가 어느 날 밤 변소 한구석에 가서 죽는 것을 거든 셈이다. 군대는 그에게 자신감을 잃게 하려고 소집했고, 살아갈 희망을 빼앗기 위해 훈련시켰고, 마지막에는 범죄인 이하의 자살자로 경멸할 것이다. 너 같은 놈은 빨리 죽어버리는 게 낫다! 무슨 말을 들어도 상관없다. 저기요, 오라버니, 놀다 가세요. 이제는 아무도 오하라에게 그렇게 말하라고 시킬 수 없다. 오하라 이등병은 이렇게 편안해진다. 빨리 밟아!

오하라는 널빤지에 등을 기대고 눈을 감았다. 아무것도 생각하지 말자. 그냥 밟기만 하자. 셋을 세는 거다. 하나, 둘, 셋. 대나무 숲을 밟았다. 대나무가 휘어졌다. 방아쇠는 당겨지지 않았다. 오하라는 밟고 또 밟았다. 발사되지 않았다. 99식 소총은 이 상황에서도 여전히 오하라를 괴롭힌다. 오하라는 초조했다. 대나무는 방아쇠에 걸려 있다. 오하라는 밟는다. 방아쇠가 1단까지만 당겨진다.

오하라는 마구 밟았다. 점점 더 초조해지고, 까닭 없이 서글퍼졌다. 도미에, 당신은 알고 있을까? 내가 지금 무엇을 하고 있는지. 당신은 모를 거야, 이 비참한 기분을. 아니, 당신은 알 필요도 없어. 집을 나간 사람이니까. 난 원망하지 않아. 당신도 날 원망하지 말아줘. 난 당신에게 용서를 빌고 싶어. 내게는 더 이상 참고 갈 수 있는 힘이 없어. 난 죽고 싶어. 오늘까지 정말 최선을 다해서 살았어. 날 기다리지 마. 어머니도 혼자서 돌아가시는 게 나아. 내가 왜 이렇게 되었는지, 의심하지 말고 책망하지 말았으면 좋겠어. 그럴 때면 생각해줘. 내가 돌아올 때까지 왜 기다리지 않았는지, 내가 그걸 알고 싶어 했다는 것을.

대나무는 휘어지기만 할 뿐 방아쇠를 당겨주지 못했다. 오하라의 가슴이 요동치기 시작했다. 이런 형편없는 사내가 또 있을까? 죽음을 결심하고도 제대로 죽지도 못한다. 이런 꼴이 발각되면 어떻게 될까? 얼른 죽이든지 살리든지 하라고!

시라토는 내무반 순찰을 마치고 정위치로 돌아왔다. 오하라가 없는 것을 보고 변소에 갔으려니 생각했다. 다행히 아무도 나오지 않았다. 시라토는 잠시 기다렸다. 오하라는 돌아오지 않았다. 교대시간이 다가오고 있다. 바보 같은 놈, 변소에서 자고 있는 거 아냐?

오하라는 대나무가 휘어서 아무리 해도 방아쇠가 당겨지지 않는 것은 죽지 말라는 의미일지도 모른다고 생각했다. 그렇게 생각하니 갑자기 죽는 것이 무서워졌다. 죽는 것은 언제든 죽을 수 있지 않을까? 새삼스럽게 문득 그런 생각이 스쳤다. 오늘 밤이 아니면 꼭 안 된다는 법도 없다. 내일이라도, 언제라도, 이 실탄만 있으면……. 대나무를 쓴 것이 잘못이었다. 그런 잘못을 저지른 것은 다시 말해서 죽도록 예정되어 있지 않았다는 뜻은 아닐까? 그러나 오하라가 진짜 잘못한 것은 다음 순간의 행동이었는지도 모른다. 그는 아무 생각 없이 벽에 기대고 있던 몸을 일으켰다. 그만큼의 무게가 실린 움직임이 그 순간의 의지와는 별개로 다리에 전달되었다.

시라토는 정위치에서 변소 쪽으로 가려고 했다. 그때 갑자기 그 방향에서 총성이 들렸다.

36

막사 뒤편에 있는 공터의 늘 질척거리는 땅바닥에 오하라 거적을 뒤집어쓰고 누워 있었다.

"시체 위병이라는 건 서지 않나?"

거적 옆에서 사사가 가지에게 물었다. 가지는 멍하니 거적 밖으로 튀어나온 오하라의 발을 바라보며 고개만 저을 뿐이었다. 양말에 싸여 있는 발은 아마도 차갑게 식어서 보랏빛으로 변해 있을 것이다.

"죽었지만 그래도 인간답게는……."

사사는 불쌍하기도 하고, 괜히 기분이 나쁘기도 했다. 그는 말을 하다 말고 가 버렸다.

자살자는 범죄인 이하로 취급받는다. 군을 부정하는 자는 국적國賊으로 간주된다. 탈영병과 같다. 시체 취급도 육군의 예법에 따를 필요가 없다. 부패할 우려가 있기 때문에 내일 석유를 뿌려서 태우기로 되어 있다. 유족들은 그 시간까지 도착하지 못할 것이다.

중대에서도 마지막 대면을 시켜줄 생각이 없다. 국적의 유골을 인수하는 사람을 군대는 환영하지 않는 것이다.

가지는 시체 옆에 잠깐 서 있었다. 오하라의 발이 마음에 걸렸다. 그 발은 가지에게 책임 소재를 추궁하고 있는 것 같았다. 아무 이유도 없이 이렇게 땅바닥에, 거적에서 비어져 나와 있는 것은 아니었다. 가지에게 적어도 책임을 추궁하려고 나와 있는 것이다. 가지는 그 발을 향해 자신의 결백을 밝힐 수 없는 것에 쓰디쓴 슬픔을 느끼고 있었다. 어쩔 수가 없었던 행군 동안의 사정이 하루가 지난 지금은 어떻게든 할 수 있었을 것처럼 생각되었다. 어떤 방법으로든 오하라를 도왔어야 했더라도 앞으로 오하라로 인해 가지가 짊어질 무게는 완전군장과는 비교도 되지 않는다.

"무기력한 녀석······."

가지의 입술이 살짝 움직였다. 죽어서 나한테 뭘 시키려고 그랬어?

하시타니 중사는 오전에 내무반의 초년병 전원에게 막사 앞에서 엎드려뻗쳐를 30분 동안이나 시켰다.

"너희들은 정신 상태가 썩었다! 계집애같이 나약해빠진 놈뿐이다. 자살하는 놈이 나왔다는 것은 그놈만 나쁜 것이 아니다. 너희들 전부가 마음가짐부터 썩었다는 증거다. 내가 너희들을 그렇게 교육시켰나? 누구든지 좋다. 내 훈련 방법이 부적절했다고 생각하는 자는 말해보아라!"

초년병들은 고통스러운 얼굴로 땅바닥만 쳐다보고 있을 뿐이었다. 하시타니로서는 이렇게 할 수밖에 달리 방법이 없었을 것이다. 중대장 이하 동료 하사관들에게까지 얼굴을 들 수 없게 된 것이다.

하시타니는 정확히 30분이 지나자 하사관실에서 나와 기합을 풀었다. 해산 명령을 내리고 하시타니가 막사 안으로 사라지기도 전에 구보가 먼저 신음하는 듯한 소리로 투덜거렸다.

"제기랄! 저 새끼는 죽어서까지 애를 먹이고 지랄이야."

엎드려뻗쳐 30분은 결코 쉬운 일이 아니다. 모두 땀으로 범벅이 되어서 헐떡이고 있었다. 부당한 벌이지만 벌을 준 자에게는 대들 수 없으니까 그 원인을 제공한 자에게로 감정이 폭발하는 것이다.

"그래도 넌 나은 편이야."

시라토가 말했다.

"난 오하라 때문에 히노 준위에게 된통 당했어. 새끼가 처음부터 끝까지 사고만 치다가 가는군."

아무도 가지의 안색이 바뀐 것을 알아채지 못했다. 가지의 몸이 갑자기 움직인 것을 본 것도 바로 옆에 있는 사람뿐이었다. 다음 순간 짧은 비명소리가 새어나오고 시라토의 큰 몸집이 나무토막처럼 옆으로 쓰러졌다. 가지는 구보의 멱살을 잡고 있었다.

"오하라 대신 내가 사고를 쳐주마."

거친 주먹이 구보의 입술을 터뜨렸다.

"오하라 몫이다! 이건 내 몫이고."

한 대 더 날아갔다. 가지의 내부에서 무언가가 갑자기 파열한 듯했다. 구보를 뿌리친 가지는 단단히 마음먹은 걸음으로 하시타니 중사를 쫓아갔다.

가지는 내무반 입구에서 신조 일등병과 마주쳤다.
"왜 그래? 서슬이 퍼렇군."
그렇게 말하며 웃는 신조에게 가지는 바싹 다가서서 말했다.
"도와주시겠습니까, 일등병님? 지금이 싸울 때입니다. 오하라의 자살에는 저도 책임이 있습니다."
"그만두는 게 좋아. 승산이 없어."
신조는 고개를 저었다.
"자살 때문에 놈들은 모두 흥분 상태야. 할 생각이었다면 현장 쪽이 차라리 나았어."
"그럼 왜 어제 저를 말렸습니까?"
"화내지 마. 그 자리에서 네가 나갔어봐. 승산이 있었을 것 같아?"
"언제까지 기다려도 승산은 없을 겁니다."
가지는 싸늘하게 웃었다.
"일등병님을 끌고 들어가지는 않겠습니다. 어쨌든 해보겠습니다."
신조에게서 떨어진 가지를 내무반 안에 있던 고참병들은 그저 지켜보고만 있었다. 심상치 않은 가지의 낯빛에서 무슨 일이 일어날 것이라고 예감한 듯 하나같이 긴장된 표정이다. 요시다 상등병은 내무반에 없었다. 피복 창고에 있을 것이다.

가지는 하사관실 앞에서 마지막 동요를 진정시켰다. 승산이 없어도 부딪쳐서 깨질 때까지다. 이대로 모른 체하고 언제까지나 가책에 시달리며 살 수는 없다. 냉정하고 강하게 행동하는 것이다. 하사관실에 들어가서 하시타니 앞에 차렷 자세로 서서 말했다.

"요시다 상등병의 처벌을 요구합니다."

하시타니의 짙은 눈썹이 꿈틀거렸다.

"요구라고? 그게 병사가 하사관에게 할 말인가?"

"그렇습니다. 반장님은 전에 패거리를 만들지 말라고 했습니다. 그래서 저는 혼자 이렇게 와서 말씀드리는 것입니다. 반장님은 어제 요시다 상등병이 오하라에게 가한 폭력을 알고 계십니까?"

"난 몰라."

모르는 것이 아니다. 안다고 말할 수 없을 뿐이다.

"병사들 간에는 설령 상등병이라도 명령이라는 형태로 이등병에게 폭력을 가하는 것은 허용되지 않습니다. 이등병은 군대의 관습이라고 체념하고 있기 때문에 일반적인 따귀 정도라면 참고 있습니다만, 어제 요시다 상등병의 수법은……."

"잠깐……."

하시타니는 얼굴이 창백해져서 말을 막았다.

"밀고는 개나 하는 짓이다, 가지. 난 안 듣겠다!"

"밀고가 아닙니다, 반장님. 처벌 요구입니다. 요시다 상등병은 오하라의 자살에 책임을 져야 합니다. 제가 일개 병사인 주제에 이렇게 말씀드리는 것도 오하라의 자살에 책임이 있기 때문입니다. 요시다 상등병은 처벌을 받아 책임의 일부를 질 필요가 있습니다. 오하라는 고난을 이겨내지 못한 무기력한 놈일지도 모릅니다. 그래서……."

"오하라의 자살은 군율 위반이다."

하시타니가 위압적인 태도로 말했다.

"이유야 어떻든 변호의 여지는 없다."

"요시다 상등병의 행위는 군율 준수입니까? 저항할 방법이 없는 이등병에게 창녀 흉내를 내게 한 것이……?"

"닥쳐라!"

목소리와 함께 가지의 뺨에서 찰싹 소리가 났다. 가지는 따귀 세례를 각오했지만 하시타니는 한 대만 때리더니 문 쪽에 더 신경 쓰는 모습이다. 이 소동을 더는 확대시키지 않으려는 마음이 표정에 역력하다.

"요시다가 어떤 행위를 했건 그것을 오하라가 자살한 원인이라고 하는 것은 너의 독단에 지나지 않는다. 내가 그런 말에 휘둘려서 부대 안의 질서를 어지럽힐 줄 알았나?"

"원인의 전부라고는 하지 않았습니다. 그래서 오하라를 낙오시킨 저에게도 책임이 있다고 말씀드렸습니다. 하지만 마지막 일격을 가하고 치욕을 안긴 것은 요시다 상등병과 반나이 상등병입니다."

"가지, 잘 들어라."

하시타니의 목소리가 달라졌다.

"넌 내가 누구보다도 더 정성들여서 교육시킨 병사다. 너도 알고 있을 것이다. 중대 인사계에서 요주의 인물로 낙인찍은 너를 누가 비호하고 최정예 보충병으로 밀고 있는지를 말이다. 여기서 주제넘은 짓을 했다간 넌 평생 음지에서 썩을 것이다."

그럴 것이다. 가지는 입술을 깨물었다. 하지만 이제 와서 물러설 수는 없다. 달래거나 위협해도 말을 듣지 않으면 결국엔 그렇게 될 것이다. 싸우는 방법이 완전하지 못한 줄은 처음부터 알고 있었다. 다른 방법이 없으니까 일단 이 순서를 밟은 것이다.

"……제 신상에 대해서는 생각하지 않습니다. 아니, 생각하고 하는 일이라 해도 상관없습니다."

"어쩌겠다는 거야?"

하시타니의 목소리가 다시 바뀌었다. 이번엔 억누르고 있었지만 어둡고 위험했다.

가지는 다시 한 번 마음을 다잡았다.

"반장님이 들어주시지 않으면 중대장님께 부탁하겠습니다."

"가지, 머리를 좀 써봐."

하시타니는 머쓱해져서 비웃었다.

"책임이 가벼운 중사인 나조차 들어주지 못하는 것을 중대장님이 들어줄 거라고 생각해? 위로 올라가면 올라갈수록 네 입장만 불리해진다는 걸 모르나?"

"그럴지도 모릅니다."

그럴 수 있다. 아니, 그럴지도 모르는 것이 아니라 그럴 공산이 크다고 봐야 한다. 가지는 일단 고개를 숙였지만 눈동자는 더욱 어둡게 타오르기 시작했다.

"부탁을 드려도 올바른 조치가 취해지지 않는다면……."

가지는 하시타니의 변화를 살폈다. 도중에 말을 끊은 것은 두려움 때문에 망설인 것만은 아니었다. 이제부터 말하고자 하는 것이 과연 얼마나 스스로가 확신하고 있는 것인지를 확인한 것이다. 몸속 깊은 곳에서부터 전율이 느껴졌다.

"다음 말을 해라!"

하시타니의 긴장으로 팽팽한 몸이 당장이라도 덤벼들 것 같았다.

"……어리석은 짓이지만 할 수 없습니다. 단독 행동으로 호소하는 수밖에 없을 것 같습니다."

"문제를 일으킬 생각이군."

하시타니는 분노를 삭이고 있는지 한 걸음 물러섰다.

"병사들 간의 싸움은 엄벌에 처한다. 영창에 들어가고 싶나?"

"혼자서는 들어가지 않을 겁니다."

가지의 싸늘한 얼굴은 도전적으로 보였다.

"만약 중대장님도 반장님과 같은 의견이라면 반장님이 요시다 상등병에게 말해주십시오. 가지를 조심하라고 말입니다."

하시타니의 손이 반사적으로 움직이려다가 말았다. 겨우 충동을 억눌렀다. 지금 가지를 때려눕혔다간 결과만 나빠질 것이다. 히노 준위와

의논해볼 필요가 있었다.

37

하시타니는 가지가 당장이라도 중대장에게 담판을 지으러 갈까 봐 두려웠지만, 가지는 그렇게 하지 않았다. 하시타니가 다소나마 어떤 행동을 취할지도 모른다는 기대가 그를 기다리게 한 것이다.

며칠 후, 오하라의 아내가 유골을 받으러 왔다. 중대의 냉담한 반응은 각오하고 온 듯하다. 처음엔 오하라의 죽음과 관련된 이야기를 별로 듣고 싶어 하는 것 같지 않았지만, 고인과 특히 친하게 지낸 전우를 만나게 해달라고 요청했다. 히노 준위는 마지못해서 자신과 하시타니의 입회하에 가지를 만나게 해주기로 했다.

가지의 눈에 비친 오하라의 아내는 골격이 크고 빼빼 마른, 어딘가 교사 같은 느낌을 주는 여자였다. 피부가 거친 것은 장거리 여행으로 피로한 탓만은 아니었다. 남편의 갑작스런 죽음이 여자의 피까지 얼어붙게 한 것이 틀림없다. 그 충격을 이겨내려고 애써 냉정함을 가장하고 있는 것처럼 보였다.

"오하라가 집안일을 걱정하고 있었던 것은 사실입니다."

가지는 두 감시자 앞에서 말했다.

"체력도 그다지 좋지 않아서 군생활이 괴로웠던 것도 사실이지만, 저에게 이야기를 할 때는 늘 집안 걱정뿐이었습니다."

"제가 남편께 보낸 마지막 편지에 대해서는 혹시 알고 계시나요?"

"읽어봤습니다."

"……그게 남편에게 혹시……."

"충격이 상당했던 것 같았습니다."

여자는 고개를 숙였다.

"검열 직전이었습니다. 검열이 끝나면 휴가원을 내보라고 했는데……."

"그럼 제가 그이를 죽인 셈이 되나요?"

여자는 거의 모든 에너지가 집중된 듯한 눈으로 가지를 쳐다보았다.

"그렇지 않았다고는 말씀드리지 않겠습니다."

가지는 무뚝뚝하게 대답했다.

"당신은 당신 자신에게는 심각한 생활 문제였겠지만, 여기에 있는 우리들이 보기에는 어떻게든 해결할 수 있다고 생각되는 일로 오하라를 몹시 괴롭혔습니다."

"……알겠습니다. 제가 그런 편지를 보내지만 않았다면……."

"그렇습니다. 잔인한 말 같지만 당신은 그렇게 말하면서 후회해야만 합니다. 저도 마찬가지입니다. 저는 행군 도중에 오하라를 낙오시켰습니다. 오하라를 도와서 행군하다가는 저도 낙오할 것 같았기 때문입니다. 하지만 만약 제가 함께 낙오해주었다면 그 결과가 어땠을지 모릅니다. 반장님은 어떻게 생각하십니까? 만약 제가 오하라와 함께 낙오했다면……."

하시타니는 조금 당황했다. 쓴웃음을 지으며 히노의 얼굴을 보자 히노는 아무렇지도 않은 듯 태연하게 말했다.

"함께 낙오해준다는 불순한 짓은 군대에선 있을 수 없는 일이다."

"준위님은 저렇게 말씀하시지만, 부인 저는 함께 낙오하지 않은 것을 후회하고 있습니다. 마치 당신의 편지처럼 말입니다."

가지는 두 상관을 일부러 무시하고 그렇게 말했다.

"낙오하면, 그러니까, 어떻게 되죠?"

"준위님께 물어보십시오."

오하라의 아내는 준위 쪽으로 고개를 돌렸다.

"낙오자는 병사의 쓰레기이자……."

히노는 눈을 부라리며 대꾸했다.

"중대의 수치요."

"남편의 자살은 수치를 더한 게 되겠네요."

"그렇다고 볼 수 있소이다."

히노는 웃었다.

"결코 명예로운 일은 아니죠. 강하고 우수하기로 유명한 우리 중대도 덕분에 체면이 말이 아니오."

"낙오하면 무슨 특별한 취급을 받나요?"

그 말에 세 사람 사이에는 각자의 침묵이 흘렀다. 하시타니가 그 침묵을 제일 먼저 깨뜨렸다.

"그런 일은 없습니다. 단지 나약하다는 이유로 진급이 늦어질 뿐입니다."

가지는 대화에서 도망치듯이 창문 쪽을 보고 있었다. 이제 와서 진상을 밝혀봐야 무슨 소용이겠는가. 빨리 유골을 갖고 돌아가서 유골에게 물어보는 게 차라리 낫다. 유골은 말할 것이다. 여자의 후회와 한탄 속에 되살아나서 인간이 어떻게 침해되었는지.

"믿을 수 없습니다."

여자는 얼굴을 들고 무언가를 결심한 듯한 투로 말했다.

"그렇게 우유부단한 사람이 자살을 했다는 것은 뭔가 다른 이유가……."

여자는 세 남자를 번갈아 쳐다보다가 가지에게 눈으로 애원했다.

"말씀해주세요."

가지는 여자의 시선을 피하지 않았지만 대답할 수는 없었다. 대답하고 싶었다. 가슴이 마구 뛰었다. 히노가 난폭하게 말했다.

"가정이 편치 못했기 때문이오. 견실한 가정이 아니면 견실한 군인은 나오지 않소."

여자는 그래도 아직 가지의 대답을 기다리며 눈을 돌리지 않았다.

"더 이상 파고들지 않는 게 좋을 것 같습니다."

가지는 간신히 대답했다.

"군대에서는 옆 사람도 어떻게 해줄 수가 없습니다. 오하라는 약한 데다 기력이 다 닳아 없어져서 죽은 것입니다. 그래도 납득할 수 없다면 이렇게 생각해주십시오. 오하라의 어떤 부분은 당신과 어머님에 의해 이미 죽어 있었습니다. 나머지 어떤 부분은 버리고 온 제가 죽인 것입니다. 그리고 나머지 전부는 기계적인 조직 속에서 죽어버렸습니다."

가지는 히노와 하시타니의 눈이 하얗게 번쩍인 것을 느꼈다.

"제가 만약 함께 있었다면 그렇게 닳아 없어지는 시간을 조금은 연장시켜줄 수 있었을지도 모릅니다."

연장시켜줄 수 있었을 것이다. 돌이킬 수 없는 후회가 가슴속을 암담하게 한다. 가지는 여자를 더 힐책하고 싶었다. 여자가 반발하여 자신을 비난의 눈빛으로 보기를 바랐다. 당신이 도와주어야겠다는 마음만 먹었다면 충분히 그이를 도와줄 수 있었잖아요!

히노는 하시타니와 얼굴을 마주 보았다. 이 면회는 얼른 중단시키는 게 좋겠어.

"이제 됐다. 넌 돌아가."

히노가 툭 던지듯이 말했다.

"할 얘기가 있으니까 30분 후에 중대장실로 와."

38

"병사들 간의 싸움은 군율에 의해 엄격히 금지되어 있다는 것은 알고 있겠지?"

중대장이 조용히 물었다.

"알고 있습니다."

가지는 히노와 하시타니 사이에 부동자세로 서 있었다.

"그런데도 너는 개인적인 원한을 갖고 상등병에게 복수할 생각을 하고 있다는데 사실인가?"

"……개인적인 원한이 아닙니다."

"사실인 모양이군."

"개인적인 원한이 아닙니다."

"복수를 기도하고 있는 것이 사실이냐고 묻는 것이다."

"……사실입니다."

"감히 군율을 위반하겠다는 건가?"

가지는 대답하지 않았다.

"대답해!"

히노가 가지의 어깨를 세게 때렸다. 가지는 창백하게 굳은 얼굴로 히노 준위를 보았다가 다시 구도 중대장에게로 돌아왔다.

"저는 아직 군율을 위반하지 않았습니다. 요시다 상등병은 이미 위반했습니다. 미수 행위를 먼저 심문하시는 것은 불공평합니다."

그 순간 눈앞에 불이 번쩍였다. 하시타니가 가지에게 주먹을 날린 것이었다.

"중대장님께 그게 무슨 말버릇이냐?"

"괜찮아."

구도는 여전히 조용하게 말했다.

"말해봐."

가지는 맞고 나서 자신의 다기진 마음이 기특해서 목소리가 떨렸다.

"요시다 상등병은 낙오해서 지칠 대로 지친 오하라에게 추악한 린치를 가해 자살로 몰아넣었습니다. 이것이 처벌받지 않는 이유를 묻고 싶습니다."

"잠깐만, 넌 행군 능력이 갑이었지?"

"그렇습니다."

"당일, 어떤 대우를 받았나?"

"그날은 우대를 받았습니다."

"요시다가 무슨 짓을 했나?"

"아무것도 하지 않았습니다."

"네가 낙오했다면, 했을 거라고 생각하나?"

"……그렇게 생각합니다."

"낙오한 오하라에게는 린치를 가했다는 거지?"

"그렇습니다."

"낙오한 것은 오하라뿐인가?"

"전부 네 명입니다."

"네가 말하는 린치를 당한 것은 오하라뿐인가?"

"네 명 다 당했습니다."

"전부 요시다가 했나?"

"각자 따로따로였습니다."

"네 명 다 자살했나?"

"아닙니다."

"오하라뿐인가?"

"그렇습니다."

"그럼, 네가 요시다만을 규탄하는 이유는 뭐지?"

"오하라가 자살했기 때문입니다. 네 사람을 가해한 자들을 전부 규탄할 수도 있습니다."

"닥쳐라!"

구도가 느닷없이 책상을 때리며 소리쳤다.

"넌 지금 요시다에게 개인적인 원한을 품고 그것을 빙자해서 부대의 질서를 어지럽히려는 속셈을 네 스스로 폭로하고 있다. 오하라의 자살조차 구실에 지나지 않는다. 넌 나약해빠진 놈의 자살을 고참병의 책임으로 돌리고, 그것을 억지로 합리화시키면서 군대의 명맥을 근본부터 모독하고 있는 것이다."

"오하라가 나약한 자라고 해도 이유 없이 자살은 하지 않습니다."

가지는 끝까지 뜻을 굽히지 않았다.

"오하라는 무능력한 사격 실력을 괴로워하며 피해망상에 빠져 있었습니다. 집안 문제에 대해서도 남보다 곱절은 더 걱정하는 소심한 성격이었습니다. 그런 성격 탓에 군인답지 않은 편지를 써서 벌을 받기도 했습니다. 그 벌이 구보 4,000미터입니다. 오하라는 결국 구보를 하다 쓰러져서 입실했습니다. 구보 4,000미터가 오하라의 교육에 필요하거나 유익했다고는 생각하지 않습니다. 오하라는 또 이런저런 복잡한 생각을 하다 노리쇠의 공이를 부러뜨렸습니다. 오하라의 아내가 보낸 편지가 원인이었는데, 그 편지가 군대와 무관하다고는 할 수 없습니다. 의기소침해 있던 오하라는 검열 행군을 하다 치명적인 잘못을 저질렀습니다. 낙오한 것입니다. 그가 낙오한 데에는 저도 돌이킬 수 없는 책임을 느끼고 있습니다만, 그런 오하라에게 결정적인 치욕과 타격을 준 것은 요시다 상등병입니다. 저는 요시다 상등병만을 탓하고 있는 것이 아닙니다. 내무생활의 부조리가 공교롭게도 요시다 상등병에게 최종적인 형태로 나타났기 때문에 요시다 상등병의 처벌을 요구한 것입니다. 오하라가 자살한 원인은 집안 문제가 아닙니다."

"그럼 뭐란 말이냐?"

가지는 입을 다물었다. 한번 주저하게 되자 공포가 물밀듯이 밀려왔다. 너무나 빨리 결말 지점까지 폭주해버린 듯한 후회를 느꼈다.

"넌 대단한 달변가다."

구도가 엷게 웃었다.

"말 못할 것은 없겠지? 도대체 뭐냐고?"

가지는 침을 삼켰다. 이렇게 된 이상 어쩔 수 없다.

"대답해!"

"원인은 군대입니다."

"이 새끼가!"

그 순간을 기다렸다는 듯이 히노의 주먹이 가지의 얼굴에 작렬했다.

"네놈은 얌전히만 있으면……."

또 때린다.

"상등병 후보가 될 수 있었다."

이번엔 반대쪽에서 날아왔다.

"1선발 진급도 할 수 있었어."

또 때렸다.

"사열관 각하께 칭찬까지 들은 네놈이 말이다!"

그러고는 가지의 귀를 잡고 여기저기 끌고 다니다 하시타니 쪽으로 밀었다.

"하시타니, 그놈의 근성을 뼛속까지 죄다 뜯어고쳐줘라!"

하시타니는 가지의 눈을 들여다보며 물었다.

"너, 요시다에 대한 개인적인 원한을 버리겠다고 중대장님께 맹세할 수 있겠나?"

가지는 메마른 입술을 핥고 고집스럽게 되풀이했다.

"개인적인 원한이 아닙니다."

"아직도 고집을 부린단 말이지?"

하시타니는 가지를 벽에 밀어붙이고 좌우로 눈보라 같은 따귀를 날렸다. 중대장 앞이라 말릴 때까지 때리지 않으면 체면이 서지 않는다고 생각하는 것 같다. 때리는 동안 흥분해서 자신이 직접 챙겨온 병사에게 배신당했다는, 갑자기 생긴 감정까지 진짜처럼 되어버렸다.

가지의 눈과 입은 벌써 터졌다. 무릎이 떨리기 시작했지만 이번엔 희한하게도 공포심은 일어나지 않았다. 무언가 시작된 것이다. 지울 수 없는 낙인이 찍혀서 다시는 돌아올 수 없는 길을 걷기 시작한 것이다. 그렇게 느꼈다.

요시다에게만 특별히 개인적인 원한이 있는 것은 아니었지만, 이제는 요시다를 특정한 표적으로 삼아서 반항의 총탄을 명중시키지 않고는 견딜 수 없는 의지가 되어 있었다.

"요시다 상등병에게 말해주십시오."

가지는 맞으면서 말을 이었다.

"가지를 조심하라고, 방심하지 말라고 전해주십시오."

"그만해, 하시타니."

구도가 책상에서 말했다.

"가지, 다시 한 번 말하는데 병사들 간의 싸움은 절대로 용납할 수 없다. 그래도 만약 저지르고 만다면 바로 항명죄를 묻겠다. 알겠나?"

아무리 봐도 가차 없을 것 같은 구도의 시선 앞에서 가지는 나무막대기처럼 서 있었다.

"하시타니, 가지가 군율을 어기는 일이 있으면 너를 비롯해 3내무반 전원에게 책임을 묻겠다. 가지 너도 명심해라."

"감시를 붙여서 동정을 보고하라고 해."

히노가 하시타니에게 말했다.

"이놈과 친한 자가 좋아. 사이가 나쁜 놈을 붙이면 이 심사가 비뚤어진 놈이 도리어 고집을 부릴 거야. 이놈과 특히 친하게 지내는 놈이 누군가?"

하시타니가 대답했다.

"신조와 다노우에입니다."

"신조라…… 그랬군."

히노는 고개를 갸웃했다.

"빨갱이들끼리 음모를 꾸미게 해볼까? 괜찮겠어. 독은 독으로 다스리라고 했다. 너에게 맡기겠다."

확실히 가지의 약점을 찌르는 계획이었다. 친한 사람을 곤경에 빠뜨리는 것을 참을 수 있을 정도로 가지는 뻔뻔한 성격이 아니었다. 가지는 금세 초라해 보일 정도로 풀이 죽어 있었다.

39

"저놈을 어떻게 해야 됩니까?"

히노가 구도에게 물었다.

"초년병치고는 강심장이라 감당하기가 어렵겠습니다."

"걱정 없을 거야."

구도는 웃었다.

"군기가 느슨해진 고참병들한테도 조금은 약이 되겠지. 저놈은 유능한 군인이야. 진급 선고 때 저놈을 빠뜨려선 안 돼."

"저놈을 말입니까?"

"그래. 현역보다 높여줄 수는 없지만 가장 먼저 진급시켜. 계급이 올라가면 생각도 달라지게 마련이야. 인간도 용수철 같아서 밟으면 밟을수록 반발력만 커져. 저놈같이 반골 기질이 농후한 놈은 너무 몰아세우면 안 돼. 고참병과 동등하게 근무를 세우도록. 어차피 중대는 며칠 안에 국경으로 가야 되니까 초년병 중에서 우수한 자는 위병과 동초로도 활용해야 돼."

"멍청한 요시다는 어떻게 하시겠습니까?"

"하시타니가 이번 가지의 일을 말했나?"

"하시타니도 그런 경솔한 짓은 하지 않았을 거라고 생각합니다."

"그럼 요시다는 아직 모르겠군."

"그럴 겁니다."

"그럼 됐어. 요시다가 먼저 싸움을 걸기 전에는 별 일 없겠지. 내가 걱정하는 것은 요시다가 설불리 경계하기라도 하면 가지가 지능적으로 굴며 꼬리를 잡을 수 없는 해로운 짓을 꾸미는 거야."

구도는 그렇게 말하고 웃다가 갑자기 심각한 표정을 지었다.

"히노 준위, 중대의 추태는 자살 한 건으로 충분하다. 이 이상 뜻밖의 사태를 야기하면 너나 나나 안심하고 있을 수가 없어."

40

중대가 국경 감시를 교대해주러 출동하게 된 것을 기뻐한 사람은 구도 중대장과 신조 일등병뿐일지도 모른다. 구도는 국경 감시를 통해 공을 올리고 싶다는 야심이 있다. 그 시작은 밤마다 쏘아 올리는 신호탄의 정체를 밝혀내는 것이다.

누가 빨간색과 파란색의 신호탄을 쏘아 올리고 있는지 아직 한 번도 현장을 잡은 적은 없지만 수비대가 이동하거나 훈련할 때면 그날 밤에는 반드시 신호탄이 올라온다. 낮에 고작 몇 개 분대가 움직여도 밤이 되면 신호탄이 올라온다. 아무런 움직임이 없을 때는 올라오지 않으니까, 이 신호탄은 만주 영내에서 소련 영내로 통보하는 신호라고 보는 것이 맞다. 구도는 자기 중대가 국경을 감시하는 동안 반드시 이 수수께끼를 풀겠다고 작심하고 있었다.

신조는 구도와는 정반대의 이유로 국경 감시를 반겼다.

중대는 출동 준비를 마치자 이삼 일 동안 무척 한가했다. 신조도 모처럼 근무에서 해방되었다. 국경에 가면 또 혹사당할 게 뻔했지만, 마음속으로 기대하고 있는 것이 있어서 싱글벙글하고 있다. 가지와 얘기하고 싶은 듯한 시선을 보내지만 가지는 피하고 있었다. 자신의 감시자로 지명된 것이 아무래도 신경 쓰이기도 하고, 하시타니에게 요구 사항을 말하러 갔을 때 신조가 발뺌하려는 태도를 보인 것도 역시 석연치 않았다.

하시타니는 한가한 오후에 병사들을 위로도 할 겸 신선한 채소 대용으로 쓸 명아주를 따러 근무자 외의 병사들을 데리고 영외로 나갔다. 들판에 흩어지고 나서 신조가 가지에게 다가왔다.

"국경이 코앞이야."

신조는 뭐가 좋은지 웃음이 저절로 흘러나온다.

"결빙기에는 기회를 놓쳤지만 쥐구멍에도 볕들 날이 있는 법이야."

가지는 초원 끝에 이어져 있는 습지대 쪽으로 시선을 보냈다. 쥐구멍에도 과연 볕들 날이 있을지 어떨지는 모르지만, 국경 너머로 상상의 나래를 펼치고 있는 신조가 습지대를 건너는 데 중대한 계산 착오를 하고 있는 듯한 불안을 느꼈다. 감시의 눈이 번뜩이고 있는 도로나 건조지를 피해 습지를 건너려면 몇 킬로미터나 되는 거리를 늪에 징검돌처럼 떠 있는 들못 땡추에서 들못 땡추로 경중경중 뛰어서 갈 수밖에 없다. 도망가려면 밤을 택해야 할 테니 들못 땡추를 헛디뎌서 늪에 빠질 위험을 충분히 고려하지 않으면 안 된다.

"……위험하다고 해도 하겠죠?"

가지는 듣기에 따라서는 전혀 관심이 없는 투로 물었다.

"같이 갈 테야?"

신조가 되물었다. 가지는 고개를 저었다.

"역시 부인한테 돌아가고 싶은 거야?"

가지는 또다시 고개를 저었다.

"전에는 그랬습니다. 지금도 부분적으로는 확실히 그렇습니다."

"생각이 발전했다는 말인가?"

가지는 대답하지 않고 명아주를 찾아서 잡아 뜯었다. 신조도 할 수 없이 풀 속에 웅크리고 앉았다.

가지가 갑자기 고개를 돌렸다.

"여기서 괴롭다고 도망가면 저쪽에 가도 역시 도망치고 싶어질 거라고는 생각하지 않습니까?"

"밭이 달라. 저쪽은 아무리 몰락했어도 사회주의의 땅이야."

"약속의 땅이라고는 말하지 않는군요."

가지는 엷게 웃었다.

"러시아인에게는 약속의 땅이어도 일본인에게는 그렇지 않을지도 모른다고 일등병님도 생각하는 거죠?"

"민족 평등의 원칙을 의심하는 거야?"

"의심하지 않습니다. 일등병님처럼 순진하게 믿지 않을 뿐입니다. 일본인은 뭘 했습니까? 일본인이라는 딱지를 세계 어디서나 무조건 믿어줄 것 같습니까? 그 일본인의 영혼이 순진무구하다고 해도 말입니다."

"넌 비관론자야. 적어도 일본인이 해롭지 않다는 증명은 할 수 있어."

"일등병님은 낙관론자입니다."

가지는 짧게 웃었다.

"무해, 무능하다고 증명하는 겁니까?"

신조는 고개를 숙였다. 관자놀이가 실룩실룩 움직이고 있었다.

"실례했습니다. 하지만 사실 아닙니까? 침략국가에서 도망쳐 나왔다고 사상이 깨끗하다는 증명 따위는 되지 않습니다. 탈영병은 탈영병일 뿐입니다. 그렇게 생각하지 않습니까? 박해를 받으며 투쟁하다가 위험해져서 망명한 것과는 의미가 다르니까요."

"무슨 말을 하고 싶은 거야?"

신조는 고개를 숙인 채 말했다.

"전에도 한 번 말하지 않았습니까? 비겁하지는 않을까 하는 것입니다. 저쪽 밭에는 아름다운 꽃이 있는 것 같다면서 뛰어드는 것은 뭔가 근본적으로 이상하지 않습니까? 설령 아름다운 꽃이 피어 있다고 해도 관동군에서 도망쳐 나온 자를 위해서는 아닙니다. 피어 있다면 그래도 다행입니다. 만약 꽃이 없다면 어떡하겠습니까? 그야 언젠가는 피겠죠. 좋은 밭인 것은 틀림없으니까요. 하지만 이쪽에도 피지 않는다는 법은 없습니다. 언제까지나 피지 않게 내버려둘 리도 없고요."

"내 형이라면 네 말을 듣고 기뻐할 거야."

신조는 쓴웃음을 지었다. 명아주와 다른 잡초를 함께 잡아 뜯어서 눈앞으로 던지고 있는 동작은 완전히 의식 밖에 있었다.

"괴로운 것을 피해서는 안 된다는 논리가 성립하는 건가?"

"이 경우엔 그렇습니다."

"네 생각은 논리가 아니라 모럴이야. 훌륭하다고는 생각해. 하지만 난 싫어. 그래, 난 괴로워서 도망가는 거야. 앞날에 희망이 없는 말 같잖은 괴로움이니까. 전쟁은 지겠지만 언제 질지 알 수 없고, 그걸 앞당기는 구체적인 방법도 우리 손에는 없어. 지면 진 대로 또 몹시 괴로울 거야. 모럴로 끝까지 저항할 수 있을까? 너는 나보다 투쟁력도 있고 행동적이기도 하지만 투쟁할 수 없는 조건 속에서도 투쟁하지 않으니까 안 된다고 공산당의 세포 책임자같이 말하는 것은 너답지 않아."

이번엔 가지가 고개를 숙였다. 그렇게 들렸다면 어쩔 수 없다. 신조가 말을 이었다.

"너처럼 좋은 조건을 갖추고 있어도 결국 반항한다는 것이 요시다에 대한 개인적인 복수라는 형태밖에 안 되잖아. 이렇게 말하면 좀 미안하지만 반즈이인 초베에幡随員長兵衛(에도江戸 시대의 협객 – 옮긴이)가 하타모토 야코旗本奴(에도 시대에 하타모토旗本나 쇼군將軍 직속의 하급 무사로 화려하게 차려 입고 시내를 활보하며 불량한 짓을 하고 다녔다 – 옮긴이)와 싸우는 것보다 못한 건 아닐까?"

가지는 잠자코 명아주만 따고 있었다. 신조의 말이 아니라도 요시다 상등병에 대한 개인적인 복수는 별로 가치가 없는 것 같았다. 4중대의 내무생활이 조금은 달라질 수 있을지도 모른다. 기껏해야 그 정도다. 군대조직의 하부에 반항의 말뚝을 박지는 못할 것이다. 군대는 가지를 쉽게 말살하고 비인간적인 성격을 더욱 강화할 것이다. 그렇다면 가지는 신조가 말하는 반즈이인 초베에의 10분의 1의 가치도 없는 것이 된다. 하지만 구도나 히노, 하시타니가 동요한 것은 사실이다. 가지는 그것을 생각했다. 요시다에 대한 분노는 시간이 흐름에 따라 격정에서 이론만 내세우는 것으로 변하기 시작했고, 복수한다고 말해도 구체적인 방법을 생각하고 있는 것은 아니다. 다만 지금 이대로 내버려둘 수는 없다는 생각이 고정되어 있을 뿐이다. 중대 간부가 동요한 사실이 있으니까 가지가 복수를 언급한 것은 언제 폭발할지 모르는 시한폭탄 같은 효과만은 있는 모양이다.

가지는 신조를 보지 않고 한가롭게 펼쳐져 있는 푸른 들판을 바라보

앉다. 때에 전 군복들이 점점이 흩어져서 웅크리고 앉아 느릿느릿 움직이고 있는 모습이 먹이를 찾아다니는 야생동물처럼 보인다. 한가로운 광경이다. 내일이나 모레, 국경 근처로 이동하고 나면 무슨 일이 일어날지 모른다. 지금은 지극히 한가롭다. 늦은 봄의 햇빛도 화창하다. 따뜻한 볕을 쬐며 뜯은 명아주를 가지고 돌아가 삶아서 간장에 찍어 먹는다. 쌉쌀한 시금치 맛이 조금 난다. 그것과 신조의 탈영과 가지의 복수 계획이 다소라도 연관이 있다고는 도저히 생각할 수 없다.

"화난 거야?"

신조가 물었다.

"아닙니다. 반즈이인 초베에가 목욕탕에서 암살당하는 실수 같은 걸 하지 않기 위해서는 어떻게 하면 되는지를 생각하고 있었습니다."

가지는 그제야 신조를 보았다.

"미즈노水野(하타모토야쯔코의 우두머리 중 하나 - 옮긴이)하고 화해라도 했다간 나중에 배신하고 뒤통수를 칠 테니까요."

"요시다가 낌새를 챈 건 아니겠지? 요즘 들어서 이상하게 초조해하고 있어."

가지는 멀리 지평선을 바라보며 애매하게 웃었다. 요시다가 하시타니에게서 무슨 말이라도 들은 걸까? 낮에는 거의 피복 창고에서 나오지 않는다. 식사 때는 내무반에 돌아와서 식사를 마치자마자 바로 나간다. 밤에도 점호를 하고 소등할 때까지 거의 내무반에 없다. 이동준비로 피복계가 바쁜 것은 사실이지만, 반납한 피복에 일일이 신경 쓰면서 소리를 쳐대고 있는 것을 보면 반드시 바쁜 탓만은 아닐 것이다. 가능한 한 겁을 내는 게 좋을 거다. 피복 창고 안에 있어도 안심하지 마라. 군복 상자 뒤에서 언제 뭐가 튀어나올지 모른다. 문을 열 때는 문 뒤쪽을 조심해라. 복도 모퉁이에 주의해라. 밤중에 오줌 누러 가는 것은 위험하다. 내가 식사 당번일 때는 밥을 먹지 마라. 말 비듬을 먹고 설사를 할 테니까. 훈련할 때는 실수로라도 내 앞에는 오지 마라. 돌격할 때는 더욱 그렇다.

요시다는 가지의 의도를 하시타니 중사에게서 들은 것은 아니었다. 누구한테도 듣지 못했지만, 그날 가지가 시라토와 구보를 너무나 간단하게 때려눕히고, 더구나 약간의 반격도 허용하지 않을 정도로 단호했던 것을 알고부터 소위 맹수의 본능으로 종류가 다른 한 마리의 맹수가 곁에 살고 있는 것을 알아챈 것이다. 요시다는 실제로 초조해하고 있었다. 하지만 이것이 꼭 가지가 두렵기 때문만은 아니다. 반쯤은 반대로 가지를 혼쭐낼 기회가 없는 것에 초조하기도 했다.

"요시다한테는 이길 수 있어도, 고참병 전부를 상대로는 이길 수 없어."

신조가 가지의 정면에 웅크리고 앉아서 말했다.

"그릇된 영웅주의라고는 생각하지 않나?"

"요시다에게 오하라를 죽인 책임을 인정하게 할 수만 있으면 됩니다. 그것을 장교나 하사관이 인정하는 데까지 끌고 갈 수 있으면 저는 오하라에 대한 속죄가 될 수 있다고 생각하는 겁니다."

"요시다를 해치울 수는 있겠지. 하지만 그 순간 장교나 하사관이 널 가만두지 않을걸? 그놈들이 인정할 것 같아?"

"그래서 아무것도 하지 말라는 겁니까?"

가지의 안색이 갑자기 험악하게 바뀌었다.

"신조 씨, 당신은 이게 아무런 가치도 없는 모험이라고 생각하고 있어요. 이렇게 말하는 나조차 그렇게 생각합니다. 하지만 실은 그렇게 생각하고 있는 쪽이 문제 아닙니까? 난 겁쟁이라서 자꾸 한다고 말하면서 나 자신을 부추기고 있는 겁니다. 그리고 실제로도 할 겁니다. 어떤 형태로 할지는 모르지만 반드시 할 겁니다. 복수 자체는 아무런 가치가 없어도 초년병이 그것을 한다는 것에는 의미가 있습니다. 더구나 우수한 1선발 후보였던 초년병이 한다는 것에는 말이죠."

신조는 입을 다문 채 더 이상 열지 않았다. 마음먹은 대로 하고야 마는 가지의 고집이 부럽기도 하고, 가엾기도 했다. 파탄이 눈에 보이는 것 같았기 때문이다. 파탄에 이유 따위는 없다. 가지는 나중에 변명할 것을 미리 하고 있는 것이다. 그렇게는 생각하지만 신조는 마음이 무거웠다. 가지는 이렇게 말하는 것 같았다. 나는 뭐라도 하겠다는 용기를 가지려고 하는데 넌 뭐냐? 도망치려고만 하고 있잖아!

41

중대는 국경 감시선監視線으로 출동했다. 감시선이라고 해도 습지에 가로막혀 있어서 실제 국경까지는 15, 6킬로미터는 된다. 정면에 분초를 군데군데 배치하고 그 사이를 동초로 연결한다. 이렇게 해서 정면 약 20킬로미터, 종심縱深(군사용어로 전방에서 후방까지 이르는 세로 선 - 옮긴이) 15, 6킬로미터의 지대를 감시하는 것이다.

이동 배치가 완료되자마자 병사들의 진급이 단행되었다. 요시다와 반나이는 이번에야말로 병장이 될 수 있을 거라고 은근히 기대하고 있었지만 선발에서 누락되었다. 가지와 오와쿠는 시바타가 분초장인 분초에 배치되어 진급 명령을 받았다.

내무계의 히노 준위는 우수한 초년병에게 어려운 임무를 맡긴다, 바꿔 말하면 어려운 임무를 맡은 것은 우수하다는 증거라고 생각하라면서 가지를 완곡하게 본대에서 내쫓은 것이다. 그렇게 해두면 피복계로서 중대에 남는 요시다와 충돌할 걱정도 당분간 할 필요가 없어진다.

히노에게 알아듣도록 주의를 들은 시바타 병장은 분초에서 내보내는 동초로 가지를 보내며 혹사시켰다. 쉴 틈을 주지 않고 근무를 세워서 피곤하게 하면 가지의 불온한 마음이 활동할 여지가 없어질 것이라는 소극적인 의도뿐만 아니라 이것은 명백하게 벌이었다. 그 증거로 같은 신임 일등병인 오와쿠에게는 초소 부근에서의 입초가 많이 배정되었고, 가지에게는 야간 동초가 더 많이 배정되었다. 동초는 두 사람씩이지만 20킬로미터나 되는 거리를 걸어 다녀야 한다.

낮에는 낮대로 신임 일등병은 여전히 최하급이기 때문에 잡무가 많다. 만족스럽게 잘 수 있는 시간도 거의 없다. 가지는 급속도로 체력이 소모되는 것을 느꼈다. 그래도 불평할 수 없었다. 근무표 개정을 요구하기 위해서는 히노 준위에게 또 호되게 시달려야 하기 때문이다.

분초장 이하 열세 명이 한 팀인 분초는 원칙적으로 일주일 단위로 교대하여 중대로 돌아오게 되어 있었지만, 병력 부족을 이유로 종종 교대가 연기되었다. 교대가 연기되더라도 고참병들은 별로 힘들지 않다. 동초 때는 고생이 심하지만, 그 밖에는 기껏해야 주간의 입초 교대 정도이고, 게다가 '2호 분초'의 분초장이 동년병인 시바타이기 때문에 거북스러운 사람이 한 명도 없었다. 불평이라고 해봐야 그 동년병인 시바타가 하사 근무 병장에 임명된 뒤로 조금씩 하사관 행세를 하고 싶어 한다는 것 정도다.

가지의 입장에서는 교대가 연기되는 것이 괴로웠다. 처음 얼마 동안은 내무반의 답답한 분위기가 분초에서는 어느 정도 해소되어 근무의 고통쯤은 견디기 쉽다고 생각한 것과 잔소리의 근거를 주지 않으려고 시키는 대로 열심히 근무를 나가서 반대로 자신이 하는 말의 근거를 공고히 해두려고 마음먹었지만, 너무나 불공평한 근무가 거듭되어 피로가 쌓이자 중대로 돌아갈 날이 기다려지게 되었다. 희한한 일이다. 귀신이 득실거리고 있을 것 같은 중대로 돌아가고 싶어질 수도 있다니. 돌아가 봐야 전에 신조가 당한 것처럼 또다시 위병 근무가 연속적으로 이어질 것이 틀림없겠지만…….

그날 밤, 가지는 다른 내무반에서 온 신임 병장인 히라타와 동초를 나갔다.

 초여름 밤, 하늘엔 별이 금방이라도 쏟아져 내릴 것처럼 가득했다. 밤이 되자 기온도 내려가서 서늘할 정도다. 지금이 이 지역에서는 가장 날씨가 좋은 때일지도 모른다. 이제 보름만 지나면 여름이 자신의 짧은 생을 알고 있다는 듯 급속도로 성숙하여 남아도는 열기를 마구 뿜어낼 것이다. 그러면 사람의 살갗 따위는 잠시도 버티지 못하고 새까맣게 타버리고, 습지대에서 올라오는 다량의 습기는 이 일대를 한증막으로 바꿔놓을 것이다. 모기떼도 창궐한다. 별로 좋은 계절은 아니다.

 가지는 그런 악조건 속에서 지금처럼 혹사당한다면 억울하지만 히노 준위의 계산대로 뻗어버릴 것이라고 생각했다. 하지만 어떻게든 그의 계산을 어그러뜨리고 싶었다.

 두 사람의 동초는 습지대를 가로질러 국경으로 평행하게 나 있는 길을 착검한 채 총구를 앞으로 겨누고 걸었다. 길은 짐마차의 바퀴자국이 깊이 파여 있어서 심하게 울퉁불퉁했다. 이 근처에 만주인 마을이 한 군데 있는데 그 마을 사람들이 이 길을 지나 훨씬 북쪽에 있는 또다른 마을로 왕래하면서 만든 자국이다.

 가지는 군사적인 의미밖에 없는 이 근방에 만주인이 마을을 이루고 살고 있다는 것을 처음 야간 동초를 나왔을 때는 이상하게 생각했지만, 그거야말로 식민지주의의 독선적인 사고방식이라는 것을 깨닫고 적이 당황했다. 원주민이 이 지역에 삶의 터전을 잡고 살고 있는데 군대가 들어와서 제멋대로 군사적인 의미를 부여한 것에 불과하지 않은가.

그 마을은 아직 이 길의 전방 2킬로미터쯤 되는 곳에 있었다. 그 근처까지 왔을 때 '10시 30분' 방향에서 빨간 불꽃이 솟아올랐다. 신호탄이다.

"신호탄입니다."

가지는 중얼거리며 곁눈질로 히라타의 동정을 살폈다. 달려가서 확인해보자고 하지는 않을까 걱정했던 것이다. 구도가 신호탄의 정체를 알아내는 것을 경계근무에서 가장 우선시해야 할 임무로 말했기 때문에 진급에 욕심이 있는 병사라면 좋은 기회다 싶어서 바로 달려갈 것이다. 그러나 실제로는 그것이 성공한 적은 없었다.

"빨간색이었지?"

히라타가 느려터진 말투로 말했다.

"구도 새끼의 비위를 맞춰봤자 소용없어."

가지는 미소를 지었다. 이 4년병은 얼마 전에 병장으로 진급했다. 진급이 빠른 편이라고는 할 수 없지만 동기생 대부분이 아직 상등병인 것을 보면 필시 요령은 좋지 싶다. 상관 앞에서는 고분고분한 모습을 보이다가도 뒤에서는 대충대충 하는 타입이다. 그러나 가지는 히라타가 신호탄에 쓸데없이 관심을 갖지 않은 것에 호감을 느꼈다. 조금은 이야기가 통하는 자일지도 모른다.

"오늘 부대에 특별한 움직임이 있었습니까?"

가지가 물었다.

"글쎄, 중대에서 군량미를 운반하기라도 했나? 걱정 마. 놈들이 우리

보다 우리 부대의 사정을 더 잘 아니까. 어제오늘 일도 아니잖아. 멋대로 하라고 해. 불꽃 구경도 나쁘진 않네."

히라타는 웃었다.

"비상 나팔이 울리지만 않으면 말이야."

그건 가지도 동감이다. 가지는 친밀감이 깊어지는 것을 느끼며 물었다.

"병장님은 관특련입니까?"

"그래."

"꽤 오래되었군요?"

"오래됐지. 도쿄 한복판에서 갑자기 이런 데로 끌려왔어. 도쿄에선 여편네의 조개가 밤마다 울고 있네."

가지는 웃으려다가 갑자기 가슴에 통증을 느꼈다. 4년은 너무 길어요. 미치코였다면 그렇게 말하면서 몸부림칠 것이다. 4년 동안이나 지금 같은 상태로 산다는 것은 가지도 자신이 없었다.

"너도 아내가 있겠지?"

"……있습니다."

두 사람은 잠시 말없이 걸었다.

"……젠장, 못 견디겠군!"

별안간 히라타가 신음했다.

가지는 이것에도 동감이었다. 가지는 히라타의 신음 소리를 자기 편한 대로 해석했던 것이다. 히라타가 갑자기 가깝게 느껴졌다.

그러나 가지의 해석이 너무 안일했던 모양이다.

도로 오른편의 어둠 속에서 검게 가라앉아 있는 마을이 보였을 때 히라타는 멈춰 섰다.

"이봐, 물이나 한판 빼러 가지 않을래?"

가지는 장소도 장소였는지라 얼른 알아듣지 못했다.

"꾸냥(처녀)이야. 빠구릴 하게 해주는 놈이 있는 것 같아."

히라타의 이가 밤눈에도 하얗게 보인 것이 오히려 불쾌했다.

"처음엔 어느 약삭빠른 놈이 거기로 쳐들어가서 강간했대. 그런데 끝나고 나서 돈을 줬더니 받더라는 거야. 그때 이후로 가끔 하는 모양이야. 여기 온 날, 먼저 있던 중대 놈한테 들었어. 보초는 주위 상황에 항상 주의해야 해. 그 점에 허술함이 있어서는 안 되는 거야."

히라타는 짧게 소리 내어 웃었다.

"집 표시도 알아두었어. 안 갈래?"

가지는 검은 막대기처럼 서 있었다. 히라타는 그것을 초년병의 망설임이라고 생각한 모양이다.

"1엔이나 1엔 50센錢(1엔의 100분의 1에 해당하는 일본의 화폐 단위-옮긴이)만 주면 돼. 군소리하면 이거지."

히라타는 총을 두드렸다.

"돈은 나한테 있어. 빌려줄게. 안 갈래? 시간은 걱정할 필요 없어. 빨간색 불꽃을 보고 수색하다 늦었다고 하면 돼. 우리는 여자의 사면발니를 수색하는 게 더 걱정이지만. 왜 그래?"

"3호 분초장은 이시구로 중사입니다. 그런 거짓말이 통하겠습니까?"

"걱정하지 말라니까. 내가 알아서 할게. 가자. 이럴 때 물이라도 빼지 않으면 위생상 나빠."

말리려면 또 싸울 수밖에 없다. 가지는 정신적으로 지쳐 있었다. 싸울 기력조차 생기지 않는 것 같다. 그뿐만이 아니다. 가지 자신의 지친 몸뚱이 안에서도 어두운 욕망이 꿈틀거리고 있었다.

가지는 히라타에게서 떨어졌다.

"혼자서 다녀오십시오. 여기서 기다리고 있겠습니다."

참으로 추접스런 기다림이리라! 일본 병사에게 능욕당하고 나서 반항도 못하고 그대로 타락한 창녀가 되었을 마을의 여자를 또 돈으로 더럽히러 간다. 그 사내를 어둠 속에서 멍청히 서서 기다린다…….

"그래? 그럼 미안하지만 기다리고 있어. 30분 안에 끝내고 올 테니까. 금방이야."

마을 쪽으로 꺾인 오솔길로 뛰어간 히라타의 검은 모습은 이내 어둠 속으로 빨려 들어갔다.

가지는 별빛을 받으며 길 한복판에 서 있었다. 히라타를 말리지 않은 것이 자꾸만 후회되었다. 자신이 총의 위력을 빌려 마을의 여자를 겁탈한 것처럼 뒷맛이 개운치 않았다. 어느 정도는 가지 자신도 공범임이 분명하다.

만약 이런 이야기를 미치코에게 들려준다면 애타게 기다리던 남자의 생각지도 못한 불결함에 정나미가 떨어질지도 모른다. 미치코는 가지가 영혼의 순수함과 올바름을 지키기 위해서 군대의 비상식적인 고통 속에서도 싸우고 있다고 믿고 있을 테니까. 그렇다, 그 창가의 새벽빛 속에서 실오라기 하나 걸치지 않은 몸을 아낌없이 준 것은 이런 불결함을 허용하기 위해서는 아니었다.

가지는 밤하늘을 올려다보며 흘러가는 별을 찾았다. 별이여, 하나만이라도 서남쪽으로 흘러가다오. 그나마 그것으로 마음이 통하는 징표라도 삼게. 별은 하룻밤 새에 몇 개나 하늘을 가른다. 그러나 원하는 방향으로 달린다고는 할 수 없다. 가지는 인내심을 갖고 별을 찾고 있었다.

히라타가 돌아왔다. 어둡기 때문에 일부러 멋쩍게 웃을 필요도 없다. 검은 그림자가 느릿느릿 가지 앞에 서서 말했다.

"냄새가 나서 참을 수가 없더군."

가지는 잠자코 걷기 시작했다.

"여기 만주인들은 너무 얌전한 것 같아. 실없이 웃으면서 아첨이나 떨고, 여자도 재미라곤 통⋯⋯. 메이파즈(할 수 없다), 가랑이를 벌리겠어요, 라니까."

히라타는 침을 뱉었다.

"언제까지나 얌전하지는 않을 겁니다."

가지가 퉁명스럽게 대답했다. 히라타에 대한 반감이 그런 말로 나타났으나 그리 멀지않은 장래에 그런 현실을 마주하게 되리라는 것은 가지조차 아직 전혀 알지 못했다.

가지는 걸음을 빨리했다. 3호 분초에 빨리 도착할 필요가 있다기보다도 찝찝한 뒷맛을 빨리 지워버리고 싶었다.

42

 0시가 지나서 3호 분초에 도착했다. 초소 앞 대기소에 신조가 앉아 있었다. 분초장인 이시구로 중사는 취침 중이어서 위병소 담당 병장이 히라타에게서 빨간 불꽃에 관한 보고를 받았다.
 3호의 동초 두 명은 하품을 참으면서 2호로 출발했다. 가지와 히라타가 2호로 돌아가면 이 두 명이 3호로 돌아오게 된다. 그때쯤이면 날이 하얗게 샐 것이다. 분초와 분초 사이는 이렇게 동초가 오가는데, 이 정도로 허술한 경계망에 걸릴 어설픈 물고기가 있으리라고는 아무도 믿지 않았다. 믿지는 않지만 경계를 너무 철저하게 하면 병사들이 견뎌내지 못하기 때문에 묵묵히 현 상태를 유지하면서 명령과 보고 접수만은 어떻게든 중요한 것처럼 하는 것이다.
 입초와 대기자 외에는 의자에서 꾸벅꾸벅 졸고 있거나, 휴게실에 들어가 자고 있었다. 가지는 담배를 다 피우고 밖으로 나왔다. 대기자인 신조는 초소 앞을 천천히 왔다 갔다 하고 있었다. 하늘에는 여전히 무수히 많은 별이 반짝이고 있었지만, 달이 아직 뜨지 않아서 표정을 살필 수는 없었다.
 "절반 교대로 오늘 왔어."

신조가 목소리를 낮춰서 말했다.

"넌 계속 나가 있는 거야?"

"그렇습니다. ……거의 동초만……."

"히노가 할 만한 짓이지. 그 자식은 그런 방법밖엔 모르거든."

"하지만 꽤 효과적인 방법입니다. 난 벌써 꽤 타격을 입기 시작했으니까요."

"날씨가 더워지고 있으니까…… 몸조심해."

가지는 어둠 속에서 고개를 끄덕였다.

"좀 자고 가. 깨워줄게."

가지는 이번엔 고개를 가로저었다.

"요시다는 어쩌고 있습니까? 이쪽으로 오면 좋겠는데."

끝말은 혼잣말처럼 나직하게 중얼거렸다.

"그 자식은 오지 않을 거야. 반나이가 왔어. 휴게실에서 자고 있을걸?"

가지는 별을 보았다. 무심하고 아름다웠다.

"뭔가 구실을 만들어서 중대로 귀대할 생각입니다."

신조는 아무 말도 하지 않았다. 가지가 잠깐 사이를 두었다가 말을 이었다.

"이런 식으로 나가떨어지게 하려는 것 같은데 그렇게 되지는 않을 테니까요."

그러나 사실은 그렇게 될 것 같았다. 불공평한 근무를 어디에 대고 하소연할 수도 없다. 근무표엔 각자의 능력에 맞춰 근무하고 있는 것으로 되어 있다. 설령 약간의 불평등한 점이 보여도 일시적으로 과중한 부담은 병력이 부족한 때인 만큼 돌아가면서 맡을 수밖에 없다는 설명이 붙어 있는 것이다. 신조가 전에 변소 청소를 하다가 마침 변소에 온 소가 중사에게 덤벼들었던 기분을 지금 가지는 충분히 이해할 수 있었다.

"조급하게 굴지 마라."

신조가 가지의 귀에 대고 말했다.

"사소한 일이라도 걸렸다간 곧장 육군 형무소행이니까."

차라리 크게 한번 사고를 치면 어떨까? 가지는 어둠 속을 응시했다. 내일쯤 구실을 만들어서 중대로 돌아간다. 그길로 피복 창고로 가서 요시다 상등병을 다짜고짜 혁대로 두들겨 팬다. 소리를 낼 수 없을 정도로 때려눕힌다. 완전히 뻗어버린 요시다를 내무반으로 끌고 간다. 고참병들과 초년병들이 보는 앞에서 다시 2, 30대 더 때린다.

"자, 모두가 보는 앞에서 말해! 오하라의 자살에는 너도 책임이 있다고 말해! 그런 짓을 시킨 것이 잘못이었다고 모두가 보는 앞에서 인정하란 말이야!"

"인정하지 않을 거냐?"

또 때린다. 소동이 커질 것이다. 히노 준위가 뛰어올 것이다. 상관하지 않는다. 히노가 보는 앞에서 혁대로 무자비하게 때리는 것이다. 살이 터지고 피가 철철 흐르는 놈을!

"히노 준위님 앞에서 말해라! 오하라가 자살한 데는 네 책임이 크다고 말해!"

"히노 준위님, 들으셨습니까?"

히노는 고참병들을 시켜 가지를 말리려고 할 것이다. 그러기 전에 요시다에게 자백하게 하면 된다. 그런 놈은 혁대로 얼굴을 후려갈기면 잠시도 버티지 못할 것이다.

"자, 다들 들었지? 이놈이 자백한 것을 똑똑히 들었겠지? 이놈이 말했다. 오하라를 자살로 몰고 간 것은 이놈의 린치가 마지막 동기였다고 인정했단 말이다."

"준위님, 들으셨습니까? 저를 군법회의에 회부하시겠습니까? 저는 폭로하겠습니다. 중대장님 이하 중대 간부가 한통속이 되어서 이 문제를 덮으려고 했을 뿐만 아니라 그것을 적발한 저에게 벌을 주려고 했던 것을 말입니다. 괜찮겠습니까? 증인이 있냐고 한다면 준위님, 이참에 신조 일등병의 부젓가락 사건도 폭로할까요? 화상 자국은 평생 지워지지 않으니까요."

가지는 몸서리를 쳤다. 몸은 께느른하고, 머리는 뜨겁게 타올랐다.

"고참병님, 의견을 들려주십시오."

떨리는 목소리를 간신히 억누르고 말했다.

"가령 1센의 돈을 훔친 사내가 1만 엔을 훔친 사내를 인도적으로 벌하는 것이 절대로 불가능합니까?"

신조는 초소 안을 한번 들여다보고 나서 입을 열었다.

"그 문제엔 정말로 1센과 1만 엔 정도의 격차가 있는 거야?"

"그렇습니다."

가지의 목소리가 뚝 끊겼다. 갑자기 가지의 몸까지 어둠 속으로 녹아버린 것 같았다. 신조는 좀 떨어진 곳에서 보초가 뚜벅뚜벅 걷는 소리를 들었다.

가지의 말소리가 어둠 속에서 돌아왔다.

"1만 엔은 확실히 1만 엔입니다. 죄가 크다는 의미에서 말입니다. 1센은 100엔인지 1,000엔인지 모릅니다. 어쩌면 1만 엔에서 1센만 뺀 정도일지도 모릅니다. 하지만 어쨌든 모두 1센은 훔쳤습니다. 확실하게 분량이 정해지지 않은 1센을 말입니다. 그래도 어떤 말도 할 권리가 없는 겁니까?"

다시 보초의 발소리가 들릴 만큼의 시간이 있었다.

"나라면 말이야, 가지……."

신조가 불확실하게 중얼거렸다.

"나는 늘 1센 정도는 훔치고 있을 테니 아무 말도 하지 않고 달아나겠어."

가지는 말없이 신조 곁을 떠났다. 초소로 들어가서 의자에 앉아 졸고 있는 히라타를 흔들어 깨웠다.

"병장님, 좀 이르긴 하지만 출발하시죠. 시간이 거의 돼갑니다."

신조는 대기자 위치로 돌아와 있었다. 그 앞에서 2호로 먼 밤길을 걸어가면서 가지는 마음속으로 결심하고 있었다. 내일은 의무실에서 진단을 받는다는 구실을 만들어서 어쨌든 중대로 돌아가 보자. 군의관의 진단을 속이지 못하면 또 다른 구실을 찾으면 된다. 어떻게든 해서 히노가 움직이는 엉터리 장기의 말만은 되고 싶지 않다.

가지는 구실을 만들 필요가 없었다. 그 다음 날, 분초로 전화가 와서 가지 일등병을 중대로 복귀시키라는 명령이 떨어졌다. 연대 대항 사격 시합에 출전할 선수를 선발한다는 것이다. 가지는 교대병이 오기를 기다렸다가 중대로 돌아갔다.

43

"수고했어."

사사가 위로했다.

"부인한테 편지가 왔어. 3주 동안 세 통이나. 그리운 서방님께 드립니다, 라고 말이지."

가지는 군장도 풀지 않고 봉투에 쓰인 미치코의 글씨를 보았다. 더운 김처럼 따뜻한 느낌이 가슴속에 퍼졌다.

"좀 야위었어, 가지."

가나스기가 다가오며 말했다.

"다음 주에는 내가 갈 것 같은데, 힘들지?"

"그렇게 힘든 건 없어, 보통 같으면."

가지는 군장을 풀기 시작했다.

"여기서 위병 근무를 연속해서 서는 것과 비슷해."

"위병 근무라니까 생각나서 하는 말인데, 기무라가 대기하면서 졸다가 순찰한테 걸려서 엄청 두들겨 맞았어."

"얼굴이고 뭐고 죄다 찌그러졌어."

사사도 거들었다.

"입초 중이 아니어서 그나마 다행이었지."

가지는 동초를 설 때 히라타가 한 행위를 떠올렸다.

"얼굴이 찌그러지는 정도로는 끝나지 않았겠지……. 다노우에는 어떻게 됐어?"

"취사 당번이 됐어."

"잘됐군."

동작이 느린 다노우에에게는 무난한 보직이다. 나중에 만나러 가야겠다고 생각했다.

"누구 오하라 부인에게서 온 편지는 어디 있는지 몰라?"

사사가 말했다.

"3내무반 여러분께, 하고 안부 편지를 보내왔어."

"……뭐라고 쓰여 있었는데?"

"죄송하다는 말과 죽은 사람은 말을 못하니 아무래도 자살의 진상을 알 수 없겠다고 쓰여 있더군. 그 아주머니가 집을 나갔다고 했잖아? 근데 집으로 돌아와서 노파랑 같이 살게 된 것 같아. ……그렇지?"

가나스기가 고개를 끄덕였다. 가지는 멈춰 있던 손을 움직이기 시작했다. 이제 와서 그래 봐야 무슨 소용이 있단 말인가! 어차피 그럴 거였으면 진작 그랬어야지.

"오하라도 저승에서 기뻐할 거야."

사사의 말이 아주 낯설게 들렸다.

"너라면 기쁘겠어?"

가지는 오하라에게 묻는 듯한 시선으로 사사를 보았다.

"……요시다 상등병은 지금 어떡하고 있어?"

사사가 대답하는 것보다 먼저 문 밖에서 발판을 밟는 소리가 나고 당사자인 요시다의 목소리가 들렸다.

"사역병 다섯 명 나와!"

내무반에 있는 초년병은 가지를 포함해서 네 명이었다. 사사와 가나스기 외에 대화에도 끼지 않고 구석에서 위병 근무 준비를 하고 있던 모리가 이번에만은 모두와 시선을 마주쳤다.

문이 열리고 요시다가 말했다.

"피복 창고 사역이다. 하나, 둘, 셋, 네 명인가? 부족하군. 어쩔 수 없지. 나와라. 속옷을 주겠다."

세 명은 움직였지만 한 명만 등을 돌린 채 움직이지 않았다. 요시다가 들어오다가 갑자기 멈춰 선 것은 그 뒷모습이 누구인지 알았기 때문이다. 가지는 혁대를 말아 쥐고 등 뒤의 기척에 신경을 곤두세우고 있었다. 돌아서는 순간 눈에서 번갯불이 튈 정도로 한 방 날려줄까?

속주머니에 넣은 미치코의 편지 밑에서 심장이 격렬하게 뛰고 있었다. 그 일격으로 사태는 급변할 것이다. 어쨌든 가지의 입장은 그 순간에 완전히 달라지는 것이다.

숨을 한 번 쉴까 말까 한 짧은 시간이었다. 요시다는 낯빛이 창백해져서 말했다.

"……가지인가, 너도 와."

가지는 돌아서기 전에 생각했다. 아직 분초 교대 보고도 하지 않았습니다, 그렇게 대답하면 그만이다. 쓸데없이 문제를 일으키기보다 그렇게 하는 편이 나을 것이다. 하지만 그 생각과는 다른 기분이 가지를 돌아서게 했다.

"오하라가 있었다면 딱 다섯 명이군요, 상등병님."

요시다는 가지의 손이 혁대를 움켜쥐고 있는 것을 보고 몸을 떨었다. 공포 비슷한 느낌을 하급자에게서 받은 것은 이 사내의 인생에서 처음 있는 일이다. 동년병이 한 명이라도 이 자리에 있었다면 그는 주저 없이 가지에게 달려들었을 것이다. 그러나 지금은 상황이 너무 다르다. 요시다의 물어뜯을 듯한 눈이 바쁘게 움직였다. 제대로 망신살이 뻗칠 것 같은 상등병의 체면을 어떻게든 세워야 한다. 때리면 틀림없이 그 반격으로 혁대가 날아올 것이다. 이상하게 창백해진 가지의 얼굴이 그것을 경고하고 있다.

그러나 요시다의 운은 아직 다하지 않은 모양이다. 어수선한 발소리와 함께 하시타니가 들어와서 말했다.

"누가 내 장비 좀 챙겨라. 급하다, 급해. 위병 사령이 변경되었단 말이야. 제기랄!"

이 한마디로 내무반에서는 좀처럼 보기 힘든 진기한 장면이 순식간에 허물어져버렸다.

"위병 사령으로 근무하시는 겁니까? 피곤하시겠습니다."

요시다는 아첨을 떨었지만 하시타니는 "응!" 하고 대답했을 뿐이다. 무슨 일이 일어나려고 했는지를 하시타니는 벌써 눈치채고 있었다.

요시다가 결국 사사와 가나스기만을 데리고 나간 후 하시타니는 가지를 하사관실로 데리고 들어갔다.

"내가 근무를 마치고 돌아올 때까지 문제를 일으키면 가만두지 않겠다."

가지는 잠자코 반장의 장비를 선반에서 내렸다.

"네가 무슨 일이 있어도 대결하고 싶다면……."

하시타니가 거듭 말했다.

"내가 근무를 마치고 나서 여기서 대결시켜주겠다."

가지는 가만히 하시타니의 얼굴을 응시했다. 대결시켜준다고 하더라도 심판은 중사, 대결 당사자는 상등병과 일등병이라는 계급을 달고 있다. 결론은 대결하기 전부터 나와 있는 것이나 다름없다. 가지는 쓴웃음을 지었다. 하시타니의 제안을 비웃었다기보다 자기 자신을 비웃은 것이다. 그 순간에 눈에서 번갯불이 튈 정도로 한 방 날리지 못한 것을 보면 앞으로도 영원히 그러지 못할지도 모른다. 혼자 흥분해서는 강한 척하며 망상을 즐기고 있을 뿐이다. 끈질기게 참으면서 싸우지도 못하고, 만용을 부리지도 못할 것이다.

"알았나?"

하시타니가 다짐을 두었다.

"알았습니다."

가지가 알았다고 한 것은 하시타니가 그렇게 시키겠다고 해도 히노 준위가 결코 용납하지 않으리라는 것이었다. 어쨌든 잘됐다. 이때 가지는 자신의 행동에 조금도 자신감을 가질 수 없는 상태였다.

요시다는 그렇지 않았다. 피복 창고에서 초년병에게 사역을 시키면서 혁대를 움켜쥐고 있던 가지의 창백한 얼굴을 자꾸 생각하다 보니 분노가 점점 치밀어 올랐다. 무엇보다도 상등병의, 게다가 4년병의 체면이 구겨졌다는 것을 참을 수 없었다.

요시다에게는 자신이 잘못했다는 의식이 별로 없었다. 자기들이 당했듯이 군대의 전통에 따라 초년병을 대했을 뿐이다. 그런데도 가지는 초년병으로서는 도저히 용납할 수 없는 건방진 태도를 보이고 있다. 1선발 진급으로 너무 건방져졌어! 분수도 모르고 고참병인 자신을 겨냥하겠다면 자신도 놈을 겨냥할 것이다. 저놈이 있는 한 마음 놓고 잘 수도 없다. 요시다는 가지보다 꾀가 있었다. 아니 꾀가 있었다기보다도 꾀를 부리는 솜씨가 빨랐다고 해야 할지도 모른다.

그날 밤, 가지는 분초 근무의 고단함으로 깊은 잠에 빠져 있었다. 밤중에 질식할 것 같은 답답함을 느끼고 모포 안에서 몸부림쳤다. 뭔가

가 호흡을 방해하고 있는지, 잠이 확실히 깰 때까지 숨이 붙어 있었던 것은 행운이었다.

일어나 보니 얼굴 반을 흠뻑 젖은 휴지가 덮고 있었다. 영내에서 사용하는 휴지는 누구 것이나 똑같다. 아무 증거도 되지 못한다. 가지는 일어나 앉아서 요시다의 침상을 보았다. 어두워서 자고 있는지 어떤지 알 수가 없었다. 가지는 젖은 휴지를 뭉쳐서 요시다 쪽으로 던졌다. 아무 반응도 없었다. 가지는 다시 침대에 누우면서, 이때 비로소 요시다를, 아니 요시다 같은 놈을 어떤 방법으로든 죽여버리는 광경을 상상해보았다. 오하라의 자살에 따른 자책과 의분도, 군대의 부조리에 대한 분노도, 지금은 거의 남김없이 개인적인 증오로 환원되어버린 것 같았다.

44

신조 일등병은 반나이 상등병과 야간 동초를 나갔다. 반나이는 육군 기념일에 신조에게 몰매를 때린 장본인이다. 신조는 그 일을 결코 잊지 않았다. 반나이도 기억은 하고 있지만, 기억하는 방법이 신조와는 달랐다. 그 사건으로 두 사람의 관계가 특별히 친밀해지는 계기가 되었다고 생각하는지, 같은 분초에서 근무하게 된 뒤로 자꾸 말을 걸곤 한다. 자신에게는 절대로 맞설 수 없는 상대를 돌봐준다는 우월 심리일지도 모른다.

두 사람은 희미한 달그림자를 밟으며 2호 분초로 걸어가고 있었다. 걸어가면서 자꾸 말을 거는 반나이에게 신조는 아무 대꾸도 하지 않았다. 이야기라는 게 기껏 여자 이야기뿐이다. 게다가 반나이는 자기 자랑만 늘어놓는다. 자기가 넘어뜨린 '계집년'이 어떤 소리를 내면서 감격해 울었는지, 어떤 식으로 달라붙어서 떨어지지 않았는지, 요컨대 이렇게 말하는 자신은 여자를 행복하게 해주는 능력이 뛰어난 사람이라는 것이다.

신조는 국경 너머에도 이런 이야기만 하는 군인이 있을까, 하고 생각했다. 만약 있다면 가지의 말대로 저 너머에도 아름다운 꽃이 피어 있다고는 단정할 수 없다. 왜냐하면 이런 이야기밖에 할 줄 모르는 사내가 많다는 것은 인간의 삶이 모든 의미에서 철저하게 빈곤한 것이 원인이라고밖에 생각할 수 없기 때문이다.

그러고 있는데 반나이가 이렇게 말하기 시작했다.

"나는 말이야, 신조. 제대하면 어디서 여자를 열 명쯤 사다가 이 근처에 가게를 열 거야. 엄청나게 잘될걸? 틀림없어! 사회에 있는 놈들은 이 근처가 습지대라서 장사가 안 될 거라고 생각하겠지만 천만에! 큰돈을 벌 수 있다고! 계집 하나를 500엔만 주면 살 수 있을 거야. 아니, 그렇게까지는 필요 없을지도 몰라. 시골 가난한 동네에 가면 말이지. 이 근처에 개업하려면 군의 허가가 필요할까?"

"글쎄요……."

신조는 소백정이었던 반나이 상등병이 색싯집 주인으로 승격하겠다는 꿈을 갖고 있는 것에 쓴웃음을 지었다. 웃음밖에 나오지 않는 환상임엔 틀림없지만, 여자에 굶주린 수만 명의 '정예'가 변방에 배치되어 밤낮으로 국경만 노려보고 있는 상태가 영원히 계속된다고 믿고 있는 반나이 상등병의 생각도 무리는 아니다. 일본도 질 때가 있다는 교육은 받은 적이 없었고, 적군이 섬들을 하나하나 집어삼키며 서서히 공격의 밀도를 높여서 마침내 사이판을 엿보기에 이르렀다는 전황에 대해서도 거의 듣지 못했던 것이다. 그러니 소만 국경에서 군인들에게 여자를 대주면 반나이 상등병은 10년 안에 백만장자가 될 수도 있다. 습지대에 주둔하는 1개 연대만 상대로 해도 반나이는 먹고사는 데 아무 지장이 없을 것이다.

그러나 반나이의 독장수셈(실현 가능성이 없는 허황된 계산을 하거나 헛수고로 애만 씀을 이르는 말 - 옮긴이)은 수지 명세서를 작성하는 도중에 돌연 중단되었다. 대략 '2시' 방향의 희읍스름한 어둠 속에서 파란 신호탄이 솟아올랐던 것이다. 거리를 짐작하기는 어려웠지만, 그렇게 멀지는 않다. 반나이는 바짝 긴장해서 신조의 팔꿈치를 찔렀다.

"가깝지?"

"……꽤 될 겁니다."

신조는 불안하게 대답했다.

"아니, 가까워."

반나이는 순식간에 결심을 굳혔다. 미래의 색싯집 주인은 용맹한 관동군 4년병으로 돌아와 있었다. 그가 3호 분초에 배치되었을 때 병장으로 진급하지 못한 불만을 이시구로 중사가 알아채고 이런 말을 한 적이 있었다.

"전장에서는 너의 용맹만으로도 병장의 가치는 있지만 여기서는 그것만으로는 안 돼. 좋은 걸 하나 가르쳐줄까? 반나이, 너희들 4년병은 전초 근무를 싫어하고 중대에서 밥만 축내고 있는데, 여기에 온 이상 한두 개쯤은 공을 세울 수 있을 것이다."

"어떻게 말입니까?"

"중대장님은 신호탄 병에 걸려 있으니까, 그 병을 치료해주면 돼."

그렇게 할 수만 있다면 고생은 끝이겠다는 표정을 짓고 있는 반나이를 보고 이시구로는 음흉하게 웃었다.

"복통에 감기약을 줘서 치료했다는 이야기를 알고 있지? 그런 약 같은 것만 있으면 돼."

그때는 이 수수께끼를 알 것 같으면서도 알 수 없었지만, 지금 밤하늘에 파랗게 타오른 신호탄을 본 순간 알 수 있을 것 같은 기분이 들었다.

"가자!"

반나이는 신조의 팔을 힘껏 끌어당겼다.

신조는 마지못해서 반나이를 따라 습지로 내려갔다. 이 일대는 습지라 해도 풀뿌리로 단단한 땅이 많아서 발을 움직여도 그렇게 위험하지는 않았다. 두 사람은 허리를 굽히고 시계를 확보하면서 걸었다. 희미한 달빛만이 습지 위를 떠다니고 있을 뿐이었다.

"아무것도 보이지 않습니다."

신조는 중얼거렸지만 반나이는 총을 겨누고 사냥감에 다가가는 사냥꾼처럼 긴장하고 있었다. 반드시 공을 세우고 싶은 마음은 없었다. 이것도 심심풀이일지 모른다.

아무것도 보이지 않았다. 습지는 차츰 늪으로 바뀌고 있었다. 더 이상 걸을 수 없는 곳까지 왔다. 반나이는 걸음을 멈췄다.

"……보이지 않는군."

"틀림없이 훨씬 저쪽이었습니다."

"……그런가?"

반나이가 아쉬워하면서 단념하려고 했을 때 두 사람은 물을 때리는 듯한 소리를 들었다. 아직 아무것도 보이지는 않았지만, 사이를 두고 같은 소리가 들린 것은 늪에서 자연스럽게 나는 소리는 아니다. 반나이는 자세를 더욱 낮추고 소리가 나는 쪽으로 갔다. 신조도 덩달아 따라갔다.

반나이가 느닷없이 소릴 질렀다.

"누구냐!"

신조는 앗! 하고 숨이 끊어지는 듯한 외마디소리를 들었다고 생각했다.

"쏜다!"

반나이의 고함에 대답한 것은 한동안 계속된 물소리다. 그 소리는 갑자기 사라졌다. 누군가가 물속에서 허둥지둥 풀밭으로 올라간 것 같다. 두 사람은 뛰었다. 반나이가 들고 있는 손전등의 작은 불빛 고리가 심하게 흔들렸다. 무언가에 발이 걸린 신조는 넘어지면서 그대로 오싹할 정도로 차가운 물에 총을 든 손을 처박았다. 순간 그는 습지의 공포에 휩싸였지만 총과 손은 의외로 쉽게 빠졌다. 발에 걸린 것은 손으로 짠 작은 그물이었다. 아마도 마을의 만주인이 늪에 있는 물고기를 잡으려고 쳐놓은 것이리라.

반나이는 수상한 그림자를 쫓아 길 쪽으로 달리고 있었다. 신조도 그물을 안아 들고 달리기 시작했다. 반나이를 말리지 못하면 엉뚱한 문제가 터질 것 같았다. 그렇게 생각하면서 달리고 있는 신조는 방금 빠졌던 습지가 생각보다 무섭지 않다는 것을 새삼 느꼈다. 이 정도면 그리 대단한 것도 아니다. 언제 건너도 그렇게 걱정할 정도는 아니지 않은가.

반나이는 달리면서 총을 한 발 쐈다. 두 발째는 길에 올라가서 마을 쪽으로 뛰어가는 검은 그림자를 무릎쏴 자세로 쐈다. 그의 사격은 따귀를 때릴 때만큼 정확하지 못했다.

신조는 숨을 헐떡이며 쫓아왔다.

"물고기를 잡고 있었던 겁니다……."

"어서 쫓아!"

반나이는 신조의 말은 들으려고도 하지 않았다.

"달아날 곳은 마을뿐이다. 달리 뛸 만한 곳은 없을 거야."

마을에서 검은 그림자는 사라졌다.

"범인이 아닙니다. 물고기를 잡고 있었습니다."

신조는 그렇게 말했지만 반나이는 또 무시했다.

"고작 20가구 정도니까 이 잡듯이 뒤지면 금방 찾아낼 수 있어."

그러더니 갑자기 엄격한 상급자의 목소리로 말했다.

"물고기를 잡고 있었으면 범인이 아니란 말이냐?"

신조는 대답할 말이 궁했다. 선의로 그렇게 생각했을 뿐이다. 저 그림자는 낮에 일하고 밤에 가물치를 잡으러 왔을 거라고.

"……범인이 아니면 어떡합니까?"

"범인이든 아니든 내가 알 바 아니다! 난 수상한 그림자를 봤으니까 추적한 거야. 추적했으니까 무슨 일이 있어도 잡고 말 테다. 그까짓 짱꼴라 한두 명이 뭐가 대수야! 투덜거리지 말고 이 잡듯이 뒤지는 거다. 따라와!"

45

반나이의 가택 수색은 재빠르고도 맹렬했다. 문을 여는 것이 조금이라도 늦으면 개머리판으로 때려 부수고 들어갔다. 마을 사람들이 조금이라도 거부의 몸짓을 보이거나 항변이라도 할라치면 그 자리에서 바로 주먹이 날아갔다. 말이 통하지 않아서 대답이 늦어져도 가차 없이 개머리판으로 내려쳤다.

왕도낙토王道樂土(왕도로 다스려지는 안락한 곳-옮긴이)의 마을 사람들은 순종적이었다. 일본 병사에게 저항하면 나중에 어떤 일을 당할지 잘 알고 있었다.

몇 집을 허탕치고 마침내 작은 초가집에서 헝겊으로 만든 젖은 중국 신발을 발견했을 때 반나이는 너무 기쁜 나머지 처참하다는 표현이 딱 맞는 표정으로 웃으면서 얼굴을 있는 대로 일그러뜨렸다. 온돌 아궁이에 신발을 처박아둔 것은 명백히 감출 의도가 있었던 것으로 보였다.

좁은 집에 가족이 많았다. 봉당을 사이에 두고 양쪽으로 나뉜 온돌 위에 노부부와 젊은 부부, 그들의 어린 자식들로 보이는 몇 명의 남녀 아이들이 모여 앉아서 떨고 있었다. 두 병사에게 문을 열어준 젊은이는 그대로 봉당에 서 있었지만 반나이가 젖은 신발을 아궁이에서 끄집어내 봉당 한가운데로 걷어차자 이 위기를 어떻게 수습하면 좋겠냐는 표정으로 노인의 얼굴을 보았다.

그 노인 옆에 있던 노파는 주름 진 입을 오물거리면서 반대쪽 온돌에 있는 서른 살가량의 장남으로 보이는 사내를 향해 눈병으로 짓무른 눈을 씀벅거렸다. 반나이는 빈틈없이 집 안 사람들의 시선을 쫓고 있다가 그 사내가 어색하게 아첨하는 웃음을 짓는 것을 보자 다짜고짜 팔을 뻗어 봉당으로 끌어내렸다.

집 안 사람들로서는 쉽게 수긍이 가지 않는 상황이었을 것이다. 그들은 봉당에서 남자의 몸에 가해지는 무자비한 폭력을 공포에 떨면서 지켜볼 뿐이었다. 얼마 후 참다못한 젊은이가 흙빛이 되어 소리쳤다.

"뭐, 해! 이거, 무슨, 할 말 있는가?"

반나이는 젊은이를 힐끗 보고 무시무시하게 웃었다. 그 웃음이 사라지기 전에 날아온 개머리판에 젊은이는 턱을 얻어맞고 봉당에 쓰러졌다.

서른쯤으로 보이는 사내는 벌써 흠씬 두들겨 맞아서 피와 침을 질질 흘리며 봉당에 앉아 소리를 질러대고 있었다.

"난 아무 짓도 하지 않았습니다. 아무것도 모릅니다. 거기서 물고기를 잡으려고 했습니다. 그뿐입니다. 늘 거기서 물고기를 잡습니다. 정말입니다. 일본 병사 나리님, 정말입니다. 거짓말은 하지 않습니다."

"정말입니다. 일본 나리님, 아들놈의 말대로입니다."

노인이 온돌 위에서 연신 머리를 조아리며 쉰 목소리를 쥐어짜냈다.

"거기서 물고기를 잡아서는 안 된다는 것을 전혀 몰랐습니다. 부디 선처해주시기를……."

노파는 공기가 새는 듯한 목소리로 간곡하게 말했다.

"그러니까 낮에 하는 게 좋다고 내가 말하지 않았냐. 네가 내 말을 듣지 않아서 그래. 내 말만 들었다면 이런 일은 없었잖니."

"우리 집 양반은 아무 짓도 하지 않았습니다."

사내의 아내가 반미치광이처럼 봉당으로 기어 내려와서 소리쳤다.

"이 사람은 아무 짓도 하지 않았습니다! 용서해주십시오! 제발, 군인 나리, 부탁드립니다. 용서해주십시오!"

애석하게도 반나이나 신조는 그 말을 전혀 알아들을 수 없었다. 무죄를 호소하고 있다는 것은 느낌으로 알 수 있었지만, 이미 벌여놓은 일을 이제 와서 어떻게 할 수도 없었다. 반나이는 귀찮아졌다. 아내가 필사적으로 부르짖을 때 침이 튀어서 반나이의 얼굴에 묻었다. 반나이는 느닷없이 여자의 커다란 젖가슴을 움켜쥐고 비틀었다. 여자가 몸부림치며 괴로워하는 모습에 야릇한 흥분을 느낀 모양이다. 다시 한 번 쥐어뜯을 것처럼 비틀더니 그대로 밀어서 쓰러뜨렸다.

"신조, 뭘 꾸물거리고 있어? 이놈을 분초로 연행해!"

신조는 곤혹스러워하며 불량한 태도로 항의했다.

"범인이 아니면 귀찮아집니다."

"누가 범인이 아니라는데? 멍청한 놈! 범인인지 아닌지는 상관없다! 이놈을 범인으로 만들면 돼!"

"그런 말도 안 되는······."

신조의 무기력한 비난을 귓등으로 듣고 반나이는 사내의 멱살을 잡고 끌어 일으켜서 신조 쪽으로 차서 넘어뜨렸다.

"군소리 말고, 이놈을 출입구로 데리고 가서 감시해!"

증거를 찾을 생각인지, 아니면 만들어낼 생각인지, 반나이는 집 안을 뒤지고 다니기 시작했다. 쓰러져 있는 여자의 옆구리가 맨살을 드러내놓고 있는 것을 보자 저절로 침이 넘어간다. 순간 욕망이 끓어올랐지만 신조가 있으니 어쩔 도리가 없다. 혀를 차고 군화로 여자의 배를 걷어찼다. 여자가 신음 소리를 내자 음탕한 쾌감을 느끼며 다시 걷어찼다.

신조는 다른 쪽 봉당의 어둠 속에서 출입구에 기대 사내를 지켜보고 있었다. 이 사내가 신호탄의 범인으로 몰릴 것은 분명했다. 범인인지 아닌지 상관하지 않는 것은 반나이뿐만이 아니다. 이시구로 중사도 구도 대위도 그렇다. 범인을 만들어내기만 하면 된다. 이시구로는 분초장으로서의 근무 성적이 올라갈 것이다. 구도도 명예가 올라가게 된다. 필시 그것만 생각하고 있는 것이 틀림없다. 무죄로 보이는 서른 살 전후의 이 만주인은 국경 분쟁의 희생양이 아니라 불과 몇 명밖에 안 되는 일본 군인의 욕망의 희생양이 되는 셈이다. 불운한 사내다. 그 물소리만 내지 않았다면 두 병사는 단념하고 물러갔을 것이다.

  신조는 그를 한번은 확실하게 도와주고 싶었다. 그러나 그것이 불가능하다는 결론을 내리기까지는 그리 오랜 시간이 걸리지 않았다. 도와줄 수 없다면 반나이가 안에서 꾸물거리고 있는 동안 이 사내가 신조를 때려눕히거나 틈을 봐서 도망치게 하는 방법밖에는 없다. 도망치는 데 성공하는지 실패하는지는 신조가 생각할 필요가 없는 일이다.

  신조는 출입구에서 떨어져 안쪽 토방을 들여다보았다. 반나이는 온돌 위에서 등을 보인 채 궤짝을 뒤지고 있었다. 신조가 그 자리에 서서 출입구 쪽으로 돌아가지 않은 것은 도망갈 틈을 일부러 만들어주기 위한 것이었다고는 단정할 수 없다. 무사히 도망갈 수 있다면 도망가게 해주고도 싶었고, 자신의 신상에 위험을 초래하고 싶지도 않았다. 신조는 망설이고 있었다.

  그때 문이 거칠게 열리는 소리를 신조와 반나이는 거의 동시에 들었다. 신조가 반사적으로 출입구 쪽으로 뛰어갔을 때는 반나이가 이미 총을 들고 뛰어와 있었다.

1초만 더 있었다면 그 그림자는 문 밖 어둠 속으로 모습을 감추었을 것이다. 반나이의 총구가 불을 뿜으며 그림자를 쓰러뜨렸다.

"이 새끼, 일부러 놔줬지?"

반나이의 목소리가 기분 나쁘게 들릴 만큼의 시간은 있었다. 신조는 가슴에 엄청난 충격을 받고 의식을 잃었다.

46

감시 중대의 영창은 위병소 휴게실의 뒤쪽에 있었다. 신조 일등병은 분초에서 호송되어 일주일 동안 중영창에 갇히게 되었다. 만약 그 만주인이 정말로 신호탄을 쏜 범인이고, 신조가 그를 고의로 도망가게 했다면 군법회의에 회부되어 당연히 형무소행이 되었을 것이다.

히노 준위는 신조가 핏덩이를 토할 정도로 때리고 나서 이렇게 말했다.

"범인은 반나이가 사살했으니까, 널 중영창 정도로 용서해준다. 어쨌든 널 한번은 영창에 처넣을 줄 알았다."

사실 신조가 저지른 짓은 용서받을 수 있는 것이 아니었다. 이 정도로 용서해주고 싶어 한 사람은 오히려 구도 대위와 히노 준위였다. 이미 오하라의 자살이라는 불명예스러운 사고를 일으킨 구도 중대로서는 또다시 형무소행 죄인이 나오는 것을 몹시 두려워했다. 그러면 모처럼 국경 감시라는 눈부신 실적이 오명의 그늘에 가려지게 된다. 구도 대위는 히노 준위와 상의하여 동초 근무를 게을리 했다는 엉뚱한 죄를 뒤집어씌워서 신조를 영창에 처넣었다.

반나이 상등병은 3호 분초에 남았지만, 분초장인 이시구로가 신조의 처리 문제로 그날 즉시 교대하고 중대로 돌아갔기 때문에 반나이가 범인을 사살한 공은 중대에서 모르는 사람이 없게 되었다. 이로써 반나이의 병장 진급은 확정된 것이나 다름없었다. 마음이 편치 않은 것은 반나이와 라이벌 관계로 중대 내에서 위세를 떨치던 요시다 상등병이다. 그는 사건의 진상을 알고 싶었다.

그 진상을 다른 각도에서 알고 싶어 하는 사람이 한 명 더 있었다. 가지다. 그는 연대 대항 사격 시합의 사수 선발 때문에 연대 본부에 가 있다가 사단 사령부의 사정으로 시합이 연기되어 중대로 돌아왔다. 사단 사령부의 사정이라는 것이 미군이 사이판에 상륙한 것과 직접적인 관계가 있다고는 생각할 수 없지만 뭔가 절박한 듯 무겁고 답답한 분위기를 연대본부에서 느끼고 가지는 국경선으로 돌아온 것이다. 어쩌면 마침내 전선으로 동원될지도 모른다.

가지는 신조가 영창에 들어간 사실을 5일 만에야 알았다. 히노는 하시타니에게서 가지와 요시다의 관계가 점점 험악해지고 있다는 말을 들은 터라 연대본부로 보내놓고 안심하고 있었다. 그런데 가지가 예정보다 빨리 귀대하자 바로 위병 근무에 배정하여 그에게 쉴 틈을 주지 않았다. 가지는 분초 근무 이후 지칠 대로 지쳐 있었다. 그래도 이번 근무만은 기꺼이 설 생각이었다. 신조가 휴게실 뒤쪽의 쇠창살 안에 있었기 때문이다.

 신조는 반나이에게 개머리판으로 맞은 가슴이 숨을 쉴 때마다 아팠다. 히노 준위에게 두들겨 맞아서 온몸의 마디마디도 쑤시고 아팠다. 그는 종일 어두컴컴한 사각의 우리 안에서 한 가지 생각만 하고 있었다. 이번에야말로 결단을 내릴 때가 온 것 같다. 가지가 싸워보지도 않고 도망치는 것은 비겁하다고 말해도, 혹은 그것이 정말 비겁하다고 하더라도, 자신에게 허락된 저항의 표현은 그것밖에 없지 싶었다.
 군대는 이미 자신의 생명을 대부분 빼앗은 것이나 다름없었다. 영창을 나가면 히노는 자신을 무슨 일이 있어도 다른 부대로 보내려고 할 것이다. 새로 간 부대에서 영창 딱지가 붙은 자신이 어떤 취급을 받을지는 대충 상상이 간다. 그 부대에서도 바로 전속시키려고 할 것이 뻔하다. 그렇게 이 부대에서 저 부대로 옮겨 다니다 결국 가장 질이 나쁜 병사로서, 가장 악조건에 놓여 있는 전선으로 쫓겨날 것이다. 이것이 군대라는 조직에서 그려놓은 신조의 운명이다.
 그는 그날 밤에 빠질 뻔했던 습지를 떠올렸다. 그 근처라면 늪을 피해서 가기만 하면 습지에 빠질 염려는 없을 것 같았다. 영창을 나가면 대엿새 휴양한 다음 결행하는 것이다. 우선 체력을 회복할 필요가 있다. 밥과 소금뿐인 영창 음식으로는 도저히 탈출할 수 없다.

귀를 기울였다. 밖에서 구령 소리가 들린다. 근무교대다.

"인계자에게 경례! 우로 봐."

"인수자에게 경례! 우로 봐."

나팔이 울었다.

얼마 뒤 근무조의 조장끼리 쇠창살 앞에 와서 입창자를 인계했다.

다시 얼마 뒤 이번엔 휴게실에서 큰 소리가 들렸다.

"사이판에 미군이 상륙한 것 같습니다."

신조에게 낯익은 목소리였다.

"……사이판이 함락되다니, 큰 손실이야……."

다른 목소리가 들렸다.

그러나 그뿐이었다. 더 이상 아무 소리도 들리지 않았다. 신조는 저녁식사 때까지 방치되어 있었다.

마룻바닥에 앉아서 졸았던 모양이다. 신조는 자물쇠를 여는 소리에 정신이 들었다.

"변소에 가라."

위병 조장이 말했다. 옆에 가지가 착검한 총을 들고 서 있었다.

신조는 변소 안에서 닷새 만에 담배를 피웠다. 기분 좋은 어지러움을 느끼며 가지에게서 받은 종잇조각에 황급히 썼다.

신조를 영창까지 다시 데리고 간 가지는 이번엔 자기가 총과 대검을 두고 변소에 갔다.

난 할 거야.

작은 글씨로 이렇게 쓰여 있었다.

사살된 만주인은 무죄였다고 믿어. 난 그를 구할 생각조차 하지 못했어. 내가 부당하게 벌을 받는 것은 아마 그때 이러지도 저러지도 못했기 때문일 거야. 난 도망갈 수밖에 없어. 사람은 저마다 각자의 방식이 있다고 생각해. 찬성해주진 않겠지만 뒤에서 도와줄 수는 없을까? 미군이 사이판에 상륙했다는 소식은 들었어. 전쟁이 끝날 날도 멀지 않은 것 같지만 더는 기다리지 못하겠어.

가지는 종잇조각을 잘게 찢어서 변소 안에 버렸다.

신조의 의도를 비판할 마음은 생기지 않았다. 신조에게 탈영은 패배의 표명에 지나지 않겠지만, 지금 설령 입장을 바꿔서 가지 자신이 부당한 이유로 군 영창에 갇혔다면 그도 탈영과 월경을 결의했을지도 모른다. 개인의 힘으로 할 수 있는 것은 뻔하다. 막다른 지경에 몰려서 반격할 여지도 없다면 인간의 지혜는 거기서 도망치는 것에만 발휘되는 법이다.

47

구도 대위는 반나이에게 사살된 만주인이 간첩이라고 믿지는 않았다. 오히려 의심이 들기도 했지만, 믿는 것이 자신에게 유리했기 때문에 믿으려고 한 것이다. 의심해서 사실을 확인해봤자 직업군인의 경력에는 아무런 도움도 되지 않는다. 살해된 사내는 범인과 한패이고, 그 마을은 범인들의 소굴이라는 추정도 사실 여부와 상관없이 진실 같은 모양새를 갖추고 있었다.

구도가 그 추정을 더 이상 움직이기 어려운 사실로 만들기까지는 약 일주일의 시간이 걸렸다. 이것은 단호하고, 경솔하고, 때로는 진실에 대해 무책임한 것을 전혀 부끄러워하지 않는 '제국군인'으로서는 신중한 편인지도 모른다. 그동안 야간 동초를 강화했기 때문인지 신호탄은 한 발도 올라오지 않았다. 그것이 마을의 범죄성을 뒷받침하는 것 같기도 했다. 구도는 약 1개 소대의 병력을 투입하여 마을의 가택수색을 철저하게 했다.

그런데 마침 미군이 사이판 섬에 상륙했다는 소식이 부대 전체에 퍼지면서 병력이 동원된다는 소문이 떠돌아 병사들이 동요하고 있을 때였기 때문에 이 마을 수색은 소위 말하는 가는 김에 짐 실어준다는 식으로 불난 데서 도둑질하는 양상을 보이며 전쟁터처럼 흉포성을 띠게 되었다.

결과는, 증거물은 한 점도 발견되지 않았으나 폭행과 강탈을 당하지 않은 민가는 한 집도 없었다. 그래도 구도는 대대장에게 마을을 탄압한 결과 신호탄이 오르지 않게 되었다고 보고했다.

신조 일등병은 그 다음 날 영창에서 나왔다. 구도는 구더기라도 보는 듯한 시선으로 신조를 보고 따라온 하시타니에게 말했다.

"신조는 얼마나 반성한 것 같나?"

"네?"

"넌 반장으로서 이 병사가 앞으로 다시는 못된 짓을 저지르지 않도록 교육시킬 자신이 있는가?"

없다고는 대답할 수 없다.

"있습니다."

구도는 싸늘하게 웃고 신조를 돌아보았다.

"네가 또다시 병사의 본분에 어긋나는 행동을 한다면 즉시 군법에 따라 처벌하겠다. 알겠나?"

신조는 생기 없는 흐릿한 눈으로 구도의 냉혹해 보이는 얼굴을 보고 있을 뿐 대답하지 않았다. 그 후 하시타니는 히노 준위가 있는 곳으로 갔다.

"준위님, 가까운 시일 내에 병사들을 특수교육에 보낼 계획은 없습니까?"

"소박맞은 딸년은 필요 없다는 말인가?"

히노는 웃었다.

"두통거리는 신조뿐만이 아니야."

히노의 얼굴에서 웃음이 사라졌다. 그러나 말투에는 아직 장난기가 있었다.

"하시타니, 넌 다 큰 처녀를 시집보낼 생각은 없는 거야?"

히노는 가지를 말하고 있었다. 하시타니는 가지와 요시다의 비중을 비교해보았다. 훈련 기간에 받은 다양한 인상이 한꺼번에 떠올랐다. 가지는 문제를 잘 일으키는 사내지만 쓸모가 있다는 점에서는 하시타니가 좋아하는 타입이다. 가지 같은 병사를 열 명쯤 데리고 있으면 그 내무반의 반장은 어느 중대에 소속되어 있든 늘 어떤 일에서나 우쭐할 수 있는 것은 말할 필요도 없다.

내무계 준위의 입장은 내무반장과는 또 다른 것이다. 가지 같은 병사는 한 사람도 없는 것이 낫다.

"아버지는 말이야, 하시타니, 예쁜 딸을 귀여워하게 마련이지. 그런데 이 녀석이 나이가 들자 바람이 나서 애비가 톡톡히 망신을 당할 게 뻔하단 말이야."

하시타니는 요시다를 처벌해달라고 요구하러 왔을 때 가지가 보인 태도를 떠올렸다. 고집이 세다거나 불손하다고는 할 수 없었다. 그러나 히노가 예로 든 것에 따르면 뭔가 단단히 각오한 듯한 표정이 남자랑 눈이 맞아서 도망갈 결심을 한 딸의 표정을 생각나게 한다는 것이다.

"시집보낼까요……?"

히노는 고개를 끄덕였다. 구도 대위는 자기 보신에만 급급한 사람이라 히노의 계획에 특별히 반대하지는 않을 것이다. 어떻게든 전속 요원으로 내보내자.

 그러나 히노는 그럴 필요가 없었다. 엉뚱한 데서 사건이 터졌기 때문이다.

 그 전전 날, 가지는 또 위병 근무를 섰다. 기분이 언짢고 등뼈가 저절로 굽을 정도로 힘이 없었다. 더위가 점점 심해지는 탓도 있었지만 과로에 수면부족이 계속되다 보니 남보다 강인했던 육체가 마치 단단한 나무가 휘어서 부러지듯이 금방 부러질 것처럼 불안했다. 신조가 영창을 나온 뒤로는 그의 신상에도 신경 쓰느라 요시다에 대한 악감정은 그늘로 숨어버렸지만, 잠을 못 이루고 근무를 서게 되자 이번엔 피로감이 신조에 대한 걱정을 대신했다.

 죽은 듯이 자고 싶었다. 눈을 떴을 때 코를 찌르는 것이 병영에 가득한 땀내와 가죽 냄새가 아니라 그리운 머리카락 냄새이기를 비몽사몽간에도 꿈꾸고 있었다. 불과 수십 일 전에 미치코가 여기에 와서 가슴이 터질 듯한 희열을 주고 갔다. 그것이 벌써 몇 년은 된 일 같았다. 너무나 멋진 기억이었지만, 지금 떠올리기에는 너무 허무했다.

 사흘이나 연속되는 위병 근무는 불법이지만 가지는 이미 여러 번 경험한 일이다. 지금까지는 명백하게 히노의 악의 때문이었지만, 이번엔 분초 교대로 병력이 부족했기 때문이다. 사흘 낮밤을 불면으로 보내고 겨우 교대한 가지는 위병 근무자에게 허용되어 있는 수시 입욕의 특권도 반납하고 아직 해가 중천에 있는데도 잠자리에 들었다.

신경이 너무 지친 탓일까? 잠 속으로 다양한 인간이 침입하여 저마다 시끄럽게 떠들고 있는 듯한 느낌이 들었다. 나는 이렇게 자고 있어. 제발 떠들지 마. 지금만은 자는 것이 허락되었다, 고 스스로에게 확인하면서 잠에 빠져들었다.

누군가에게 흔들려 일어났을 때는 해질 무렵의 선명한 꼭두서니 빛이 내무반 안으로 비쳐들고 있는 것이 첫 인상이었다. 눈이 아플 정도였다.

"들불이다!"

주번 상등병이 소리쳤다.

"빨리 일어나서 불 끄러 가. 다들 벌써 갔어."

내무반 안은 텅 비어 있었다. 가지의 의식은 아직 충분히 반응하지 못하고 있었다.

"들불이라니, 뭡니까······?"

아무래도 비상소집이 걸린 모양이군. 차라리 자고 있는 동안 포탄에 맞아 죽는 게 낫겠다. 그런 생각을 하기도 했다.

"불이 났다고! 무시무시한 들불이다. 사람이 부족하니까 빨리 가!"

주번 상등병은 허둥지둥 뛰어나갔다.

들불은 갑작스럽게 국경을 넘어왔다. 놀라운 속도로 서남쪽으로 번지고 있었다. 처음 발견한 것은 1호 분초였는데, 순식간에 불길에 휩싸여 초소에서 물러날 수밖에 없었다. 불은 습지대의 물 위를 들못 땡추로 분산해서 건너며 풀을 태워버리고 합쳐질 때마다 그 세력을 키우고 바람을 일으키면서 무서운 소리를 냈다. 지금은 연기와 불꽃을 일으키며 10여 킬로미터 정면까지 와 있었다.

　불에 맞서고 있는 중대 전 병력의 장비는 정말이지 우스꽝스러웠다. 백양나무 가지로 만든 파리채 같은 것을 저마다 손에 들고 맞서고 있다. 그래도 넓게 간격을 벌린 제1선의 병사들이 그 파리채로 일부나마 화염의 첨병을 두들겨 끌 수 있었지만 그들도 금방 사분오열되어 흩어져버렸다.

"맞불을 놔라, 맞불을!"

　2선을 지휘하는 히노 준위가 뛰어다니면서 목이 터져라 소리를 질렀다.

　어설프게 맞불을 놓았다간 흩어져 있는 병사들을 태워 죽이게 될지도 모른다. 맞불을 띄엄띄엄 놓고 그곳에 있던 병력은 황급히 후퇴하면서 필사적으로 풀을 뱄다. 들불의 본군이 맞불로 타버린 곳까지 밀어닥치면 거기서 불이 저절로 꺼지거나, 혹은 눈에 띄게 세력이 줄어들어서 방향을 틀 것이다. 들불과의 전투 방식은 그것밖에 없는 듯했다.

　해는 어느덧 거의 저물어가고 있었다. 광야에 내리덮이는 저녁 어스름을 불꽃이 빨갛게 물들였다. 불길 너머 불 탄 곳에서는 타다 남은 나무들과 풀숲이 마치 대도시의 야경처럼 점점이 불꽃을 일으키며 타고 있었다.

　한동안 모든 병력이 불을 끄느라 정신이 없었다. 정신을 차렸을 때는 평야 일대가 볏짚을 태운 재를 뿌려놓은 듯 검게 변해 있었다. 멀리 뒤쪽에 막사가 쓸쓸히, 그래도 인간의 지혜와 노력이 전혀 무의미하지는 않다고 말해주듯이, 저녁 어스름 속에 서 있었다. 불에 쫓기거나 도망치느라 흩어져버린 병사들은 싸움이 끝나자 멍하니 서서 눈앞에 남겨진 웅대한 천연의 야경을 넋 놓고 볼 뿐이었다.

뒤늦게 막사에서 나온 가지는 어떻게 하시타니의 지휘 범위 안으로 들어갔고, 또 나왔는지 기억이 없었다. 근처에 드문드문 사람들이 서 있었지만 누구인지 알아보려고도 하지 않고, 정신이 아득해지는 듯한 피로감에 휩싸여 멀리 불빛의 바다를 바라보고 있었다.

"……저게 누구야?"

누군가가 뒤쪽에서 말한 것 같았다.

"어디로 뛰어가는 거지?"

가지는 무심코 그쪽을 보았다. 저녁 어스름이 시야를 가로막으려는 저 멀리에서 한 사내가 습지 위를 뛰어가고 있었다. 들불 소동으로 정신이 나갔다고 하기에는 뭔가 이상했다. 다음 순간 소름이 끼치는 듯한 이상한 긴장이 엄습했다.

"신조!"

자기도 모르게 그렇게 소리치고 나자 가슴이 쿵쾅쿵쾅 뛰기 시작했다.

"탈영이다!"

뒤에서 소리친 병사는 쫓아가는 대신 뒤쪽으로 달리기 시작했다. 보고하러 가는 것 같다.

가지는 어둠 속 한 점에 시선을 고정시켰다. 그 그림자는 틀림없이 전력으로 질주하고 있을 것이다. 그럼에도 어둠 속으로 영원히 그 모습을 감추지 못할 것처럼 완만하게 보였다. 빨리 달려! 빨리 사라져! 잡히면 총살이야!

그때 멀리 측면에서 비스듬하게 그 방향으로 달리기 시작한 다른 그림자가 있었다.

"탈영이다!"

훨씬 뒤쪽에서 말하는 소리가 연달아 들렸다.

불에 탄 자리를 비스듬히 달리는 그림자를 확인했을 때 가지는 이미 그 그림자를 쫓아서 달리고 있었다.

고함 소리는 뒤에 남았다. 가지는 풀밭에서 습지로 뛰어 건넜다. 들짐승처럼 들못 땡추에서 들못 땡추로 뛰었다. 신조가 어둠 속으로 사라지려고 하는 방향이 아니라 같은 속도로 비스듬하게 달리는 그림자와 어딘가에서 충돌할 지점을 향해.

뒤쪽의 소동이 커졌을 때쯤엔 두꺼운 어둠이 그 사이를 갈라놓았다. 가지는 습지 위를 이리저리 뛰며 오로지 한 방향으로만 달렸다. 그 방향으로 다른 그림자도 역시 이리저리 뛰며 달리고 있었다.

가지는 마침내 그 그림자와 나란히 달리게 되었다. 요시다는 가지를 의식하고 있지 않는 것 같았다. 그는 지금이야말로 반나이처럼 공을 세울 수 있는 절호의 기회라며 정신없이 달릴 뿐이었다.

"위험해, 서라!"

가지는 뛰면서 신조를 무사히 도망가게 해주고 싶다는 일념으로 소리쳤다.

"빠지면 죽어!"

요시다는 가지를 알아보았지만 대답할 여유는 없었다. 입을 일그러뜨렸을 뿐이다. 눈에서는 적의가 하얗게 빛나고 있었다.

왜 그렇게 되었는지, 그것이 얼마나 의식적이었는지, 당사자들 간에도 확실하지 않았을 것이다. 두 사람은 양쪽에서 하나의 들못 땡추로 동시에 건너다가 격렬하게 충돌했다. 가지는 튕겨 나가 다른 들못 땡추로 건너뛰었다. 요시다는 옆으로 쓰러지며 습지에 빠졌다. 요시다로선 충돌한 다음 순간이 최악이었다. 머리부터 흙탕물에 처박혀서 숨을 못 쉬고 허우적거리다가 겨우 머리를 뺐을 때는 체력이 거의 바닥 나 있었다.

가지는 신조에 대해선 잊고 있었다. 들못 땡추 위에 서서 흙탕물 속에서 허우적거리며 괴로워하는 요시다 상등병을 내려다보았다. 승리의 쾌감이 끓어오르는 것 같았다. 꼴좋구나! 네놈들 때문에 모두가 얼마나 고통스러웠는지 알아? 이번엔 네놈 차례다! 더 고통스러워해봐! 마지막 순간까지 고통으로 몸부림치다 죽어버려!

"……끌어당겨줘."

요시다가 흙탕물 속에서 손을 들고 꺼져 들어가는 소리로 중얼거렸다.

더 고생해봐! 네놈이 죽이려고 한 내가 널 살려줄 거라고는 생각하지 마! 죽어!

가지는 흙탕물 속에서 몸부림치며 점점 힘을 잃어가는 사내를 보고 있다가 문득 신조가 그러고 있는 모습을 상상했다. 몇 킬로미터나 되는 습지 위를 뛰어서 건너갈 수는 없다. 신조도 이렇게 늪에 빠지는 것은 아닐까?

"신조!"

가지는 점점 짙어져가는 어둠 속에서 소리쳤다.

"어이!"

멀리 엉뚱한 방향에서 서로 부르는 소리가 희미하게 들렸다.

네놈은 거기서 죽을 것이다.

가지는 요시다를 버리고 신조가 사라진 방향으로 들못 땡추를 건너뛰기 시작했다. 신조의 안부를 확인하기 위해서였는지, 아니면 단지 요시다의 곁을 떠나고 싶어서였는지는 모른다. 아직 몇 개 건너가지도 못했다. 갑자기 다리가 마비된 것처럼 움직일 수 없었다. 가지는 가슴속 깊은 곳에서 여러 개의 목소리를 동시에 들은 것 같았다. 죽이려면 정정당당하게 싸워서 죽여라! 더럽다! 우연이 작용하지 않았다면 어떻게 죽일 생각이었지? 네 반항이란 것이 불량배보다도 더 치졸하구나! 살려줘라, 위에서부터 아래까지 철저하게 뒤집어엎기 위해 살려줘라!

살려줄 필요가 있을까? 저런 놈은 백 명이 죽어도 난 아무렇지 않다. 저런 벌레 같은 놈은 한 마리라도 더 없어지는 게 낫다!

가지는 다시 들못 땡추를 두세 개 건너뛰고 나서 소리쳤다.

"신조!"

습지는 이제 완전히 어둠에 갇혀버렸다. 멀리 뒤쪽에서 "어이!" 하고 부르는 소리만이 반복되고 있다. 아무도 오지 않는 것은 어두운 습지대의 위험을 피하기 위해 횃불을 준비할 때까지 히노나 누군가가 병사들을 잡아두고 있기 때문이리라.

가지는 발밑을 확인하면서 다시 몇 개를 건너뛰었다. 점점 힘이 빠지고, 갈수록 어두워지고, 더욱 위험해졌다. 이 어두운 밤에 신조가 습지대를 건너갈 수 있는 가능성은 거의 없는 것 같았다. 결국 어딘가에서 빠질 것이다. 그것을 찾아내는 것도 전혀 희망이 없는 것 같았다. 신조는 도망치는 데 성공했다. 어쨌든 도망치는 것만은.

가지는 되돌아가기 시작했다. 요시다가 빠진 곳이 어디쯤이었지? 가지는 요시다가 벌써 익사했기를 바랐다. 이 정도의 죄의식 따위는 조금도 두렵지 않았다. 요시다는 죽을 만한 짓을 했다. 익사한 것을 확인하고 돌아가서 하시타니와 히노와 구도에게 차례로 보고하리라. 요시다 상등병은 이렇게 죽었습니다, 라고. 이것이 천벌이다.

한 가지 께름칙한 부분은 있었다. 과연 그럴 생각이 있어서 그렇게 되었느냐는 것이다. 정말로 죽일 생각으로 그랬다면 그 열정에는 만족했을 것이다. 최하층 인간이 그를 짓밟고 학대한 상류층에 대한 반항의 한 결산으로서 그는 자신의 과거라는 기록장에 써넣을 수 있을 것이다. 방법의 옳고 그름은 별로 문제가 되지 않았다. 자신의 의지가 거기에 온전히 들어가 있기만 하다면.

흐느껴 우는 듯한 소리가 들린 것 같았다. 기분 탓인지도 모른다. 가지는 섰다 뛰었다 하면서 좁은 범위 안을 서성였다. 차라리 엉뚱한 곳을 헤매고 다니기를 바라는 마음이 있었다. 요시다를 찾아내는 것이 목적이 아니었다. 찾고 있다는 행위가 지금 가지의 기분에 필요한 것이었다. 그러면서도 한편으론 요시다가 흐느껴 울고 있는 곳을 발견하고 싶었다. 가능하면 자신이 도와주려고 해도 도와줄 수 없는 절망적인 상태에서 요시다가 흐느껴 울고 있는 장면을 보고 싶었다.

요시다는 흙탕물 속에서 머리만 내밀고 들못 땡추의 타다 남은 풀뿌리에 매달려 겨우 목숨을 보전하고 있었다. 도움을 청할 만한 기력도 없는 것 같았다. 수면 아래에서는 몸 전체가 바닥없는 수렁에 빠져서 시커먼 죽음의 뱃속으로 삼켜지기 직전이었다.

가지는 요시다의 군복 깃을 움켜쥐었다.

"살려줄 테니까 약속해라. 내 말 들리냐?"

요시다의 머리가 뼈 없는 동물처럼 흔들렸다.

"부대에 돌아가면 나와 함께 구도 대위에게 가는 거다. 오하라를 자살로 몰고 간 것을 인정해라. 날 질식시키려고 했던 것도 마찬가지다. 수렁에 빠져서 죽고 나면 4년병이고 초년병이고 없다. 알겠냐? 4년병은 빌어먹을! 돌아가면 대위에게 말해라. 어떤 마음으로 초년병을 때렸고, 창녀 흉낸 뭐였는지 전부 말해. 나에게 살려달라면서 자백하기로 약속했다고, 그것도 말해라."

옷깃을 움켜쥐고 흔들 때마다 요시다의 머리가 흔들렸다. 이제는 완전히 실신 상태였다. 가지는 갑자기 지금의 상황이 한심하다는 생각이 들었다. 요시다 같은 인간쓰레기와 대등한 입장에 서는 데는 이런 특수한 우연이 필요했다. 그리고 겨우 그 입장에 섰을 때는 무슨 말을 해도 그 의미를 모조리 잃어버리는 상태밖에 주어지지 않는 것이다. 군대는 내일 또 그 비정한 질서를 회복하고, 병사들의 영혼을 군홧발로 짓밟을 것이다.

가지는 온 힘을 다해 실신한 요시다를 바닥없는 수렁 속에서 끌어올렸다. 그 몸뚱이를 둘러메고 들못 땡추를 건너가는 곡예는 아무래도 불안했다. 지원군과 들것을 요청하지 않으면 안 된다.

휘청거리는 다리에 힘을 주며 일어섰다. 들불이 남긴 장대한 불꽃 고리는 아직도 멀리 어둠 끝에서 타고 있었다. 막사 쪽 방향에서 수많은 횃불이 흔들리며 시시각각 다가오고 있었다.

가지는 지칠 대로 지쳐 있었다. 그의 영혼도 이 어둠 속에서 빠져버린 것 같았다.

48

요시다를 구출하는 데는 시간이 걸렸다. 만용을 부리며 활개치던 사내는 반죽음 상태로 의무실에 실려와서 새벽부터 고열에 시달렸다. 고열은 꼬박 하루 동안 계속되었다. 열이 내려간 뒤로는 심한 구토와 함께 온몸에 붉은 반점 같은 것이 났다.

군의관은 포기했다. 유행성 출혈열이라 불리는 풍토병이다. 위생병이 의무적으로 강심제와 비타민C를 주사할 뿐이었다. 다음 날 하루 동안 환자는 구토에 시달리다 어이없이 죽었다.

병원균의 정체는 밝혀지지 않았다. 이 지역에만 있는 기생충이 옮기는 병이라는 설도 있었지만, 그렇다 해도 잠복기간이 있을 터이므로 요시다의 발병이 습지에 빠진 것 때문인지 어떤지는 군의관도 판단을 내릴 수 없었다.

가지는 거의 한 마디도 하지 않았다. 하시타니의 의혹에 찬 시선에도 무표정한 얼굴로 일관했다. 양심의 가책 따위는 전혀 없었다. 괴로운 것이라면 인생은 인간의 의지와는 상관없이 별개의 답을 낸다는 것이다. 그리고 그것에 대해서는 아무런 수단도 쓸 수 없다는 것이기도 했다.

요시다 상등병의 시체 위병을 서게 된 가지는 근무를 서다 갑자기 심한 오한을 느꼈다. 등에서 허리에 걸쳐 견디기 힘들 정도로 심한 통증 때문에 도저히 자세를 바로 하고 서 있을 수가 없었다. 열도 났다. 유행성 출혈열일지도 모른다. 절망적인 공포가 의식의 틈새를 뚫고 들어올 때마다 가지는 떨리는 마음을 비웃었다. 무슨 수가 있겠는가. 할 만큼 했다. 방법은 완전히 잘못되었지만 싸울 만큼 싸웠던 것이다. 요시다처럼 흐느껴 울지는 않는다. 신조처럼 도망치지도 않았다. 도망친다면, 지금, 앞으로, 죽을지도 모르는 질병 속으로다.

시체 위병 근무를 마치고 가지는 주번 하사관에게 말했다.

"오한이 납니다. 의무실 진단을 받고 싶습니다."

주번 하사관은 놀라서 가지를 의무실로 데리고 갔다. 열이 40도를 넘었다. 진찰한 군의관은 고개를 갸웃했다.

"입실."

그렇게 진단하고 위생병에게 작은 소리로 말했다.

"만약에 대비해서 내무반을 소독해."

가지는 오한에 떨면서도 허세의 쓴웃음을 지었다.

"출혈열입니까?"

"몰라."

가지는 눈을 반짝반짝 빛내며 웃었다. 이번 웃음은 허세라고만은 할 수 없었다.

"의식불명이 되기 전에 병명을 알려주십시오."

이틀이 지나도록 열은 내려가지 않았다. 잠이 들면 섬망 증상이 나타나기 시작했다. 가지는 행복했는지도 모른다. 적어도 투쟁의식은 휴전 상태에 있었다. 그는 막사 뒤편의 거처방에서 미치코와 함께 있었다.

"추운데 미안하지만…… 저기, 저 창문 쪽에 가서 서 있어줄래?"

사흘째 되는 날 저녁, 가지는 비몽사몽간에 말하는 소리를 들었다.

"이것도 유행성 출혈열입니까?"

히노 준위의 목소리 같았다.

"그런 건 아닌 것 같아."

군의관이 대답했다.

"장티푸스가 아니면 급성 폐렴이겠지."

그렇다면 나도 살아날 가능성이 있다. 가지는 칙칙한 색채로 칠해진 의식의 혼돈 속으로 빨려 들어갔다. 옆에서 남자들이 수군수군 이야기하고 짧게 웃는 소리가 요란한 구령 소리로 들렸다.
"대대 의무실에서 병원으로 장거리 수송을 의뢰해."
군의관이 말했다.
"내일 아침 이 환자를 후송한다."

〈4부에서 계속〉

 3 약속의 땅

한국어판 ⓒ 도서출판 잇북 2013

1판 1쇄 발행 2013년 11월 11일
1판 2쇄 발행 2013년 12월 12일

지은이 | 고미카와 준페이
옮긴이 | 김대환
펴낸이 | 김대환
펴낸곳 | 도서출판 잇북
캘리그라피 | 신영복
책임편집 | 김랑
책임디자인 | 한나영
인쇄 | 대덕문화사

주소 | (413-736) 경기도 파주시 와석순환로 347
전화 | 031)948-4284
팩스 | 031)947-4285
이메일 | itbook1@gmail.com
블로그 | http://blog.naver.com/ousama99
등록 | 2008. 2. 26 제406-2008-000012호

ISBN 978-89-968422-8-6　04830
ISBN 978-89-968422-5-5(세트)

* 값은 뒤표지에 있습니다. 잘못 만든 책은 교환해드립니다.